噂　殺人者のひそむ町

レスリー・カラ
北野寿美枝 訳

集英社文庫

目次

主な登場人物

ジョアンナ（ジョー）・クリッチリー……フリンステッドに住むシングルマザー
アルフィー……ジョアンナの息子。小学生
マイクル・ルイス……ジャーナリスト。アルフィーの父親
タッシュ……ジョアンナの親友
デイヴ・ペグトン……ペグトン不動産の経営者
デビー・バートン……ジョアンナのママ友
キャシー……ジョアンナのママ友
ファティマ……ジョアンナのママ友
リズ・ブラックソーン……読書会のメンバー
カレン……読書会のメンバー
バーバラ……読書会のメンバー
マディー……読書会のメンバー
ジェニー……読書会のメンバー
テリー・モンクトン……ベビーシッティング・グループのメンバー
ケイ……ベビーシッティング・グループのメンバー
スーザン・マーチャント……海辺の家の持ち主

アン・ウィルスン……………………海辺の家の購入希望者
ソニア・マーティンズ………………〈ストーンズ・アンド・クローンズ〉店主
サリー・マクゴワン…………………十歳のときに殺人を犯した女性
ケニー・マクゴワン…………………サリーの父親
ジーン・マクゴワン…………………サリーの母親
ロビー・ハリス………………………五歳のときにサリーに殺された少年
シルヴィア・ハリス…………………ロビーの母親
マリー・ハリス………………………ロビーの姉

噂　殺人者のひそむ町

父ハリーと母ドリーンに　愛をこめて

〝怪物と戦う者は、その戦いの過程でみずからが怪物とならぬよう用心しなければならない。底知れぬ深淵を長らくのぞき込めば、そのあいだ深淵もこちらをのぞき込んでいるのだ〟

フリードリヒ・ニーチェ

また始まる。予感の理由なんてわからない。ただ、感じる。あの波のうねり、迫りくる波の傾斜。あっという間に襲いかかってくる。容赦ない攻撃。肌を刺す寒気も、朽ちた葉と湿った土のにおいも、様子をうかがっているカラスどもの沈黙も、その予兆。また襲いこようとしているのに、押しとどめる手だてはない。

始まりはいつもこう。夜、眠りにつくときにはなんの問題もない。平穏そのもの。あれは昔の話。いまが現実。確固たる現実。揺るぎない現実。それなのに、目が覚めた瞬間、すべてが一変している。一夜にして出現したいくつものほころびを前に、これまで自分をごまかしていただけだと思い知る。いままでの自分はこれ以上なくもろい虚像にすぎなかった、と。

わたしは追われる身。この先ずっと追われる身。

1

発端は噂話だった。小学校の校門前で交わされるひそひそ話。

最初はろくに耳を貸していなかった。メイプル・ドライヴの売却希望物件の鍵を取りに事務所へ寄ったあと現地で客と落ち合うとデイヴに約束していたから。こんなところで口さがない連中につきあってる時間なんてない。

でも、デビー・バートンの顔——例によって、あんぐりと口を開ける様子——をとらえた瞬間、好奇心に負けてしまった。

「なんですって」デビーは言った。「意味がわからないんだけど」

わたしはちゃんと話を聞く気になった。ケティファのママのファティマも。ジェイクのママ——キャシーだったっけ？——は左右に目を走らせ、注目を集めた瞬間を味わってから言った。

「有名な幼児殺しの犯人がここフリンステッドに住んでる可能性が高いの」彼女は効果を狙って間を置いたあと続けた。「もちろん、身元を変えてね。十歳のときに幼い男の子を殺した女。たしか一九六〇年代よ。キッチンナイフで心臓をひと突きにした」

全員が息を呑《の》んだ。ファティマは片手で胸を押さえた。

「サリー・マクゴワン」キャシーが言った。「うちに帰ったらネット検索してみて」

サリー・マクゴワン。聞き覚えのある名前。たぶん、ほかにやることがないときに観《み》たりするチャンネル5のドキュメンタリー番組で耳にしたんだ。『殺人を犯した子どもたち』とかなんとかいう番組で。

「その話、だれから？」わたしはたずねた。

キャシーは大きく息をついた。「まあ、元夫が警察官だったって人を知ってる人からと言っておくわ。とにかく、その警察官の友人が被保護者サービスの担当官《ハンドラー》だったの。ガセ情報かもしれないけど、ほら、火のないところに煙は立たないって言うでしょう。それに、主人が言うには、保護プログラムでは被保護者をこういう小さな町に住まわせることが多いんですって」

デビーが舌打ちした。「あんな非道な連中を保護してやるなんてむかつくわ。だって、その費用はわたしたちが払う税金でまかなってるわけでしょう？」

「そういう連中は私的な制裁を受けたほうがいいとでも？」

三人がまじまじとわたしを見た。黙ってればよかったと後悔したけれど、つい意見を言ってしまうのはいつものこと。どうしてこんな噂話に耳を貸してしまったんだか。分別が足りなかった。

キャシーが鼻を鳴らした。「じつはそう思ってるわ、ジョアンナ。ああいう連中が特別扱いを受けるなんて不公平よ。殺された子の親御さんはどう？　新たな生活を始めるなんて贅沢、手にしてない。そうでしょう？」

「まあ、たぶんガセ情報でしょう」ファティマが言った。「仮にこの話が本当だったとしても、わたしたちにはどうにもできない。昔の事件なんだし。その女はもう危険人物ではないんじゃないの」

心やさしく思慮深いファティマ。近々、うちでコーヒーでも飲みながらおしゃべりしましょうと誘ってみよう。もっと親しくなりたい。でも今日はだめ。急がないと約束に遅れてしまう。

「ありがとう、ジョー。休みの日なのに引き受けてもらって、恩に着るよ」

デイヴは、メイプル・ドライヴ二十四番地の物件の鍵とプリントアウトしたばかりの物件明細書――上部にペグトン不動産事務所の新しいロゴマークが入っている――を差し出した。「お安いご用です」と答えた。現に、まったく問題ない。デイヴ・ペグトンほど融通を利かせてくれる雇用主はそう多くない。アルフィーの授業時間に合わせて働けるうえに、自宅からも近い勤務先を見つけることができたのは思いがけない好運だった。

自宅。それについてもデイヴに感謝している。彼が寛容にも〝要愛護的治療《ケア》〟と称する状態の、ベッドルームをふたつそなえる小さな連棟住宅、そのテラスハウスの一軒。客寄せ口上としては彼の〝愛護的ケア〟という表現が好ましい。実際には集中治療が必要だけど、自分の経済力を考慮してその紹介物件を借りることにした。新たな住まい。新たな仕事。それもこれも、いいタイミングでいい不動産業者を訪ねたおかげ。掘り出し上手。たしか、そう言うんじゃなかった？

デイヴは自分のデスクに戻った。「ああ、それから、ミセス・マーチャントとはうまくやってくれ」肩越しに言った。

「どうしてです？　ミセス・マーチャントがどうかしたんですか？」

デイヴはにっと笑った。「会えばわかる」それ以上問いつめる間もなく電話が鳴り、デイヴは相手と話しだした。


メイプル・ドライヴには一九二〇年代の住宅と一九三〇年代の住宅が混在している。一戸建てもあるけれど、大半が一棟二軒の住宅だ。フリンステッド一の高級住宅街――富裕層の住むグローヴスと呼ばれる地区――ではないものの、人気の高い通りで、海に近い側はとくに好まれている。二十四番地は海寄りの側だった。デイヴは物件明細書に〝海の眺望がい い〟と記載している。たぶん、ベッドルームの窓を開けて身をのりだし、左方向に首をうんと伸ばせば海が見えるだろう。ちらりと海が見えると書いたほうがよさそうだけど、家自体は美しい。手入れが行き届いている。整えられた前庭。ちらりとでも海が見える点が物件価値を高めてくれる。

スーザン・マーチャントは、わたしが呼び鈴も鳴らさないうちに玄関ドアを開けた。陽気に「おはようございます」と挨拶しても、ぞんざいにうなずくだけ。わたしをなかへ入れるために一歩下がってくれるかと待っているのに、呼び鈴の上の〝お断り〟の貼り紙に名を連ねる訪問販売員と対峙《たいじ》するみたいに立ちはだかっている。これじゃあ、まるで招かれざる客ね。

「先にひとりでひとわたり見せていただこうと思いまして」わたしは言った。「間取りを頭に入れておくためです」

　購入希望客を案内する前の下見はかならず役に立つ。売主がみんな、内覧の前に室内をかたづけて掃除をしているとはかぎらない。これまで、奇怪なものや不快なものをさんざん目にしてきた。床に散らばった汚れたパンティ。太く茶色いヘビのように便器でとぐろを巻いている大便。でも、スーザン・マーチャントの肩越しに見えるかぎり、この家でそんなものに出くわすことはなさそう。病院かと思うぐらい清潔で、室内はほぼがらんどう。すでに家財の大半を倉庫に移したように見える。

「どうして？」彼女は眉間に皺《しわ》を刻んだ。「間取りなら物件明細書に記載されてるんじゃない？」向けられた視線にも口調にも冷たさを感じた。

「ええ、それはそうですが……」

「どのみち、もう手遅れね」彼女は通りをのぞいた。「あれ、きっとアン・ウィルスンよ」

　向き直って見ると、ブルーのルノー・クリオが路肩に寄って停《と》まった。淡緑色のレインコートを着た二色の髪――ダークブロンドで先端が赤褐色――の女が助手席から降り、わたしに向かって片手を上げて笑みを浮かべた。にこやかな人間の登場に感謝した。運転席の男も車を降りた。上品そうな長身の男。髪はシルバーグレー。アン・ウィルスンが待ってくれれば助手席側のドアを開けてやりたかったんだろうという気がした。ふたりは手をつないで私道をこちらへ歩いてくる。つまり、このふたりは、結婚して何年も経《た》つのにいまだに愛し合っている数少ない夫婦か、つきあいはじめたばかりの男女だってこと。ま、賭けるなら、つきあいはじめたばかりの男女だってほうかな。

これがこの仕事を気に入ってる点――つねに新たな人と出会うこと。その人が見せてくれる一面から本当はどういう人物かを推測すること。それに、売家の内覧は、まちがいなくこの仕事の醍醐味《だいごみ》。旧友のひとりタッシュは、それはあなたが詮索好きだからよって言う。でも、気にしてない。タッシュも同類だから。

以前タッシュは、ボーイフレンドと週末だけ滞在する予定のブライトンで、高級ペントハウスを内覧できるからという理由で購入を考えてるふりをしたことがあった。わたしは笑みを抑えた。ふたりは、おんぼろのボルボから降りるところを見られないように、不動産事務所から通り二本離れた場所に駐車したんだから。購入希望客と会うとき、よくその話を思い出す。相手が本当に購入を希望しているかどうかなんて、絶対にわからない。

「こんにちは。ペグトン不動産のジョアンナ・クリッチリーです。どうぞよろしく」ふたりと握手を交わした。アン・ウィルスンは魅力的だけれど、まちがいなく整形している。ぴんと張った皮膚は整形特有のつややかさだし、唇と頰は皮膚充填剤《フィラー》注射でふっくらさせている。観察していると思われたくなくて視線をそらした。「そして、こちらがこの家の持ち主ミセス・スーザン・マーチャントです」

当のスーザン・マーチャントはすでにわたしたちから離れ、寄木張りの床にハイヒールの靴音を響かせて階段へ向かっていた。なんて失礼な女。どうりでデイヴはわたしにこの物件を担当させたがったわけだ。だいたい、自分の家でハイヒールなんて履く？

深呼吸をひとつした。「まずはリビングルームから見ていただきましょうか？」

かんばしくない出だし。ただでさえ、新たに家を購入するのは緊張と不安を伴う。冷淡な売却依頼者が購入希望者の意欲をそぐことだって充分にありうる。案外、スーザン・マーチャントはそれを狙っているのかも。女好きの元夫が共有財産の取り分を欲しがっていて、家を売れと迫られているのかもしれない。だから彼女は、内覧者が来るたびに購入意欲をそいでやろうと思い定めているのかも。そういう事情だったら、正直、わたしだって同じことをしないとは言いきれない。

昼前に帰宅すると、一階と二階にそれぞれふた部屋ずつの窮屈で古びた内装のわが家を、内覧してきたばかりの広々とした美しい家とつい比べてしまい、ほどなくインターネットでペンキの配色案のページをスクロールしていた。アルフィーが学校に慣れたらすぐに室内の装飾に取りかかるつもりだった。それが、もう十月だというのに手つかずのままだ。

それから、サリー・マクゴワンについてキャシーが言ってたことを思い出した。どうせちょっとばかり劇的効果を高めるためのキャシーのでっち上げで、くだらないでたらめしか出てこないだろうけど、ざっと見るだけならかまわない。室内の装飾を考えることから気をまぎらわすためならなんでもよかった。

サリー・マクゴワンの名前を打ち込んで検索すると、一億九百万件もの結果と、粒子の粗い白黒写真の少女の顔が表示された。にこりともしない挑戦的な顔なのに、目を見張るほどの美少女。前にも見たことのある写真。いま思い出した。サリー・マクゴワンといえばこの顔写真だ。

ウィキペディアの記述によれば、サリー・マクゴワンはサルフォード郊外のブロートンの生まれ。一九六九年、十歳のときに当時五歳のロビー・ハリスを刺殺。そのセンセーショナルな事件は国民の意見を二分した。サリーは冷血なサイコパスなのか、あるいは、両親による虐待と長きにわたる育児放棄《ネグレクト》の犠牲者なのか？　本人はゲームのはずだったのに手ちがいが生じた結果だと供述したが、だれもその言い分を信じなかった。少なくとも、大衆が信じなかったのは確かだ。殺人罪ではなく過失致死罪で有罪判決が下ると、大衆は憤った。

ほかのウェブサイトにも目を通した。サリーは新たな身元を与えられて一九八一年に更生施設を出所。六年後、マスコミに見つけ出される。そのときには、コヴェントリーで裁縫師として働き、一児を設けていた。スクロールして別の写真も見た。更生施設でビリヤードをしている十七歳のサリー。ビリヤード台に身をかがめる姿には挑発的なところがある。あるいはそれは、カメラ・アングルのせい、ボールを撞《つ》く体勢のせいかもしれない。

ほかには、カメラから顔を隠している二十代のすらりとした女の写真。さらにいくつかのサイトをざっと眺めた。また新しい名前。新たな土地へ。彼女を見かけたという噂や、ロビー・ハリスの遺族がいまなお怒りを抱いているという話がタブロイド紙にちらほら載っている以外、サリー・マクゴワンに関する記事はなかった。

コーヒーをひと口飲んだ。サリーが本当にこのフリンステッドに住んでいるとしたら？彼女だってどこかで生活しているはずなんだから、それがここだってこともありえるわよね？　不意に、あの物件の不快な所有者が頭に浮かんだ。スーザン・マーチャント。イニシャルが同じなのはただの偶然にちがいないのに、つい、サリー・マクゴワンの十歳当時の顔をスーザン・マーチャントの顔に重ね合わせていた。ふたりの顔立ちが重なった。

ｉＰａｄをソファの反対端へ放った。ばかばかしい。小学校で聞いたくだらない噂話を真に受けて想像を膨らませるなんて。もしもスーザン・マーチャントがサリー・マクゴワンだとしたら、売家の所有者のはずがない。サリーは政府の保護プログラム下で生活しているんだから。

不愉快な女だからといって、殺人犯だとはかぎらない。

2

〝あの血の光景はいまも脳裏に残っている〟
幼児殺害犯サリー・マクゴワンの近所に住み、
交友のあったマーガレット・コールさんが語る

ジェフ・ビンズ
一九九九年八月三日　火曜日
デイリー・メール紙

三十年前の今日、サルフォード郊外ブロートンのとある廃屋において当時五歳のロビー・ハリスさんを刺し殺したことにより、サリー・マクゴワンはその悪名をとどろかせることとなった。当時、彼女は十歳だった。

近所に住み、彼女と同じ学校に通っていたマーガレット・コールさんが昨日、事件当時の記憶を語った。

「時代がちがったわ」とマーガレットさんは言う。「いまとはまるで別の世界。わたしたち子どもはみんな外で遊んでた。母親は子どもの居場所をろくに把握してなかった。周辺の家は軒並み取り壊されててね。親にとってはきっと地獄の光景だったんでしょうけど、わたしたち子どもは気に入ってた。巨大な冒険遊園地だったの」

一九六〇年代、ヴィクトリア朝時代に建てられたテラスハウスの多くが取り壊され、コンクリートの高層ビルに生まれ変わった。慢性的な貧困、生活困窮、失業――サリー・マクゴワンが育ったのはそんな時代だった。

「でも、それが普通だった」とマーガレットさんは続ける。「生活が苦しいなんて思ってもなかった。まだほんの子どもだった。外で遊びまわってただけ。

でも、ある日、すべてが変わってしまった。あの血の光景はいまも脳裏に残ってる。あの子の胸から流れ出た血がシャツを紅く染める光景。キッチンナイフの周囲から泡のように出てくる血。それに、目。あの小さなブルーの瞳。あの目を見た瞬間、あの子が死んだとわかった」

先日サリー・マクゴワンに終身匿名性保持命令が下されたことに対する感想を求めると、マーガレットさんはこう答えた。「あんなことをしでかしたのに、まちがってる。そうでしょう？　そりゃあ、サリーが家でつらい目に遭ってたのは知ってるけど、同じように苦しんでた子は山ほどいたし、その全員があんなことをしでかしたわけじゃない。ロビーのご遺族には同情申し上げるわ。三十年目の今日、またあの日のことを思い出すにちがいないもの」

わたしは時計に目をやった。しまった。もうすぐ三時十五分。アルフィーのお迎えの時間。バッグをひっつかみ、靴紐をほどかずにスニーカーをつっかけただけで玄関ドアを開けた。ネット検索でこんなに時間を無駄にしたなんて信じられない。今夜の読書会用のメモが一行も書けてない。


アルフィーがいちばんに教室から出てきた。縮れた髪が汗で湿っている。

「どうしてこんなに体が熱いの？」

「体育の授業。遊具のてっぺんまで登ったよ」

この子がそんなものに登るのをどう受け止めたものかわからない。わたしは小学生のころ、熱心すぎる教師の指示で、不安を覚える高さまで登らされた結果、背中からマットに転落して息ができなくなったことがあるから。そのときは死ぬかと思った。でも、アルフィーの誇らしげな気持ちに水を差したくない。どうやらアルフィーは、あのときのわたしと――それを言うなら、いまのわたしとも――ちがって、怖がりでも不器用でもない。本当に体育の授業が好きらしい。

「すごい！」とほめてやった。「それは勇敢だったわね」

「目立ちたがり屋だってリアムとジェイクが言うんだ。それにジェイクは、ぼくが押したってウィリアムズ先生に言いつけたけど、押してなんかないよ」

まさか、また？　再出発のはずだったのに。新しい学校で。新しい友だちと。この子がまたいじめられてるんだとしたら耐えられない。そもそも、それが理由でこの町に戻ってきたのに。それと、長時間勤務のせいで保育士にまかせきりにしていることに対するうしろめたさが理由で。

アルフィーが小石を蹴った。「ジェイクはいつも意地悪を言うんだ」

ジェイク・ハンター──キャシーの息子。さもありなん。アルフィーの小さな熱い手をぎゅっと握った。「あなたが自分より上手に登るから、たぶんうらやましいのよ」

アルフィーはわたしの腕を引っぱった。

「もちろん。カップケーキを持ってきてくれるって」

アルフィーは満足げな笑みを浮かべて拳を突き上げた。わたしは肩の力を抜いた。そんなことで忘れるぐらいだから、ジェイク・ハンターとの喧嘩《けんか》もたいしたことないのかもしれない。母が近くに住んでいてくれて、本当に助かっている。ビーチが近いことも。ロンドンを離れてこの町へ戻ってきたのは大正解だった。快適な小さなフラットと給与のいい職を手放し、友人たち（ありがたいことにフェイスブックでつながっている）と離れ……要は、それまでの生活すべてに別れを告げなければならなかったけれど。子どもを持つと人生は一変する。そして、もしもその子が不幸なら、笑顔を取り戻してやるためにできることはなんだってやる。

アルフィーを産むまで、何年も特定の恋人はいなかったし、子どもが欲しいなんて少しも思っていなかった。サウスロンドンの大手不動産会社に勤務して賃貸部長にまでのぼりつめ、賃貸物件の全ポートフォリオを管理する立場になっていた。マイカーはシルバーのアウディA3。フラットの一階の住まいは、狭いながらも余分な装飾がいっさいないスタイリッシュな部屋。料理の腕前はせいぜい、高級スーパー〈ウェイトローズ〉で買ってきた調理済み食品を電子レンジに放り込む程度だった。

そんなとき、大学時代の友人マイクル・ルイスと一夜をともにした。なんてことのないいしばしの情事で終わるはずだった。マイクルは調査報道ジャーナリストで、安定した家庭生活につながる職業じゃないし、わたし自身も正直、自立した生活を満喫していた。わたしたちは――なんという表現だっけ？――〝都合のいい関係〟になった。思いがけず、その〝都合〟がアルフィーという実を結んだ。

打ち明けたときの母の顔はこの先も忘れないだろう。わたしが妊娠したことか、相手のマイクルが黒人であることか、どっちのほうのショックが大きかったのかは知らない。マイクルはあっぱれだった。いまもそう。逃げ腰になることも、中絶費用を払うとすぐさま言いだすこともなかった。わたしを座らせて、きみがどんな結論を出そうとそれを支持すると言った。妊娠を継続するのであれば、きみが望む役割を過不足なく果たす、と。結婚しようとまで言ってくれた。

その気にならなかったと言えば嘘になるけれど、プロポーズは生まれてくる子のためにすぎないとわかっていた。だいいち、結婚がうまくいかなかったら――現実を見ても、いまどきうまくいってる夫婦が何組ある?――うちの両親みたいに相手を心底から憎む結果になりかねない。それが子どもにとっていいはずがない。

かくして、わたしたちはいまもよき友人のままで、アルフィーは父親と適切な関係を築いている。わたしが父とのあいだに一度も持つことのなかった関係を。

アルフィーが通りの反対側のだれかに手を振った。小学校の向かいの平屋に住む女。彼女は手入れ中の薔薇《ばら》にかがんでいた身を起こし、剪定《せんてい》ばさみを持った手を振り返した。何週間か前、登校初日にアルフィーが歩道で転んで膝をすりむいたとき、親切にも絆創膏《ばんそうこう》を持って出てきてくれた。やたらとアルフィーの世話を焼いた。

ありがたくない考えが頭に浮かんだ。あの女こそサリー・マクゴワンで、だれにも邪魔されることなく小学校の校庭を眺めているとしたら? 愚かなことばかり考えてるのは自覚している。あの女がサリー・マクゴワンであるはずがない。ショッピングカートを引いてこちらへ歩いてくる女もちがう。

人口統計によれば、フリンステッドの住民の年齢は全国平均よりも高い。定年後に移り住んでくるのに適した町だから。海とのんびりした生活に惹《ひ》かれて、おもにロンドンから。ビーチと一本の商店街しかない町。刺激を求めるなら、三十分も車を走らせなければならない。あるいは、待つのが苦でなければバスに乗るか。だからわたしは、十八歳になるや、待ちかねたようにこの町を離れてロンドンで暮らしはじめた。でも、いまはちがう。アルフィーのことを考えてやる必要があるから。

うちに帰ると、食器棚を塗り直す時間さえあればすっかり見ちがえるはずの小さなユニットキッチンでアルフィーのために放課後のおやつを作りながら、リビングルームから鳴り響いてくる『スター・ウォーズ』のサウンドトラックの聞き慣れたメロディに耳を傾けた。アルフィーのいない生活なんて想像もできない。子を持つ喜びは予想外のものだった。不安も。サンドイッチをリビングルームへ運びながら、何十年も前に気の毒なロビー・ハリスの母親が耐えなければならなかった悪夢のようなできごとについてぐずぐず考えないように努めた。でも、考えまいとしても、いやでも頭に浮かんでくる。この両腕のなかでぐったりした血まみれのアルフィーの姿が。

いつもこう。アルフィーの身に起こりうる最悪の事態を考えてしまう。親ならだれでもそうなのかもしれない。案外、わが子の安全を守るために、この手の病的な想像力が必要なのかもしれない。

ソファに腰かけたままアルフィーに身を寄せて頭のてっぺんにキスをした。五歳児の心臓をひと突きにするなんて、いったいどんな子どもにできる所業だろう？

3

「十時には帰るから」と母に告げた。「カップケーキはこれ以上食べさせないでよ」

母はアルフィーの洗いたての髪をくしゃくしゃにしながら笑った。「いつも走りまわってるのはいいことよ。そうじゃないと相撲レスラーになっちゃう」

アルフィーは頭をのけぞらせて大げさな笑い声をあげた。

わたしは外に出て上着を羽織り、向かい風に頭を低くして、読書会の会場であるリズ・ブラックソーンの家へ向かって歩きだした。夜気が冷たさを帯び、あたりは暗さを増していた。湿った大地と濡れた落ち葉のにおいが漂っている。両手をポケットに突っ込んで歩を進めた。

リズの家はまさに海に面した地区にある。北海から吹きつける風がさらに強い。わたしはいつもの癖で、通りかかる家の一軒一軒を査定していた。マイクルがよくからかうけれど、ジャーナリストと同じく不動産業者にも完全オフの時間はない。ジャーナリストのマイクルが報道価値のあるネタをつねに探しているように、不動産業者のわたしは物件の値踏みばかりしている。頭のなかで販売広告文を書く。市場価値を計る。

窓を板でふさがれ、庭の草木が伸び放題になっている空き家の前を通りかかると、つい、この物件の所有者はだれだろう、どうして手入れせずに放置してるんだろう、と考えてしまう。改修すれば見ちがえるほど美しい家になるのに。所有者が遺言状を残さずに亡くなったのか、相続人がひとりもいないのか。あるいは、たんにこの家に住みたくないだけなのか。想像してみてほしい。投資物件を朽ち果てるがまま放置しているってことを。でも、いくばくかの金をかければ投機対象になる。この地区の古い家の多くがそう——外観は豪華かもしれないけれど、なかはガタが来ている。

リズの家はよくあるダッチ・コロニアル様式で、腰折れ屋根をそなえている。わたしには人の顔——傾斜のきつい屋根はストレートヘア、二階のふたつの半月窓は海を見ている半開きの目に見える。好きな家だ。

「どうぞ入って」リズが迎えてくれて、お決まりの両頬へのキスを交わした。

リズはいつもの七分丈のハーレクイン・ジャケットを着て、白髪のロングヘアを今夜は首のあたりから一本の太いおさげにして肩の前に垂らしている。いつにも増して格好いい。わたしも、あの年齢になったとき、リズの半分でも颯爽《さっそう》として見えたらいいな。

彼女のあとについてダイニングルームに入ると、すでにほかの四人のメンバーが磨き込まれたマホガニーのテーブルを囲み、オリーヴや〈ケトル〉のポテトチップスを食べながらワインを飲んでいた。わたしが作りたいのもこんな部屋。左右の炉胸のくぼみに床から天井までの高さの書棚を設け、壁には独創的な作品——大半がリズの描いた絵——を飾り、窓の下にトルコ風オットマンを配置して年代物の布をかけてクッションをいくつも置く。リズにはボヘミアン風のサロンのように部屋を飾る才能がある。柄も色もごちゃ混ぜなのに、すべてが奇跡的に補完し合っている。芸術家としての一面が発揮されてるにちがいない。まねたところで悲惨な結果を見るだけ。わが家の室内装飾もリズに相談するといいかもしれない。

「露出魔どもについて興味深い話をしてたところよ」リズが言った。

うんざりしたような目配せを送ってくるので、わたしは同感の笑みを返した。リズとは心のつながりを感じる。わたしは昔から年上の女性たちと友情を築いてきた。ありのままの自分を心地よく受け入れている女たちと。おそれることなく堂々とありのままの自分でいる女たちと。

ひとつ確かなことがある。読書会に参加することを勧めてくれた母は正解だった。これぞ、わたしが求めていたもの。学生時代の友人の多くはとっくにこの町を出ていった。たまに知った顔を見かけるけれど、彼女たちとは共通点がほとんどない。もちろんタッシュや、ロンドン時代の友人のひとりかふたりとはいまでも会っているものの、思うほどひんぱんには会えない。タッシュがちょっぴり軽蔑口調で言う〝プレザントヴィル〟——彼女が揶揄《やゆ》してつけた〝快適な田舎の小村〟という意味の呼び名だ——に戻ってからほんの四カ月なのに、いろんな意味でもう何年も経ったような気がする。

テーブルで笑いが起き、グラスにワインが注《つ》ぎ足された。リズが空のグラスをテーブルの上をすべらせてよこし、サイドボードに並んだボトルを顎で示した。

「言いだしっぺはわたしよ」バーバラが言った。声量のある低音が耳にとどろいた。それ以上飲んだら、生まれ育ったバーミンガムのなまりが出るにちがいない。

バーバラはこの町の議員。体が大きく、心はさらに大きい。手持ちの服は黒のすっきりしたパンツと実用的なシャツばかりなんだと思う。彼女を見ていると昔の同僚を思い出す。声高に主張し自説を曲げなくて、そういうところがちょっと滑稽。

「どうしてかしら、そう聞いても驚かないわ」わたしは返した。また笑いが起きた。ワインの量で後れを取ってるのはまちがいない。ふだんは頑として紅茶を飲んでいるマディーでさえ、今夜はワインをあおっている。

「さあて」ほかのみんなよりほんの少し大きいだけなのに、リズの声に全員が注意を向けた。「始めましょうか」

今月の課題本アラン・ド・ボトンの『哲学のなぐさめ』は、いかにもリズらしい選択だった。いつもの現代フィクションとも、たまに差し込まれる古典とも一味ちがう。来月の課題本選定係はバーバラで、ハンドバッグからちらりと見えたかぎりではメアリー・シェリーの『フランケンシュタイン』を選んでるみたい。正直、もう少し軽い作品がよかった。趣向を変えて、心温まる作品が。

例によってバーバラがしゃしゃり出た。わたしが読書会に参加するのは四回目だけど、バーバラは課題本を気に入ったことが一度もないみたい。偉大なる哲学者たちを紹介するこの大衆主義者アラン・ド・ボトンには興味がないし、ふさわしいパートナーに出会う希望を実質的に捨てた人間として、愛は遺伝子を運ぶ乗りものにすぎないというショーペンハウアーの言葉にはなんのなぐさめも見出せない、と言った。

「だって、このわたしはどう？　わたしの遺伝子は後世に残す価値がないってこと？　ま、いますぐ残すことはできないけどね」彼女はワイングラスに向かってぼやいた。「神の介入でもないかぎり」

全員がくすりと笑った。

「ねえ、ショーペンハウアーになぐさめを見出せないとしても、ニーチェはどう？」リズが大きな真剣な目でバーバラを見すえてたずねた。「人生で起きるすべての不快なできごとが栄養となり、結果としてよりよい人間になる、というニーチェの考えをわたしは気に入ってるの」

バーバラは鼻を鳴らした。「長年いやな目にばかり遭ってきたけど、驚いたことにわたしはまだ美徳の鑑《かがみ》とはいかないみたい」

わたしは、アラン・ド・ボトンのツイッターやフェイスブックで、彼が立ち上げた『スクール・オブ・ライフ』に関する投稿をフォローして楽しんでると言った。バーバラは顔をしかめた。「おかげさまでソーシャルメディアにかかわったことがなくて」まるでわたしが恥ずべき悪行を認めたみたいな言いぐさ。

案の定、夜が更けるにつれて会話の焦点はソクラテスやセネカなどから離れ、たがいのことやそれぞれの近況などへと移っていった。今夜は気の毒なジェニーが標的になった。この会の最年少メンバー。資格を取ったばかりの看護師のジェニーは、ほっそりしていて、内気で知性的。ダークブロンドの髪をポニーテールにして、丈の短いドレスに肌の透けない黒のタイツを好んで身につけている。カレンが恋愛事情を根掘り葉掘りたずねると、ジェニーは明らかに困った様子を見せた。

カレンの訊問《じんもん》にさらされたときの気持ちはわかる。わたしも一度、餌食にされたことがあって、たまらなく不愉快だったから。アルフィーの父親との一風変わった関係について説明する気になれなかった。説明の必要を感じなかったし、あんなふうに問いただされるのもいやだった。どうやら、いまのジェニーも同じらしい。

カレンとの同席を我慢するのは月に一度が限界だって気がする。残念。表面的には、彼女はわたしとよく似てるから。三十代半ばで学齢期の子どもがいる。読書家。それに、カレンもロンドンからの転居組。ま、向こうはこの町へ来てもう数年になるんだけど。ご主人といっしょにコンピュータグラフィック会社を経営していて、アルフィーの通ってる小学校でPTAに深く携わっている。わたしがこの会に初めて参加したとき、カレンは古参が新入りに教えるみたいにフリンステッドでの生活の実情を語りだした。この町の学校に通ってたからこの町のことは隅々まで知らないことはないって言うと、カレンは気を悪くしたような顔になった。自慢したつもりなんてないのに。いや、案外、自慢しようとしてたのかもしれない。

わたしは自分のグラスにワインのお代わりを注いだ。「だれか、お代わりは？」ジェニーから注目をそらしたかった。でも、呼びかけに応じたのはバーバラだけだった。

「で、つきあってどれぐらい？」カレンがたずねた。趣味の悪い眼鏡の奥で目を輝かせてジェニーのほうへ身をのりだした。ストレートの黒髪の毛先がテーブルの上方で揺れている。

「真剣なつきあいなの？」

ジェニーが顔を赤らめた。かわいそうに、首まで真っ赤になって斑点《はんてん》が出てるから、不意にカレンの執拗《しつよう》な訊問から守ってやる必要を感じた。町じゅうの人間に知られずに恋愛することは許されないの？

「たんなる好奇心から訊くけれど」とわたしは切りだした。「だれか、サリー・マクゴワンの噂は聞いた？」最初に頭に浮かんだのがそれだった。

カレンが驚いた顔でわたしを見た。しまった。いったいどうしてこの話題を振っちゃったんだろう？　いつも、頭より先に口が動いてしまう。リズがいぶかしげな渋面を向けた。少なくとも、いぶかしげな顔に見えた。会話を本のことに引き戻したかったんだろうという印象を受けた。そうするべきだった。

カレンが眼鏡の奥からわたしを見すえて、大きなまばたきをした。「わたしの知ってるサリー・マクゴワンはただひとり、一九六〇年代に子どもを殺した女だけど。たしか母がその話をしてたわ」

「そうそう」マディーが言った。「あの女について書かれた本を読ませるつもりじゃないわよね、ジョー？　正直、その手の本は読みたくない」彼女は身震いした。「きっと悲惨すぎるもの」

マディーについてはまだ判断を下しかねている。彼女を見ると小鳥を連想する。きらきら輝くビーズのような小さい目はいつもだれかの顔色をうかがっている。興奮すると震える甲高い声。娘さんは金融関係の仕事をしている。〝シティ〟と呼ばれるロンドン金融街で高い地位に就いているらしい。娘さんはマディーを利用してる気がする。ベビーシッターを雇うよりもはるかに安上がりで便利にちがいないから。たしかにわたしもアルフィーのことで母の手を借りてはいるけれど、二十四時間、面倒を見てもらおうなんて思ったことはない。

「ちがう。そうじゃない。今朝サリー・マクゴワンの名前を耳にしたってだけよ」

「どういうこと？」リズがさりげなくオリーヴに手を伸ばしながらたずねた。「ニュースかなにかで聞いたの？」

「いいえ。アルフィーを学校へ送ったときに耳にしただけ。くだらないゴシップ。ペリーデイル小学校がどんなか知ってるでしょう？　みだらな噂の温床よ」

マディーが声をあげて笑った。「その点はまちがってない。孫娘を迎えに行くたびに、聞きたくない話を耳にするもの」

「じゃあ、どんな噂か話して、ジョー」リズが言った。目を大きく見開いている。知りたがっている。「気をもませないで」

わたしは咳《せき》払いをした。もはや、ごまかしはきかない。全員がわたしの話を待っている。

「きっと、よくある大嘘だと思うけど、サリー・マクゴワンが新しい身元でここフリンステッドで暮らしてるって噂を聞いた人がいたの」

「なんてこと」ジェニーが言った。

バーバラはグラスをテーブルに置き、あんぐりと口を開けてわたしを見つめた。ワインのせいで頬が真っ赤だ。「うちの両親が、目を見ただけであの女が悪魔だとわかるってよく言ってた」

リズが鼻で嗤《わら》った。

「じつを言うと、そんな噂が立っても少しも驚かない」カレンが言った。「フリンステッドはその手の人間を隠すのにうってつけの場所だもの。だって、こんな町でサリー・マクゴワンを探そうなんてだれも思わないでしょう?」

答える者はなく、その質問は宙に漂っていた。気のせいだろうか。それとも、あの噂が読書好きの集いの穏やかな空気をゆがめてしまったんだろうか?

4

マイクルは土曜日の午前八時十分、空港からその足でやって来た。玄関ドアを開けたわたしは、すぐには言葉が出てこなかった。ひさしぶりに顔を合わせるとかならず彼の物理的存在に圧倒される。空間を占める存在感に。空間を支配する力に。ボディビルダーのような体格でもないのに力強いオーラを持っている。強さとやさしさ――きわめてセクシーな組み合わせ――に加えて、今朝は、二日分ほどの無精ひげ。皺《しわ》くちゃの白いシャツが黒いズボンと黒い肌に映えて、いつも以上にセクシーに見えるのが癪《しゃく》にさわる。時差ぼけのはずなのに。

ラスベガスのいとこを訪ねていた彼は、コンサート会場を狙った銃撃事件に遭遇してそれを報じるはめになり、そのまま現場に残って続報を届けた。おそろしかったにちがいないけれど、事件現場に居合わせたことをほんの少しだけ喜んでるはず。

マイクルはドア口にしゃがんで両腕を大きく広げた。アルフィーが父親の胸に飛び込んで両腕で首にしがみついた。

「会いたかったぞ」マイクルが無精ひげの顔でアルフィーに頬ずりした。

アルフィーは歓喜の叫びをあげた。

「ありがとう、アルフィー。おかげで頭痛がすっかり治りそうだ」マイクルはわたしを見上げて、にっと笑った。「コーヒーを一杯もらえるかな？　くそみたいな気分なんだ」

　アルフィーがはっと息を呑んだ。「汚い言葉を使ったよ、パパ」

「そうね。まねしちゃだめよ、アルフィー」

　マイクルは眉の下からおずおずした目でわたしを見たあと、罰として自分の手を叩いた。次はわたしが抱きしめてもらう番。「悪かったよ、ママ」立ち上がった彼が耳もとで言って アルフィーを見下ろした。「でも、こいつに会えば時差ぼけのつらさも吹き飛ぶよ。がっかりさせたくなかったし」

　わたしは感謝をこめてうなずいた。いつもならマイクルは、サフォーク州ウッドブリッジの義姉さんの家かサウスロンドンのカンバーウェルにある自分のフラットへアルフィーを連れていく。だけどわたしは、疲労の色が明らかなのにまた車を運転させるのはかわいそうだと思ったからか、後部座席にアルフィーを乗せて運転席で居眠りされるのが不安だったからかはわからないけど——正直なところ、おそらくは後者の理由——気がつくとつい、少し休んでいけば、なんなら泊まっていけばと勧めていた。今朝はどうしても出勤しなきゃいけないけど二時ごろには戻るから、と。

　彼の顔にたちまち安堵《あんど》の色が浮かんだ。まるで、わたしが魔法の杖《つえ》をふるって彼の疲労を消し去ったみたい。彼は両手でわたしの頬を包んで額を合わせた。わたしは目を閉じた。どっちの理由も嘘だ。彼に泊まっていくように勧めた本当の理由なら、よくわかってるくせに。

　マイクルがコーヒーを飲みながらレゴブロックでルーク・スカイウォーカーのランドスピ

ーダーを組み立てようとしているあいだ、わたしは作業に没頭しているふたり――父と子――を見て自責の念に襲われた。マイクルはわたしがロンドンを離れることを望まなかった。近くに住んでいるほうがアルフィーと会いやすかったから。

　でも、わたしが必要とするときに彼の時間が空いているとはかぎらない――いつだって、仕事でどこかへ飛んでいくか、締め切りに追われて徹夜で記事を書いていた。それに彼は、毎朝、登校させるために起こすたび、不機嫌な寝起きのアルフィーを目の当たりにすることもなかった。いまは通りをいくつか隔てたところに母がいてくれるのがありがたい。ベビーシッターにわずらわされることもないし、母にとっても、わたしたちが近くにいるのはいいことだし。ただ、母に頼りすぎないように気をつけないと。マディーの娘さんみたいに、母親が手を貸してくれるのをあたりまえのことだと思うようにはなりたくない。

　ルークのランドスピーダーが目の前でできあがっていく。昨日、挑戦したものの、わたしは昔から手先が不器用だった。大工だった父はよくなにかを作っていたけれど、なにも教えてもらえなかった。わたしがまだ四歳のときにほかの女と逃げて新たな家庭を設けたから。〝浮気の虫を抑えられなかった〟っていうのが母の好む表現。少なくとも、簡潔な言いかた。父はわたしの養育費を一ペニーも払わなかった。しばらくは手紙をくれて、会いに行くとか休日にどこかへ連れていくと約束したけれど、実現したことは一度もなかった。

「やった！」アルフィーが歓声をあげ、うれしそうに目を輝かせて手を打った。

　わたしは笑みを浮かべた。おたがいが望むほどひんぱんには会えない父子であるにせよ、少なくともアルフィーには父親がいる。マイクルは、どこだか知らない場所で次の大ネタを追ってるときでも、極力アルフィーに電話をかけてくるし、楽しい絵葉書やプレゼントを送ってくる。完璧なはからいではないかもしれないけれど、これまでのところ、うまくいっている。少なくともアルフィーにとっては。

仕事から戻ると、アルフィーは昼寝中だった。マイクルがわざと疲れさせたから。ベッドルームに達したときには、マイクルもわたしも下着姿になっていた。その下着も、いまは床に脱ぎ捨てられている。いつ目を覚ますかわからない六歳児がいると、前戯を愉《たの》しむ時間なんてない。

両脚をマイクルの引き締まった筋肉質の腰に巻きつけて足首に力を加え、もっと深く速くと促したとき、前にこうしたときに下した決意を思い出した。体がどんなに欲しても、二度とこうしないと決めたことを。アルフィーはあっという間に成長していく。いままで気づかなかったことに気づくだろう。

マイクルにプロポーズされたときに結婚しておけばよかったかなと思うこともある。両親の破綻《はたん》に影響されすぎているのかもしれない。もしかすると、わたしたちはおとぎ話のように、いつまでも幸せに暮らす好運な夫婦になっていたかもしれない。べつに、いまが不幸だというわけじゃない。不幸にはほど遠い。タッシュはなんて言ってたっけ？　いさかいとも洗濯物とも無縁の、おいしいところだけの情事。なんなら、彼が永遠に去る不安もないとつけ加えてもいい。それでも、ずっといっしょに暮らしてたらどうなっていただろうと想像せずにはいられない。

ことを終えると、マイクルはあおむけに寝そべり、頭の下で両手を組んだ。わたしは横向きになって片脚を彼の太ももに絡めた。彼の黒い肌とは対照的なミルク色の脚を。ふたりであれこれ話した。アルフィーと新しい学校のこと。マイクルの最近の仕事のこと。唯一、話題にしなかったのがわたしたちの関係。まるで、どちらもその話を持ち出す勇気がないみたいに。とはいえ最近は、つまりわたしがロンドンを離れてからというもの、会話の陰にその話題がひそんで表に出されるのを待ってるような気がする。

マイクルは、悪趣味な古い壁紙がほんの一角だけはがされてるのをあてつけがましく見ながら言った。

「あれだけ？」

わたしはため息を漏らした。「アルフィーの世話をしながらペグトン不動産の仕事をこなしてみなさいよ」

この家に越してくる前は、壁紙をすべてはがしてペンキで白く塗ってから配色を決めるつもりでいた。でも実際の生活が始まると、改装をひとりですべてやるなんてとても無理だと思えてくる。たぶんマイクルが手伝ってくれるだろう――わたしが頼むのを待っているのかもしれない――けれど、すべて自分ひとりでやりたいという気持ちもあった。ひとりでできると証明するために。〝あんたの頑固な性分〟とタッシュは言う。

マイクルが声をあげて笑った。「ここに根を張るなと、きみの潜在意識が告げてるのかもしれないな。フリンステッドはかならずしも刺激的な町じゃないから」

「この町のなにを知ってるというの？　この小さな町には、想像もできないような秘密がいくつもあるのよ」

マイクルが鼻で嗤った。「当ててみせよう。ブランドランズ荘のミセス・ベージュが、一九七三年に葬儀屋とのあいだに非嫡出子を生んだことを告白したんだろう」

わたしはマイクルの太ももの上部を叩いた。「ばか！」彼はいつも、小さな町での生活をからかってばかりいる。

「あるいは、花のフリンステッド旅団がもっとも近い競争相手たちの薔薇に刈り込みゲリラ作戦を展開したことをついに認めたか？」

「もう。じゃあ、この話はどう？」彼をぎゃふんと言わせてやりたかった。「悪名高き子ども殺しのサリー・マクゴワンがここフリンステッドに住んでるの」

マイクルがはっと顔を向けた。「その話、どこで仕入れた？」

「小学校で母親たちが噂してた。どうして？　まさか、信じてないでしょう？」

「もちろん。でも、ネタにはちがいない。そうだろう？」

彼がスマートフォンに手を伸ばし、わたしは彼の黒々と巻いた胸毛を引っぱった。この手のネタを前にすると、彼はネズミを追うテリアのようになる。長年タブロイド紙に記事を書いているせいだ。

「掘っても無駄よ」と言ってやった。「サリー・マクゴワンについては報道禁止命令が出されてるでしょう」

「わかってる」マイクルはすでに画面をスクロールしていた。「興味がある。それだけだ」

5

月曜日の朝は決まってひと苦労させられる。長い夏休みもビーチで遊んだ日々も終わったんだ、どうしても学校へ行かないとだめ、とアルフィーを納得させるのに延々と時間がかかる。前とはちがう学校だから、いじめっ子はもういないから、と。まして、週末を父親と過ごしたあとの月曜日の朝となると、苦労は倍増する。

「ほんとにお腹《なか》が痛いんだ」アルフィーが脇腹を押さえて痛そうに顔をゆがめるものだから、吹き出しそうになるのを懸命にこらえた。

「ふうん。じゃあ、おばあちゃんに電話して、今日のおやつは断ったほうがいいかな。残念ねえ。トライフル（カスタードクリームやスポンジケーキ、フルーツ、ゼリーなどを層状に重ねて作るデザート）を作ってくれたのに」

アルフィーは額に皺を寄せて思案した。一瞬にしてこの子の腹痛は治ったらしい。


校門から出てくる親たちの流れに逆らって急いでなかへ入るわたしたちに向かってマディーが手を振った。ファー襟のジャケットを着て、アガサ・クリスティの小説の登場人物よろしく茶色のクローシュ帽を目深にかぶった彼女は、写真を何枚も収めた袋を胸もとに抱えている。セロファン袋のなかから彼女の孫娘がほほ笑みかけていた。しまった。また写真の申込書をうちに忘れてきちゃった。まだ締め切りを過ぎてなければいいんだけど。ばかみたいに高いけれど買わないわけにはいかない。ロンドンを離れたいま、稼ぎのあまりの少なさにいささか驚いている。

「今朝は遅いのね」マディーは目を輝かせ、笑みを浮かべている。

「ええ、まあ」わたしは横目でアルフィーを示した。「ちょっとばかり、だれかさんを説得する必要があったから」

「校門のところで待っててもかまわない？」マディーが言った。「話したいことがあるの」

マディーと落ち合ったときには、親や送迎者の大半は散り散りに立ち去っていた。

彼女はため息をつき、背後をちらりと確認した。「読書会であなたが言ったこと。耳にしたっていう噂……」

「どうしたの？」

心が沈んだ。

「あれはくだらないゴシップよ、マディー。わたしだったら、あれきり忘れるわ」

「そう、その件よ」彼女は一大事のように声を低めた。「くだらないゴシップだとは思わない。事実が含まれてると思う」

「根拠は？」

彼女がわずかに体を寄せてきた。「ピラティス教室の仲間のひとりと話したの。彼女、元保護観察官でその手の事情にくわしいのよ」

わたしは漏れそうになるうめき声を押し殺した。

「彼女が言うには、ああいう人間はフリンステッドのような町に住まわせることが多いって。だれもたいして注目しないような、どこにでもある小さな町に。ファーストネームをそのまま使わせるか、せめてイニシャルを同じにしてやるそうよ。それなら頭が混乱してまちがえることもないから」

できるだけさりげなく腕時計に目をやった。マディーはいい人。本当にいい人だけど、出勤まであと十分しかない。

「それで？」わたしは促した。

「ときには、店を持つ手助けをしてやることもあるんですって。自営業なら正体を隠しておきやすいでしょう」マディーの目がきらりと光った。彼女は楽しんでいる——この刺激的な噂話も、あれこれと憶測をめぐらせることも。

「それはそうだと思うわ。でも、だからといって、サリー・マクゴワンがフリンステッドに住んでるってことにはならない。ここみたいな小さな町は山ほどあるんだし。どこに住んでてもおかしくない。海外にいる可能性だってあるのよ」

マディーは首を振った。「ちがう。この週末、ずっとインターネットで調べてたの。娘がシルバー向けインターネット講座に申し込んでくれたことは話したかしら？」

「いいえ、聞いてないわ」

「とにかく、その講座で、いろんな検索エンジンについてあれこれ学んだの」彼女はまた体を寄せた。「サリー・マクゴワンは海辺の小さな町にいて、どこかの店で働いてる」

笑い声をあげないようにするのが精いっぱいだった。マディーがあまりに確信を持って言いきるから。良識のあるマディーがインターネットで読んだものを鵜呑《うの》みにするとは思ってもみなかった。

彼女は中年の男女が通り過ぎるのを待って話を続けた。「フリンステッド・ロードの〈ストーンズ・アンド・クローンズ〉に入ったことはある？」

「あのニューエイジ雑貨店？　ええ、買いものしたことならあるけど。どうして？」

マディーは深呼吸をひとつした。「こんなこと言って悪いと思うわよ、リズがあそこの店主と親しいのは知ってるし。リズはああいう変わったものが大好きだもの。そうでしょう？」間を置いて続けた。「とにかく、義妹のルイーズがあそこの隣のブティックで働いてるんだけど、ソニア・マーティンズはフリンステッド・ビジネスグループへの加入の誘いをいっさい断ってるし、商店街のどんなお祝い行事にも参加したがらないんですって」

マディーは、これぞ明白な証拠だといわんばかりにわたしを見た。

「ルイーズの話だと、ソニアはダゲナムに住んでたことがあるって前に言ったくせに、しばらく経ってからその話をすると、きっと聞きまちがえたのね、以前住んでたのはサウスヨークシャー州のディニントンよって言ったって」

話を続けるうち、マディーの声は高く早口になってきた。まるで、声を震わせて鳴くズアオアトリみたい。

「でもルイーズは、聞きまちがえたはずはないって言うの。『ファクトリー・ウーマン』（原題『メイド・イン・ダゲナム』。二〇一〇年のイギリス映画）の話をしたのを覚えてるから、ソニアは絶対にダゲナムと言ったって。だから、すべてを考え合わせた結果、わかったことは――ソニア・マーティンズの正体はサリー・マクゴワンらしいってこと。海辺の小さな町で店を構えて人づきあいを避けてるし、生いたちに関して話に一貫性がない」

ここに至って、たまらず笑ってしまった。「〝生いたちに関して話に一貫性がない〟？　読書会で犯罪小説について語ってるみたい」

マディーは顔を赤らめた。「そうね。たぶん、そのとおりよ。でも、疑わしいでしょう？」

6

ドアを押し開けて〈ストーンズ・アンド・クローンズ〉のかぐわしい店内に足を踏み入れると、ドアのベルがチリンと鳴った。新しいアロマキャンドルが欲しかった。実際にはアロマキャンドルがなきゃだめってわけじゃないけど、あの芳香は緊張をほぐしてリラックスさせてくれる。とくに、職場でストレスの多い一日を過ごしたあとは。それに、電気店で煙探知機の電池を買う用事もあったし、この店はそのすぐ隣だし。マディーのばかげた憶測とはなんの関係もない。まったくの無関係。

なかに入ってドアが閉まった瞬間、この店へ来たのはまちがいだったと後悔した。気が引けて、どうにも落ち着かない。鼓動が大きすぎて、その音が耳を満たし、店全体に広がった。顔どころか首まで熱くなった。〝あなたが子ども殺しのサリー・マクゴワンかどうか確かめるため間近で見に来ました〟と書いた札を額に貼りつけているようなもの。なに様のつもりなんだか。魔女狩り将軍？　恥を知りなさい。

ソニア・マーティンズはカウンターの奥に腰かけていた。落ち着き払って身じろぎひとつせず、たっぷりと口紅を塗った口もとにかすかに笑みらしきものを浮かべた。肌は青白い。母なら〝アイルランド人の白さ〟と言いそうな色。

「いらっしゃい」ソニアが言った。

「おはようございます」ふだんとはまるでちがう金属性の甲高い声が出た。

たぶん、目が似てる。髪の色も同じ。ただ、ソニアには白髪がある。でも実際、この髪の色でこんな目をした女はごまんといるはず。たとえば、スーザン・マーチャントもそのひとり。それに、正体を知られたくなければ、きっと最初に髪の色を変えるはず。マディーはいったいなにを考えてたんだろう？

CDコーナーへ行ってゆっくりとまわりながら、癒やし系CDのタイトルを眺めた。『禅ミュージック――心を落ち着かせる音楽』『エンジェリック・レイキ』『ミュージック・フォー・クリスタル・ヒーリング』

ソニアの視線を感じた。店主がそれとなく客に向ける視線。さりげなくこちらを見て、万引きしていないことを確かめると、すぐに目を伏せた。わたしはラックから一枚のCD――『寺院への旅』――を引き出し、裏返して説明文を読んだ。〝水音や鳥の鳴き声などの自然音と七つのチャクラ音楽を融合〟。心拍の速度が治まった。本当にヨガ教室を探そう。ロンドンでは週に一度、通っていたんだから。

アロマキャンドルはカウンターのすぐ前の陳列台にあった。ソニア・マーティンズと呼ばれている女の目の前に。フリンステッド・ビジネスグループへの加入の誘いを断り、商店街の年中行事に参加したがらない女。十中八九、サリー・マクゴワンとはなんの関係もない女。ロンドン東部のダゲナム、あるいは、ひょっとするとサウスヨークシャー州のディニントンで、人形遊びをしたりパフィン・クラシックス・シリーズの名作児童文学を読んだりという平穏な幼少期を過ごして親切で穏やかな人間に成長した女。

アロマキャンドルの値札を見ると、いちばん小さいのでも六ポンド九十九ペンス。

ソニアがわたしを見た。「とてもいいにおいよ、そのアロマキャンドル」

わたしは笑みで応じ、必要でもない高価なアロマキャンドルを買うか、空手でこの店を出るかのジレンマと戦った。それがこうした小さな店の欠点。店内に足を踏み入れたが最後、なにか買わなければ悪いと思ってしまう。他人の商売を支援するのが道徳的義務だとでもいうように。

アロマキャンドルを戻してスティックタイプのお香の箱をつかみ、にこやかな笑みを浮かべた。本当に探してたのはこれよ、最初からこれを買いに来たの、というように。

「一ポンド七十五ペンスです」彼女の口調にかすかな落胆の色を感じる？

財布のなかを探ってちょうどの金額を出した。穏やかで、まずまず教養のある話しかた。わたし自身の話しかたに少し似てる。河口域英語と呼ばれるもの。上流階級英語とコックニー英語の中間。つまり、彼女の出身地はイングランド南東部のどこかにしぼられるってこと。

いや、そうとはかぎらない。こういう話しかたはいまではテムズ川河口域からはるかに広がっていると、なにかで読んだことがある。だいいち、発音は習得できる。学んで身につけることが。捨てることも。バーバラのきどった母音の発音と、ときおり酔っぱらって出てしまうバーミンガムなまりを思い出した。

ソニア・マーティンズがお香を茶色の紙袋に入れた。手渡してくれるときに目が合った。想像を膨らませすぎてることは自覚しているけれど、これはこっちを見透かすことのできる目だ。わたしは笑みを浮かべ、店を出るべく背を向けた。うなじに視線を感じた。注がれる視線の重さを。

通りに出てようやく、息を詰めていたことに気づいた。なにをやってるんだか。こんな無意味なことはいますぐやめなければ。このことは、これきり二度と考えない。

事務所に戻るなりデイヴが付箋のメモを振り示した。

「アン・ウィルスンがメイプル・ドライヴの物件をもう一度見たいそうだ。それで、きみは一度会ってることだし、よければ――」

「ミセス・マーチャントの温かい笑顔をもう一度拝んでこいと?」

デイヴがにっと笑った。「そんなところだ。自分で行きたいが、午後に二件の査定が入ってて、じつは手いっぱいでね」

デイヴ・ペグトンのこういうところに好感を抱いている。いまのわたしは住宅販売の経験を積もうと努めるパートタイムの仲介員で、デイヴはこの不動産事務所の所長で経営者だけど、対等な立場だといつも思わせてくれる。

「母に電話して、アルフィーのお迎えに行けるかどうか聞いてみる。書類は戻ってから仕上げます」

それでいいという印に、デイヴは親指を立てた。

メイプル・ドライヴの端に、車首を海に向けて停めた。今日の海は深い青紫色。立ちのぼった陽炎《かげろう》のせいで風力発電所はかすんでほとんど見えない。海はいつ見ても飽きない。海はわたしの魂の一部で、DNAに刻み込まれている。子どものころ、夏の長い午後にはよく砂の上に寝そべって、打ち寄せる波の音を聞きながら夢中で本を読んでいた。十代になると、日が暮れて夜になるころ、無許可の焚《た》き火を囲んで仲間と煙草を吸ったり缶ビールを飲んだり、ついてるときには、ミストデン桟橋の遊園地で働く青年たちと抱き合ってキスしたりしていた。いつかこの海へ帰ってくると、ずっと思っていた。

今回は車から降りずにアン・ウィルスンの到着を待った。スーザン・マーチャントと接する時間は短いほうがありがたい。ラジオをつけて窓を開け、歩道の落ち葉が風で移動してばらばらになるのを眺めた。冬の到来までわずか二カ月。こんないい季節は堪能しないと。季節の終わりのひとときを。

押し寄せていた避暑客が去り、学校が始まった。フリンステッドの町は住人の手に戻りつつある。町もようやくひと息つくことができるって感じ。避暑客がまったく来なければ、この町はきっと死ぬ。でも、避暑客がデッキチェアや風よけをまとめて車に戻り、そのまま走り去ったあとの季節がどれほど美しいか。遊歩道には、避暑客の持ち込んだプラスティック製のピクニックテーブルも大きなエアチェアもなく、日焼けした脚も見えない。

もちろん、ふらりと訪れた日帰りの旅行客や犬の散歩に来た人が海岸沿いの道路に車を停めることはある。芝地では男と子どもふたりが凧《たこ》あげをしている。昔ながらのひし形の凧――赤い長いしっぽがついた鮮やかな黄色の凧。降下したり舞い上がったりする凧の動きに合わせてしっぽがなびく。アルフィーに凧を買ってやろう。きっと気に入るはず。学校のばか高い写真なんかより、良質の凧を買うほうがはるかにいい。それで思い出した。家に帰ったら写真の申込書を探さないと。

バックミラーでアン・ウィルスンのブルーのルノー・クリオを探したけれど、まだ来ていない。約束の時刻が過ぎても本人からなんの連絡もないので待ちつづけた。窓から夕日が差すし、上空で鳴いているカモメの声を聞きながら運転席に座って待つのはまったく苦ではなかった。それでも、わずかばかりの不安がみぞおちあたりに居座っている。枯葉が音を立てて歩道を転がった。ひょっとすると、またスーザン・マーチャントに会うことを考えているせいかもしれない。あるいは、さっきソニア・マーティンズと会って心にさざ波が立ったせいかもしれない。

スーザン・マーチャント。ソニア・マーティンズ。これから先、イニシャルがS・Mの人全員を疑うつもり？

助手席に置いた茶色の紙袋、お香の入った紙袋に目が向いた。フリンステッドに戻ってから、すばらしい香りや落ち着いた雰囲気に誘われてあの店には何度か入ったことがあるはず。もしもわたしが世間から正体を隠そうとしているなら、抑えるべき残虐性を秘めた人間なら、日々を過ごす場所として〈ストーンズ・アンド・クローンズ〉のような静かで穏やかな環境以上にふさわしい場所を選べるだろうか？

永遠に嘘をつきとおさなければならないなんて、棒の先で皿をずっとまわしつづけるみたいにむずかしいはず。そんな生活、頭がおかしくなるに決まってる。左右の肩甲骨を内側に寄せて締め、背中の緊張をほぐした。サリー・マクゴワンのことを考えないという誓いも、もはやこれまで。彼女は、招かれざる客のようにわたしの頭のなかに居座っている。

アン・ウィルスンを待つあいだにフェイスブックをスクロールした。タッシュが、ひどいあざができてすごく腫れてる足首の写真を投稿していた。〝家にこもってネットフリックス三昧のいい口実〟と説明をつけている。わたしは〝いいね〟を押してから〝ゆうべはウォッカの飲み過ぎ？？？〟とコメントした。

ものの数秒でタッシュから〝バスに乗ろうと走って縁石につまずいて転んだ。近況報告の必要あり。いますぐ泊まりに来て〟と返ってきた。

〝そうする〟と返事した。〝会いたいわ〟

すぐさま〝だったら越さなきゃよかったのに！〟というコメントとウインクの絵文字が返ってきた。

あっかんべーの絵文字を返した瞬間、アン・ウィルスンのルノー・クリオが道路の反対側に寄って停まるのが見えた。当人が降りてきて、疲れた顔をしかめて〝ごめんなさい〟と口を動かした。急ぎ足で近づいてくる彼女の髪のハイライトが日差しにきらめいた。今日はシルバーグレーの髪の男はいっしょじゃない。

「遅れるって電話しようと思ったんだけど」アン・ウィルスンが言った。申し訳なさそうな口調のかすれた声。「でも、電話するあいだ、さらに時間をロスするし。車を飛ばして来るのがいちばんだと思って」

皮膚の張りとつやは前回よりも増している。年齢の見当がつかないけれど、若くはない。

「気にしないでください」わたしは言った。「本当に」

前回と同じく、二十四番地の玄関ドアはわたしが呼び鈴を鳴らす前に開いた。スーザン・マーチャントの目がわたしからアンへと移り、わたしに戻った。一瞬、約束の時刻を過ぎてるから帰ってくれと言いだしそうな印象を受けたけれど、彼女は身ぶりで入れと示した。横柄に片腕を振って。

「わたしは庭にいるから」と言って長い廊下の奥へ消えた。

アン・ウィルスンは、信じられないといった様子で首を振った。ペグトン不動産事務所としてはこの売買契約をまとめる必要がある――昨今は住宅市場が低迷していて、それをデイヴは〝欧州連合離脱《ブレグジット》のあおり〟と呼んでいる――けれど、アンが購入を決めないことを願わずにいられない。ほかのだれであろうが。そうすれば、スーザン・マーチャントは売却価格を下げざるをえなくなる。あんなに冷ややかな態度ばかり取ってるんだから、そうなれば、いい気味。

7

一棟二軒の平屋の、母が住んでいる側と隣側とを見比べると、改装前・改装後の写真を連想してしまう。どちらも壁は砂茶色で小石打ち込み仕上げだけど、高齢の隣人が住んでいる左側の家の窓は汚れていて、サイズの合わないカーテンが掛かっている。対して母の家の窓はきれいに磨かれ、サイズの合った縦型ブラインドがついている。同様に、共用しているコンクリート舗装の私道にも、それぞれの側の住人らしさが表われている。もっとも、最近気づいたことだけど、母はコンクリートの割れ目から伸びた草を抜くときに隣人側の草も抜いてやっている。窓掃除も買って出ていないのが驚きだ。

玄関ドアを開けた母は肩に布巾をかけて、キッチンの熱気で頰が上気している。足もとからソルが出てきて迎えてくれた。この十歳のゴールデンレトリバーこそ、この町に住むことをアルフィーが喜んでいるもうひとつの理由。アルフィーは大の犬好きで、こうしてほぼいつでもソルに会えるおかげで、犬を飼いたいとうるさくせがまなくなった。

引退した盲導犬の世話は、わたしの幼いころから母が続けていることだ。おじいちゃんが目の不自由な人だったので、母は身近に盲導犬のいる環境で育った。母が世話した盲導犬の名前はすべて覚えている——ルル、ネロ、ペッパー、歴代一のいたずら好きだった大型犬クエントン。クエントンは、だれも見てないすきにバースデーケーキをまるまる一ホール食べてしまったことがある。じつはわたしのバースデーケーキだったんだけど、クエントンにいつまでも腹を立てていることなんてできなかった。まして、砂糖の過剰摂取により痙攣《けいれん》しはじめたせいで急いで獣医に連れていかなければならなかったんだから。

美しいジャーマンシェパードのウーナががんで死んだとき、母はもう二度と犬を飼わないだろうと思った。そりゃあ母にとってはどの犬も特別な存在だったし、うちへ来るときにはすでに老犬なんだから愛着を持ってはだめってよく言ってたけれど、ウーナはとくにお気に入りだったから。

でも結局、母の悲しみもやわらいだ。犬がいないと、まるでうちじゃないみたい。

アルフィーがリビングルームから走り出てきてわたしに抱きついた。両手がフェルトペンの緑色のインクまみれで爪のあいだに粘土が入り込んでいるものの、とてもいいにおいがするから、このまま離したくなかった。

母が笑みを浮かべた。「アルフィー、ママとおばあちゃんが食卓の準備をするあいだに塗り絵をやってしまう？」

「その前にエイリアンの宇宙船を見て」アルフィーが自分の作品をわたしの鼻先に突きつけた。「特殊ロケット発射装置つきだよ。見て、ママ。ねえ、見て！」

「すごいわ、アルフィー。ね、この小さな生きものはなに？」

アルフィーと母が〝知らないとはね〟とあきれたように目配せを交わした。「宇宙ロボットだよ。これがアンテナで、これが特殊な爪」

「ああ、なるほど。ママったら、ばかね。アルフィーは賢いのね」

アルフィーは「賛成、賛成」と唱えながら、ロボットのような歩きかたでリビングルームに戻った。

「あの子、あの本が大好きなの」母が声をあげて笑った。「わたしが買ってあげようとしたときにあんたが渋ったあの本よ」

「たんにタイトルが気にくわなかっただけよ。『男の子のための塗り絵』だなんて。女の子が宇宙船や飛行機の塗り絵をしたがらないみたいに。女性エンジニアがこんなに少ないのも不思議はないわ」

母はあきれたように目を剝《む》いたあと、キッチンへ入れと合図した。なかへ入ると母がドアを閉めた。「ちょっといい？」

わたしはハンドバッグを床に置き、朝食用カウンターのスツールのひとつに腰を預けた。

「あの子、今度はなにをしでかした？　もう〝くそ〟なんて言ってないでしょうね？　あの子の前で口にしないでってマイクルには言ったけど、彼がどういう男かは知ってるでしょう？」

母が顔をしかめた。マイクルがどういう男かはよくわかってると告げる表情。「そうじゃない。アルフィーはとても行儀よくしてたわ。ただ……」母はためらった末に続けた。「あの子のことが心配なのよ、ジョー。ましてや、あんなことがあったあとだもの」わたしは胸が締めつけられる思いだった。「あの子、ランチタイムのことでなにか言ってた?」母はたずねた。

面くらって母の顔を見つめた。「ランチタイムのことって?」

「だれも隣に座りたがらないって」

今朝のお腹が痛いという言い訳を思い出して目の奥が熱くなった。「わたしにはそんな話、ひと言も」

母がひきだしからランチョンマットを三枚取り出した。「あの子がそれを口にしたのは二度目なの。最初はたいしたことじゃないと思ってた。ほら、あの年ごろの子どもがどんなか知ってるでしょう——友だち関係がころころ変わる」母がランチョンマットをわたしに渡した。「でも、どう見てもあの子は不安そうで。それに、ジェイクとリアムがいつも意地悪をするって言ってるし」

サンルームへ出てテーブルにランチョンマットを並べた。母に悩みを打ち明けることができるとアルフィーが感じているならうれしい。喜ばしいこと。ただ、最初にわたしに話してほしかった。このあいだジェイクとリアムについてもう少したずねれば、学校でのできごとを話してくれていたのかもしれない。こんなあやまちは二度と繰り返さない。

「そのふたりのことは言ってたけど、ランチタイムのことは全然知らなかった。明日ウィリアムズ先生と話してみる」

かわいそうなアルフィー。あの子がランチタイムのあいだひとりぼっちで座っていると考えると耐えられない。

母が顔をくもらせた。「心配なのはそれだけじゃないわ」

なんてこと。息子のことで、ほかになにを見落としていたんだろう？

「週末にマイクルが泊まっていったそうね」

なるほど。アルフィーがそのことを話すと予測しておくべきだった。

「あんたの人生に口出ししたことはないし、いまさら口出しする気もないわ、ジョアンナ。でも、これだけは言っておかないと気が収まりそうにない」

「じゃあ、どうぞ。さっさと言って」

「アルフィーが早合点しかねない。どうして父親が同じ家に住んでいないのか、あの子がときどき不思議がってると、あんたが言ってたことよ。マイクルが家に泊まるようになれば、あの子が混乱するのは目に見えてる」

母は唇を引き結んだ。マイクルとわたしの関係を、母が真に理解したことはない。そういう面に関してはかなり考えが古いから。たぶん、母の言うわたしたちの〝状況〟とやらが、友人に説明するにはいささか体裁が悪いと思っているんだろう。でも、わたしのためを思ってるだけだってことは心の奥底ではわかっている。母が以前、あんたは次善の策で妥協してると思うと言ったことがあるけれど、わたしはマイクルとの関係について申し開きをする必要なんて感じていない——これは、母ではなく、わたしの人生なんだから。

そのくせ、つい弁解していた。「彼は帰国したばかりで疲れきってたの。こっちに着くなり追い返すなんて、意地悪だと思って」

「じゃあ、彼はソファで寝たのね？」

わたしは口を開けたものの、返す言葉はなかった。

母は例によって笑いまじりの吐息を漏らした。「アルフィーはまだ六歳かもしれないけど、子どもはわたしたち大人が思ってるよりもはるかに事情を理解しているものよ」

母は豆を茹《ゆ》でていたレンジの火を消し、戸棚から水切りざるを取り出した。「彼がコンドームを使ってるのならいいけれど」

「もう！　やめてよ！　もちろん使ってる。わたしたち、ちゃんとしてるわ」

あの夜、アルフィーを授かることになった特別な夜はもちろん例外だけど、あんなことは二度と繰り返さない。

「それはたぶん、彼があんた以外の女とも寝てるからよ」母が言った。「それはわかってるんでしょう？」

鼻から息を吸い、五つ数えた。「わたしたち、独占し合う関係じゃないの。そう説明したでしょう。でも、マイクルのことでひとつわかってるのは、彼が正直だってことよ」

ときに正直すぎるきらいがある。ごくまれに、ほかの女とデートするときには、かならずわたしに断っていた。わたしの了解が必要だというように。だからわたしも、ほかの男とデートしたければしてもかまわない。ただ、デートしたいなんて思わない。現に一度もしていない。アルフィーが生まれてからは。

「彼はひさしくだれともデートしてない。それに、いっしょになりたい女《ひと》と出会ったら、わたしに言うわ。それは確かよ」

母はため息をついた。「悪かったわ。あんたのことが心配でならないの。ほら、母親の性《さが》よ、わが子の心配をするのは。わが子が大人になってもやめられない。幸せになってもらいたいの。あんたの父親にさせられたような苦労を、あんたにはさせたくないのよ」

例によって、皮肉をこめて〝父親〟という言葉を強調した。かわいそうに。母が男を快く思わないのも当然と言えば当然の話。

母がわたしの肩をぎゅっとつかんだ。「子どものころの空想の友だちのこと、覚えてる？学校へ通いはじめるころには本気で心配したわ。そのことでほかの子たちにからかわれるんじゃないかって」

「ああ、ルーシー・ロケット」思い出して笑みが浮かんだ。

母は声をあげて笑った。「あんたが自分の部屋でひとりでおしゃべりしなくなったときにはどれだけほっとしたか」

「実際のところ、幼い子に空想の友だちがいるのはまったく正常なことなのよ。一度なにかで読んだことがある。成長過程におけるごく普通の行動だって」

「そんなことはわかってる。ちょっとからかっただけ」母は食卓用の塩胡椒《こしょう》をわたしに手渡した。「アルフィーには、学校になじむ手助けが少しばかり必要そうよ。あんたがほかの子のお母さんと親しくなったり、子どもたちをおやつに招いたりすれば、その役に立つかもしれない。今日のお迎えのとき、ヘイリーのお母さんと話をしたのよ。カレンといったかしら? そのカレンのお母さんもいてね——すてきな方。痛々しいほど細くて。娘の家に同居することになったたって、たしかそう言ってた。ふたりとも、いい人そうだったわ」「カレンなら読書会のメンバーよ。PTA役員もやってると思うわ。正直、少し負けん気が強い気がする。どのみちアルフィーは女の子にあまり興味がないしね」

母が笑い声をあげた。「それは十代になれば変わるわ」戸棚から皿を三枚取ってオーヴンの下段に入れて温めた。

アルフィーがドア口から顔をのぞかせた。「お腹ぺこぺこだよ」

母は両手を腰に当てた。「ちょうどよかった、夕食の準備ができたところよ」

母の言うとおり。もちろん。ほかの子の母親と親しくなるように、もっと努力しなければ。アルフィーのために。必要とあらば、朝の茶話会に誘ってもらおう。ロンドンを離れてパート勤務をするつもりだって話したとき、タッシュはなんと言ったたっけ? コーヒーショップに陣取って延々と子どもの話をする母親のひとりになるのも時間の問題ね。わたしは「絶対にそれはない」って言い返したんだった。

でも、それでアルフィーの学校生活が少しでも楽になるのなら……

8

その夜遅く、アルフィーが眠ってから五分ほどして電話が鳴った。アルフィーが目を覚ます前に受話器をつかみ取った。

「サリー・マクゴワンと連絡がつくかもしれない」マイクルが言った。挨拶もそこそこに。

「冗談でしょう」

「冗談じゃない。最初のすっぱ抜き記事を書いた古い知り合いとばったり出会ったんだ。ほら、彼女がコヴェントリーで見つかったときの記事だ」

マイクルが〝古い知り合い〟という言いかたをするときはどういう意味にでも取れる。昔、取材で顔を合わせた記者。犯罪者から身を転じた情報屋。ほんのつかのまの名声と、親切な目をしたハンサムな記者からの感謝の念を得るため話を盛りたがる、罪のない第三者。ただし、〝友人〟という意味はまずない。

〝ばったり出会った〟という言いかたも、文字どおりの意味じゃない。わたしが今朝マディーと小学校の校庭で〝ばったり出会った〟のとは意味がちがう。マイクルの世界で言う〝ばったり出会った〟とは〝可能なかぎりのあらゆる手段を使って探し出した〟という意味。

「記事が出たあと、彼女は別のどこかへ移されたんだ。新しい名前、新たな過去を与えられて」

新たな過去？　マイクルはこのネタを本当に楽しんでいる。声の調子、アメリカ映画に出てくるCIA工作員のようなもったいぶった言いかた。

「一本立ちさせる準備が整うまで何カ月もかかることがある。情報源の話では、サリー・マクゴワンは飲み込みが早かったらしい」

「情報源？　知り合いじゃなかったっけ？」わたしは突っ込んだ。

「あはは。ともかく、要点はこうだ。知り合いの情報源――信用できる情報源だと知り合いが請け合ってる――がある夜、酔っぱらってうっかり口をすべらせ、サリー・マクゴワンは死を目前にした人間が移り住むような海辺の町で安全に身をひそめてると漏らしたそうだ」

「ふうん。その話を聞いてすぐにフリンステッドだと思ったわけね」

「そりゃあ、〝思い当たれば正解だ〟って言うからな……でも、それだけじゃない。話はまだある。その情報源が最後に、つまり酔いつぶれて話ができなくなる前に、自分だったらパブが一軒もない町で人生を終えるよりも怒れる群衆に用心するほうがましだと言ったそうだ」

マイクルはわたしがその意味を理解するのを待った。フリンステッドはかつて〝禁酒の町〟として知られていた。二十年ぐらい前にようやくパブができたときは大ニュースになった。

「その情報源は何者？　だって、内部情報に通じてる人間、サリーの新たな身元を知ってる人間だとしたら、記者と酒を飲みに行くほど愚かなはずがない。そうでしょう？　厳密な守秘義務規定が課せられているはずよ」

マイクルは声をあげて笑った。「こと人間に関するかぎり、秘密が保証されることなど断じてない。どのみち、知り合いには必要ない情報だった。どの編集者も手を出したがらないし、おれだってそうだ。ほら、報道禁止命令が出されてるだろう？　きみが知りたいだろうと思っただけだ」

わたしは本当に知りたいと思ってる？　じゃあと言って電話を切り、ベッドルームへ上がる準備をしてガスレンジの火がすべて消えてることを確認しながら自問した。火が消えてることは百も承知だった――今夜はうちで食事してないんだから。夕食からずいぶん時間が経った気がする。噂が事実で、サリー・マクゴワンが本当にフリンステッドに住んでいるとしたら、わたしの生活にどんな影響があるだろう？　ついでに言えば、ほかのだれかの生活にも。

事件当時、サリーは子どもだった。虐待され、傷を負っていた。新聞記事によれば、警察が体じゅうに切り傷やあざを見つけたらしい。古傷もあったという。だれに聞いても酔いどれの暴力男だと言う父親は、サリーがずるがしこいガキで、おれにやられたとみんなに思われるように自分で体に傷をつけてたと言ったらしい。母親も口裏を合わせた。ぞっとするのは、ふたりの言い分を世間が信じたこと。

わたしは十歳のサリー・マクゴワンの顔を頭から追い払うことができない。驚くほど反抗的な目。刑務所へ送られるべきだったのは父親のケニー・マクゴワン。そして、おそらくは母親のジーン。もっとも、二十一世紀的観点からすれば、母親も暴力を受けていたのはまずまちがいない。ありがたいことに、この手の事件に対する世間の認識は一九六〇年代とは大きく変化している。

本当に？　先ごろ、ツイッターやさまざまなオンライン記事のコメント欄で情報をあさったところ、サリーや最近の児童殺害犯について大衆はいまなお意見を並べ立てている。彼らの悪意や憎悪は驚くほど強烈だ。中世の時代から変わらない報復欲。しかも、被害者遺族ではない人間、被害者遺族と縁もゆかりもない連中がそれほど強い復讐《ふくしゅう》心を抱いている。

キャシーはなんて言ってたっけ？　ああいう連中は保護してやるよりも私的な制裁を受けたほうがいいと思う、だったっけ。この噂が広まってだれかがサリーを見つけ出したら、フリンステッドで私的な制裁が加えられるんだろうか？　キャシーやデビーやほかの人たちが、サリーの家の前に立って罵倒したり、もっとひどいまねをしたりするんだろうか？　わたしたちの暮らす穏やかな小さな町は、サリー・マクゴワンが見つかった場所としていつまでも知られることになるんだろうか？　そんなことになったら、噂を広めるきっかけになった自覚のあるわたしは、どんな気持ちになるだろう？

ベッドに入る前に、もう一度アルフィーの部屋をのぞいた。あまりに愛らしいから、我慢できずに頬にそっとキスをした。あの男の子を殺したときのサリー・マクゴワンがいまのアルフィーと四つしか年がちがわないと考えて愕然《がくぜん》とした。足を忍ばせて部屋を出ると、アルフィーが好むとおりドアを少し開けておいた。そうすれば、夜中に目を覚ましたときに廊下の明かりが見えるから。

ベッドに寝そべったとたん、昼休みに買った電池をお香といっしょにあの茶色の袋に入れたままだと思い出した。今朝、煙探知機から切れた電池を取り出したので、新しい電池を入れておかないと絶対に眠れない。

階段を下りかけて、もうひとつ忘れていたことに気がついた。アルフィーが母に話したことをマイクルに言わなかった。ランチタイムにだれも隣に座らないってことを。ひとりぼっちでテーブルについて椅子の下で小さな脚をぶらぶらさせながら、気にしてないふりをしているアルフィーの姿を思い浮かべると、涙が込み上げた。なるべく早くママ友を作ったほうがいい。

9

母が昨日なにを言ったのかは知らないけれど、アルフィーを安心させたにちがいない。今朝は腹痛の気配もなかった。でも、口数はいつもより少ない。

「学校が終わったらビーチへ行ってアイスクリームを食べようか？」と誘ってみた。アルフィーの小さな顔が輝いた。「なんなら学校のお友だちもいっしょに」

アルフィーは疑わしそうな顔をした。「そうだね」

わたしは涙が込み上げないように目を大きく見開いた。この子の悩みを消し去ってやることができればいいのに。膝のすり傷をキスで治してやるように。両腕をまわしてぎゅっと抱きしめ、首に息を吹きかけて笑わせた。

「さあ、コーンフレークを食べちゃって。もう行くわよ。遅刻したくないでしょう」

こんなに早く家を出たのは初めてだけど、ウィリアムズ先生と手短に話をしたかった。ふだんは九時七分前にうちを出る。それで、学校に着いて始業ベルが鳴るまでに校舎前に並ぶのに充分間に合うから。

それが身勝手なことだったと、いまは思う。そうやって、ほかの子の母親たちと立ち話をする時間を短くしていた。もっと早く思い至っていれば、朝の茶話会に参加していたかもしれないし、いまごろアルフィーにももう少し友だちができていたかもしれない。

学校に着いたとき、キャシーとデビーはわたしにろくに目もくれなかった。べつに驚くことでもない。数週間前に友情の手を差しのべようとしてくれたのを拒絶したんだから。先日、私的な制裁についてあんなことを言っちゃったし、もう一度手を差しのべてくれるなんてことはまずない。子どもを持つ前に、だれもこの手の警告をしてくれなかった。共通点がまったくないとしてもママ友を作っておいて損はないなんて、だれも教えてくれなかった。自尊心を抑えて、彼女たちの良心に訴えてみよう。アルフィーがなかなかクラスになじめないと打ち明けて、力になってくれれば感謝するって言おう。

ウィリアムズ先生に話すと、交友状況に注意を払っておくと言って安心させてくれたので、アルフィーに行ってらっしゃいと言って、ほかの子たちと校舎に入るのを見届けてから、立ち話をしているキャシーとデビーに近づいた。まだサリー・マクゴワンの噂を話題にしている。

「おはよう」

デビーは一瞬だけ硬い笑みを見せた。キャシーはスマートフォンをいじりはじめた。

「今日の放課後、ジェイクとリアムもアルフィーといっしょにビーチに行かないかなと思って。まだ暖かいうちにアイスクリームでもどう？」

キャシーがスマートフォンの画面から顔を上げた。「今日？　ごめんなさい。ジェイクは柔道の稽古があるの」

「リアムはハリーの家へおやつに呼ばれてて」デビーが言った。「また別の日にでも」

　わたしはうなずいた。おざなりの言いかたは、要するにノーという意味。こんなこと、耐えがたい。小学生に戻って、意地悪な女の子たちから屈辱を受けているような気がした。当時は傷心と怒りを覚えてその場を立ち去るだけだった。でも、いまはちがう。わたし自身じゃなくてアルフィーにかかわることだから。

「ああ、そうそう」言いながらすでに、ふたりに背を向けて校庭から出かけていた。「サリー・マクゴワンがフリンステッドに住んでるって話、本当かもしれない」

「なにを根拠に？」キャシーがたずねた。

　彼女に向き直った。突如として彼女の関心がスマートフォンからわたしへと完全に移った。

「ちょっと小耳にはさんだ話があって。たぶんなんでもないことだろうけど……」

　ふたりが間合いを詰めた。獲物を取り囲むサメみたい。なのに、ふたりの表情は数分前よりもやわらぎ、気さくで打ち解けた顔になっている。この女《ひと》たちのファイアウォールって、こんなにあっさり突破できるもの？

　脳みそをフル回転させた。ゆうべマイクルから聞いた情報のうち、このふたりにどの部分を話せばいい？　もちろん、どれも話してはだめだけど、こんなに効果てきめんなんだもの。ふたりとも、全身が耳になっている。デビーに至ってはチューインガムを一枚わたしに差し出したぐらい。べつに欲しくなかったけど、とりあえず受け取った。それに、マイクルがサリー・マクゴワンの記事を書くわけじゃない。だれも書けないんだから。彼女についても、その居所についても、マスコミは絶対に報じてはいけない。

わたしは声を低めた。「知り合いがこの手の情報に通じてるんだけど、彼女が禁酒の町に移されたって聞いたの」

ふたりは眉根を寄せてわたしを見つめた。「なんの町ですって？」キャシーがたずねた。

「禁酒の町。ほら、パブが一軒もない町のこと」

キャシーは怪訝《けげん》そうに目を細めた。「〈フリンステッド・アームズ〉が開店したのはいつだった？」

「一九九〇年代の終わりごろだったと思う」デビーが答えた。「覚えてない、キャシー？いろんな新聞で大きく取り上げられたでしょう？　わたしたち、まだ小学生だった」

わたし、どこかおかしい。すでに読書会で噂を流した。そのうえ、いままたその火をかき立てようとしている。どうしちゃったんだろう？

そう思った瞬間、思い出した。今朝わたしが〝お友だち〟と言ったときのアルフィーの顔を。だから、こんなことがあの子に友だちを作ってやる役に立つなら、やってやると思った。

「なるほどね」キャシーは思案顔で言った。「とても興味深いわ。ねえ、ジョアンナ、わたしたちのベビーシッティング・グループに入る気ない？　明日、集まるんだけど。九時三十分。わたしのうち。フリンステッド・ロード十四番地。青い車庫のある家よ」

「ええ、入れて。入るわ。家はわかると思う。ありがとう。楽しみにしてる――出勤時刻をいつもより少し遅らせてもらう必要はあるけど」

母がすぐ近所に住んでいるのに本当にベビーシッティング・グループに入る必要があるのかどうか定かじゃない。でも、どうしても出かけなければならないときに母の都合がつかないなんて事態も出てくるはず。ま、そういう場合の保険みたいなもの。それに、このふたりのことをもう少しよく知るにはうってつけだし。

さりげない言葉。ひそひそと取り沙汰される秘密。たったそれだけのことで事態が動きだし、人生が一変する。かつて、わたしとまちがわれた気の毒な女が故郷を追われたことがある。女は職も評判も心の平安も失った。最後は高速列車の前に身を投げた。

その女のことをたびたび考える。縁もゆかりもない女。それなのに、いまや、わたしたちふたりの人生は切っても切り離せない絆《きずな》で縛りつけられている。彼女の死の責任はだれにあるのかと自問する。嘘の噂を広めたゴシップ屋？　それとも、そもそも怪物だったわたし？　怪物《モンスター》。世間はわたしをそう呼んだ。

鏡に映る顔を見つめる。頭がふたつあったりはしない。角だって生えてない。ごく平凡な女。目尻と首に小皺はあるけれど、不器量ではない。口紅のせいで上唇の細かい縦皺が目立っているけれど。でも、まばたきもせずに鏡をのぞき込んでいると、別の顔が見えてくる。収監された少女。わたしが人生を費やして消し去ろうとしている少女の顔。

あの噂を招いたのはこの少女。ハゲワシの群れのように旋回している噂を。この少女が噂を引き寄せた。この少女が悪い事態をもたらす。空気をかき乱す。

10

〝あの子はわたしの心臓にもキッチンナイフを突き立てたようなものよ〟

幼児殺害犯サリー・マクゴワンによる悲劇の犠牲者ロビー・ハリスの母、シルヴィア・ハリスさんが語る

アレックス・オコナー
一九七五年八月三日　日曜日
ニュース・オブ・ザ・ワールド紙

当時五歳だった息子のロビーさんが殺害された日から六年目となる今日、自宅のリビングルームに腰かけてひっきりなしに煙草を吸うシルヴィア・ハリスさんにかつての面影はない。十代の娘マリーさんにつきそわれたシルヴィアさんは自分の両手を見つめた。

「あの日サリーが殺したのはわたしの幼い息子だけじゃない」とシルヴィアさんは言う。

「あの子はわたしの心臓にもキッチンナイフを突き立てたようなものよ」

現在三十五歳の彼女はアルコール依存症と戦っている。夫デリックさんとの結婚は破綻し

た。娘のマリーさんは何本か通りを隔てたところにある家で父親と暮らしているが、毎日、放課後に彼女を訪ねている。マクゴワンが新しい更生施設に一時的に移されるというニュースが流れたこの一週間は、とくにつらかった。

「あの子の情報をなにも聞かされなければ、前向きに生きることもできるんでしょうけどね。残された人生を」

とはいえ、この家族を時間が癒やすことなど決してないと感じる。

シルヴィアさんは額に収めた白黒の写真を手に取った。写っているのは、あのブロンドのロビーさんがバケツとシャベルを持ってビーチで遊んでいる姿だ。

シルヴィアさんは娘の手を握った。「あの子を更生施設にどんなに長く閉じ込めても、それじゃあ足りない。あんな子、地獄で朽ち果てればいいのよ」

ｉＰａｄを終了して目をこすった。オリジナルの第一面をスキャンした画像なので、活字が小さくてぼやけている。このところ、こんなことばかりやっている。グーグルの検索結果を延々とスクロールして、マクゴワン事件に関する興味深い記事を探している。もはや妄執めいてきた。

通りの端に達したとき、〈コープ〉から出てくるリズ・ブラックソーンの姿が目に入った。

まっすぐこっちを見ているから、手を振って、ひと言ふた言話をするために通りを渡りかけたのに、リズはくるりと向きを変えて足早に反対方向へ歩き去った。上着の裾から突き出た白いおさげの先がしっぽみたい。変だ。こっちを見てたのはまちがいないのに。まあ、今朝はきっとほかのことを考えていたんだろう。忙しいときはわたしだってそう。遮眼帯《しゃがんたい》をつけられた馬みたいに、まわりのものや人なんてまったく目に入らずに駆けまわっている。それに、じつは言われた時刻に遅れている。

キャシーの家はフリンステッド・ロードの高台、海とは反対側に建ち並ぶ新築住宅の一軒だった。室内は、イケアのカタログから抜け出たみたいに明るくて広々している。読書会のメンバーでもあるカレン——彼女がこのグループと親しいなんて知らなかった——も含めて大人が六人、よちよち歩きの幼児が三人。ファティマの好意的な顔も見えて、ほっとした。キャシーが紅茶やらコーヒーやらを淹《い》れ終えて、レバー式ファイルを繰《く》っているところだった。

「表にきちんと記入してない人がいるみたいだけど」と言った。

デビーが顔をしかめて、やきもきしているふりを装った。「だったら、わたしね。ごめんなさい。記入したつもりだったんだけど」

キャシーがあてつけがましくわたしを見た。「いつもこうなのよ、ジョアンナ。そうなると、ポイントの数が更新されてないって口々に不平を言いだすんだから」

わたしは、話を飲み込んでいるかのように笑みを浮かべた。表？　ポイント？　いったいなにに首を突っ込んじゃったんだろう？　電話でこの話をしたらタッシュがどう言うかだけは想像がついた。

ファティマが体を寄せて教えてくれた。「ベビーシッターを引き受けたらポイントをもらえるの。保有ポイント数が多いほど、自分の子のベビーシッターをしてもらえる回数が増えるってわけ。ファイルの管理とミーティング場所は持ちまわりよ」

「そういうこと」キャシーが言った。「いま説明しようと思ってたところ。基本的にポイント交換方式なの。三十分ごとに一ポイント。つまり、一時間で二ポイント。午前零時以降は十五分ごとに一ポイント」

わたしは話をちゃんと理解しているかのようにうなずいた。

「午前零時以降のベビーシッターについては、事前の交渉が必要よ」カレンが言った。「それと、保有ポイントがゼロのときはベビーシッターを頼むことはできない」

「いいえ、できることはできるのよ」赤毛で長身の女――早くも名前を忘れてしまった――が言った。「無償で助けてくれる人がいて、優先権のある人がその人を押さえてなければね」

カレンの顎がこわばった。「ただし、その場合、ポイントはマイナスになる。それに、なるべくそれはしないって取り決めてるの。収拾がつかなくなるし、不公平だから」

笑いだしたい衝動に駆られた。この人たち、こんなことで本当に大騒ぎしてるんだ。

その瞬間、玄関の呼び鈴が鳴った。「きっとケイよ」ファティマが言った。「遅れるって言ってたから」

ほどなくキャシーが部屋に通した女にはなんとなく見覚えがあった。女優のジュディ・デンチのようなショートヘア、柔和な瞳、皺の多い目もと。

「ケイはうちのご近所さんで、わたしの母親代わりよ」ファティマが説明してくれて、隣の席を軽く叩いてケイに座るよう示した。

どうりで。ふたりが玄関先でおしゃべりしてるのを見かけたことがある――ふたりとも、わたしと同じ通りに住んでいるから。ファティマは、勧められた相手との結婚を断ったせいで両親に縁を切られたと少し前に話してくれた。信じがたい状況に耐えざるをえない人もいる。

「ケティファの祖母代わりでもあるの」

ケイがにこやかにほほ笑んだ。「なにぶん、実の娘と孫たちはオーストラリアに住んでるものだから。スカイプでひんぱんに話をしてるといっても、近くに住んでるのとはちがうでしょう。だから、喜んでこのサークルに加えてもらってるの」

「さあて」キャシーが言った。「本題に入るわよ」

その後、キャシーが全員の来月分のベビーシッターの要請を書き留め、ポイントの更新を確認したあと、気がつくとわたしは赤毛の女――テリー・モンクトンという名前だとわかった――のベビーシッターをすると申し出ていた。当然、母に交渉しないと。

「本当にありがとう」テリーが言った。「ルビーもハミッシュも行儀はとてもいいから。ただ、寝る前の読み聞かせを延々とねだって部屋にいてほしがるはずよ」

本題がかたづいたので帰ろうという空気になったときにテリーが言いだした。「みんな知ってたのね？　サリー・マクゴワンの噂だけど」

デビーが声をあげて笑った。「いまごろ聞いたってわけ？」

「この手の情報にはいつだって疎いんだもの」テリーがぼやいた。「噂は本当だと思う？」

「どうかしら」ファティマが言った。「そもそも、フリンステッドみたいな小さな町に住まわせたりする？」

ケイがうなずいた。「そのとおりよ。危険すぎる」

キャシーがわたしに視線を投げた。このあいだのマディーと同じで、目を輝かせている。

「ジョアンナ、あなたが聞いた情報をみんなに話して」

二度と口にしたくない。まして、キャシーの命令で口にするなんてごめんだ。

部屋の端からカレンがわたしをじっと見ている。「じゃあ、最新情報が入ったの？　読書会でしゃべってた情報のあとに」

ああ、もう。これじゃあ、この町いちばんの口軽女じゃない。でも、二度とよけいなおしゃべりはしない。そもそも、聞いた話を口に出したのがまちがいだったんだから。

「たぶん、なんの根拠もない話よ。例によって、くだらない作り話が広まってるだけ」

キャシーが額に皺を刻んだ。「このあいだはそんな印象じゃなかったけど」そう言って、禁酒の町のくだりを話しだした。

テリーが顔をしかめた。「ルビーとハミッシュを学校へ送るときにあんな女の家の前を通ってるかもしれないなんて、考えたくない。公園やビーチで遊んでるあの子たちを彼女が見てるかもしれないなんて。カメラをにらみつけてる彼女の写真を見たことある？　あれを見るとぞっとするわ」

「この手の噂はときどき湧いて出てくるものよ」わたしは言った。「ま、可能性がないとは言わない。ただ、ありそうにない。それに、当局が監視してるはずでしょう？」

テリーが渋い顔をした。「心からそう願うわ」

ファティマとケイと連れだって帰った。なにかから逃げている気がするけれど、三人ともそれを認めたくなかった。冷たい風が顔に吹きつけて、さっき感じた気まずさをいくぶん払ってくれた。雨が降りだしそうな気配。

「ねえ、ジョアンナ」ケイが言った。「これでキャシーの神聖なる表に名前が載ったわね。なにに巻き込まれたか、あなたが理解してることを願うわ」

ファティマが肘でケイの脇腹を突いた。「やめなさいって。始める前からやる気をそがないの」

「ミーティング場所を提供する番が来たとき、うちのリビングルームに全員が収まるかなって考えてて。わたしとアルフィーだけでも手狭なのに」

「その点は心配無用よ」ケイが言った。「みんながキャシーみたいに汚れひとつない大きな家に住んでるわけじゃないわ。うちなんて、あそこのリビングルームにまるごと一軒入っちゃう」

「あなたの家、大好きよ」ファティマが言った。「生まれ育った家を思い出すから」

ケイが笑い声をあげた。「この人なりの言いかたで、古めかしい家だって意味よ」

うちに着いたので、ふたりに別れを言った。入って玄関ドアを閉め、廊下に立ったまま静寂に身を浸した。このあいだ母に勧められなければ、ベビーシッティング・グループになんて絶対に入らなかった。でも、母の言ったとおり。さっそくデビーが、アルフィーにと言って、二週間後のリアムの誕生日パーティの招待状をくれた。

日にちを確かめてキッチンのカレンダーに書いておこうと、封筒を開けた。十月三十一日。カボチャの絵の縁取りを見て、ハロウィン・パーティを兼ねるつもりだとわかった。つまり、招待された子たちは仮装するってこと。

ハロウィンは好きじゃない。これもまた、家計の逼迫《ひっぱく》した親から金を引き出すために小売業界が企画した大イベントのひとつだから。うちにそんなお金はない。いまはもう。でも、インターネットで安い衣裳を注文してもいいし、シーツに穴を開けて幽霊の扮装《ふんそう》でアルフィーを送り出してもいい。

重要なのは、誕生日パーティに招待されたと伝えたらアルフィーが大喜びするだろうってこと。

11

「思いもよらない展開だぞ」デイヴが挨拶代わりに言った。「ミセス・マーチャントがアン・ウィルスンとジェレミー・サンダースの提示価格を受け入れた」

驚いて眉を吊り上げた。「本当に？　あくまでも希望価格を押しとおすと思ってました」

「おれもだ。しかも、おれに言わせりゃ、ずうずうしい提示価格だ。一万七千ポンド足らず」デスクの書類の山から一枚を選び取った。「現金購入。それは言ったかな？」

「いいえ。でも、意外でもありません。あのふたり、お金に困ってるようには見えませんから」

デイヴがにっと笑った。「彼女、皺取りのためにボトックス注射を打ってると思うが、どうだ？」

思わず吹き出した。「ま、ほかにもいろいろ」

「ミセス・マーチャントには、おそらくこれは手始めの金額だろうし、すぐに乗らなければ提示価格を上げてくるかもしれない、と伝えたんだ」デイヴはため息を漏らした。「断る必要もない。待ってれば向こうから提示価格を上げてくる、と。でも彼女は興味を示さなかった。どうやら、さっさと売り払っちまいたいってことらしい」

　午前中はあっという間に過ぎていった。ここ三週間はひっそりしていたのに、突然、問い合わせが殺到した。ふらりと入ってきて不動産ポータルサイトで見た物件についてたずね、購入希望客として登録したのが五人。物件の査定依頼が三件。むろん、なかなか買い手がつかずに不満をくすぶらせている売却希望者や、契約書の取り交わしや契約成立日について心配している客からの電話はいつもどおり。

　そんな業務の合間に、ペグトン不動産事務所のツイッターの更新――デイヴが喜んでわたしにまかせた業務――をしようと努めていた。そのすきに、つい自分のツイッターのフィードをスクロールしていたから、最初はケイに気がつかなかった。外に立って、ウインドーに貼ってある物件写真を見ている人はよくいる。実際になかへ入ってこなければ無視することが多いし、経験から言っても、不動産事務所でウインドーの物件を見ている人の大半はなかへ入ってくる気がない。地域の住宅価格を知りたがっている観光客か、詮索好きな住人かのどちらかだから。そして地元住民の場合は、自分の住んでいる通りのどの家が売りに出されてるかを知って自分の家にどれぐらいの値がつきそうかと皮算用しているだけだから。

　そのうち、動いているものが目の端に見えて、ウインドーの外で手を振っているケイに気づいた。手を振り返すと、ケイはなかに入ってきた。

「こんにちは。ここで働いてるなんて知らなかったわ」彼女はデスクをはさんで向かい側の椅子に腰を下ろし、おずおずとわたしを見た。「正直言うと、ちらっと寄ってパートタイマーを募集してないか訊こうとしてたの。ちょっとした仕事を探してて。文字入力は一分間に四十語の速さでできるし、電話の応対もできるし、人と接するのも得意よ」ケイは身をのりだした。「『ロケーション、ロケーション、ロケーション』も『エスケープ・トゥ・ザ・カントリー』も全回観てるし、ほかにも不動産売買を少しでも扱ってる番組は観てる。すっかりはまってるの」

彼女の背後で、デイヴが口だけ動かして〃ノー〃と伝えている。わたしの視線がちらりと動いたのに気づいたからか、もともとそうするつもりだったのかはわからないけれど、ケイは椅子に座ったまま体をまわしてデイヴに向き直った。「とてもおいしいお茶も淹れるわよ」と言った。彼女の勇気をほめてあげたい。

デイヴはいつもの不自然な笑い声をあげた。彼はこういうアピールが嫌いだし、この手の求職者はよく現われる。わたしもこうやって売り込んだ。ただし、もっと巧妙なやりかたで。物件を案内してもらってるときに、ロンドンの不動産会社で賃貸部長をしていたことや職探しを始めようと思っていることをさりげなく口にした。

「本当に申し訳ない」デイヴは言った。「いまは空きがないんですよ」

「でも、よければ、くわしい連絡先を置いていって」わたしはとっさに言っていた。デイヴも大きくうなずいた。彼はいつもそれを言い忘れる。「特別に人手が必要になることがあれば連絡します」

ケイはうなずき、席を立った。急にくたびれたように見えた。それに、少しばつが悪そう。わたしは腕時計で時刻を確かめ、デイヴの目をとらえた。「そろそろ昼休憩ね。さしつかえなければ、いまから休憩をいただきます、デイヴ。それならケイと話もできるし」

それを聞いてケイの顔が明るくなった。

「じゃあ」わたしは言った。「ちょっとコーヒーでもどう？　ごちそうするわ」

五分後、ふたりして〈シュリーキング・ケトル〉に腰を落ち着け、それぞれカプチーノの大きなカップを大事そうに持っていた。

「いろいろ当たったの」ケイが言った。「このカフェにも〈フィッシャーマンズ・シャック〉にも当たったんだけど、どこも雇ってくれなくて」

わたしはコーヒーに息を吹きかけた。すると、泡の表面にチョコレートパウダーで描かれた模様が崩れた。「きっと、すぐになにか見つかるわ」

「そうね。見つからなければ、いつでも清掃の仕事に戻れるんだし」ケイは顔をしかめた。「いまはちょっといじけてるの。毎年この時期はこうなのよ。ほら、クリスマスが近いでしょう。ジリアンと孫たちに会いたくて」

「どのくらいの頻度で会いに行ってるの？」

彼女は砂糖の小袋をもうひとつ開け、コーヒーに入れてかき混ぜた。「一度も行ってない。一家で移住しちゃってから。旅費がばかにならないもの」中空を見つめた。「だから、もうひとつ仕事を探してるのよ。旅費を貯めるために」

「もうひとつ？」

「そう。ドライクリーニング店で寸法直しの仕事をちょこちょこやってる。賃金はよくないけど、自宅でできるでしょう。だから気に入ってるの」

「娘さんはどれくらいの頻度で帰国してるの？」

ケイは鼻に皺を寄せた。「一年半ごとに帰国しようとはしてる。でも……」紙ナプキンで目もとを押さえた。「待ってるあいだはとても長いし、一年半もあれば子どもってすごく変わるでしょう」

「娘さん一家はどうして移住を？」

ケイは言いしぶり、そのうちに肩をすくめて言った。「お決まりの理由だと思う。よりよい生活水準。よりよい気候。ビーチでのバーベキュー」彼女のまねたオーストラリアなまりは、これまで聞いたなかでももっとも下手だった。
二、三人がこちらを見るので、わたしたちはコーヒーカップにかがみ込むようにして笑った。笑いが収まると、ケイはサービスでついてきたビスケットを袋から取り出そうとして、割れてしまったかけらを手で受けた。
「ところで、どうしてフリンステッドへ越してきたの、ジョアンナ？」ケイがたずねた。わたしは窓の外へ目を向けた。ここに座っているあいだに日がかげって雨が降りはじめていた。

「気候が理由じゃないことは確かね」

「おもにアルフィーのため。満足にそばにいてやれないって気がしたから。言いたいこと、わかる？」

ケイはうなずいた。「わかるわ。子どもの成長なんてあっという間だし」

「アルフィーを安全な場所で、海のそばで育てたくて。わたし自身、子どものころのここでの生活が大好きだったから。それに、母の近くにいたかったし。いまアルフィーはしょっちゅう母に会いに行ってる。母もひとり暮らしだから、いいことずくめなの」

ケイが椅子のなかで身じろぎした。しまった。孫に会いたいって聞かされたばかりなのに。わたしったら、なんて無神経なことを。でも、詫びる前にケイがまた質問を放った。

「じゃあ、シングルマザーなの？」

「ええ、まあ、そんなところ」

「ごめんなさい、よけいなお世話よね」

「いいえ、気にしないで。ただ……アルフィーの父親といい関係なのに同居してないことを、たいていの人は少し不思議がるから」コーヒーを口に運んだ。「ボーヴォワールとサルトルのような関係よ」と言って、カップの縁越しに彼女の反応を探った。

ケイはぽかんとした顔になった。やっぱりね。リズ・ブラックソーンなら、このたとえですぐに理解してくれたはず。それで思い出したけど、リズに電話して、なにも問題ないか訊いてみなくては。サリー・マクゴワンの噂を口にしたことでリズに軽蔑されたくない。今朝見かけたとき、リズがわざとわたしを無視したんだとしたらどうしよう？

「気にしないで。じゃあ、女優のヘレナ・ボナム・カーターとティム・バートン監督の関係って言ったらわかる？　でも、あのふたりはもう破局してるのよね？　それに、あのふたりは隣同士に住んでたけど、マイクルはカンバーウェルに住んでるし」

「不思議だなんてまったく思わない。すごく道理にかなってると思う。自分だけの空間があれば、おたがい愛想が尽きることも絶対にないわけだし。わたしもバリーと試してみればよかった。そうすれば離婚法廷に立つことなんてなかったかもしれない」

「バリーと離婚したあと、恋人は？」

ケイは驚愕した。「とんでもない」

わたしは吹き出した。「うちの母と同じ口ぶりだわ。問題は、母がマイクルも含めて男というものに対してゆがんだ考えを持つようになったこと。彼は父とはちがうって言いつづけてるんだけど……」

ケイがわたしの手をなでた。「あなたとマイクルがおたがいとアルフィーのことを大切に思ってるなら、このままの関係でいたいと思ってるなら、結局、大事なのはその気持ちだけよ」

「そう。そうよね」

わたしはビスケットの最後のかけらを食べた。いつだったか、母も同じようなことを言った。わたしたちの関係の奇妙な規定範囲をようやく理解したときに。ただし、母は〝ふたりとも〟という言葉を強調した——〝ふたりとも〟が望んでるなら、と。まるで、わたしが一方的に譲歩しているみたいに。被害者であるみたいに。

「急いで帰ったほうがよさそう」ケイが身をよじってコートを取った。「ねえ、いつかうちへ来てちょうだい。ジリアンと孫たちの写真を見せるわ。アルフィーを連れてらっしゃい。

熱帯魚の水槽があるから喜ぶと思う。ケティファも大好きなのよ。あの子が『ファインディング・ニモ』に出てくるキャラクターの名前をつけたの」

わたしは笑みを浮かべた。ケイは孤独の身。それは明白だった。

「ありがとう。うかがうわ」と答えた。「アルフィーは『ファインディング・ニモ』が大好きなの」

12

事務所へ戻る途中、通りの先にちょっとした人だかりを見つけた。電気店の前でなにか起きているみたい。

最初はだれかが転んで怪我《けが》をしたんだろうと思っていた。この町に住む足腰の弱った年金暮らしのお年寄りが歩道のぐらぐらした敷石につまずいて転んだんだろう。それか、海から通りを吹き抜ける北風にあおられて電動カートが倒れたんだろう、と。以前、カレー店の前に着陸したヘリコプターが、心臓麻痺《まひ》を起こした人をストレッチャーごと乗せて飛び去るのを見たことがある。

でも、近づくにつれて、人だかりができてるのは〈ストーンズ・アンド・クローンズ〉の前で、怪我をして歩道に倒れてる人もいないとわかった。みんな、ウインドーの厚板ガラスに顔を押しつけるようにしてなにかを指さし、わめいている。会話の断片が耳に入ってきた。

「たしかによく似てる」

「趣味の悪い冗談だな」

「だれがこんなことを?」

「案外、当たってるかもしれない」

気は進まないながらウインドーに近づいた。いやな予感がしていた。やっぱり思ったとおりだった。拡大コピーしたサリー・マクゴワンの写真をだれかが貼りつけていた。十歳当時の彼女がこちらを不安にさせるような目でカメラをまっすぐに見すえた、あの有名な写真を。そのすぐ横に店主のソニア・マーティンズの写真。この店のオープン時の宣伝を兼ねた特集記事《フリンステッド・ショッパー》から切り抜いた古い写真が貼られていた。

　店内にはだれもおらず、ドアには本日閉店の札がかかっている。水曜日は定休日。ソニア・マーティンズはこの町で定休日を設けている数少ない小売店主のひとりだった。大半の店は、その日の客を逃すわけにいかないから。つまり、この二枚の写真を貼った何者かは、最大の注目を集めるためにわざとこの日を選んだということ。ソニア・マーティンズこそサリー・マクゴワンだという中傷が事実であろうがなかろうが、ダメージは受ける。

「もともと、この店はあまり好きじゃなかったの」右隣に立っている女が言った。「ウィッカ（古代の魔術をもとにした現代の宗教）の商品をあれこれ売ってるって友だちのジューンが言うし」

「それって、魔女が使うものを売ってるってこと？」別のだれかが言うと、やじ馬のあいだに不安げなざわめきが広まった。

　おそろしい考えが頭に浮かんだ。これがマディーのしわざだとしたら？　まさか、彼女がこんなことをするはずがない。そんな女《ひと》じゃない。でも、あのとき校門で憶測を押しつけてきた様子、確信してるような口ぶりを考えると……

　どうしよう。マディーのしわざだとしたら、わたしにも責任の一端はある。マディーはほかの母親とはあまりつきあいがないようだもの。わたしが読書会でべらべらとしゃべったりしなければ、マディーがあの噂を耳にすることはなかったかもしれない。でも、マディーはきっとこんなまねはしない。こんなあくどくて意地悪なまね。だいいち、どんな証拠があってこんなことを？　週末にインターネットで情報をあさって？　ちがう。マディーがこんな下劣なまねをするなんて信じられない。でも、そう言いきれるほどマディーのことを知ってる？

「はがしたほうがいいと思うわ」わたしは言った。「だれかがたちの悪い冗談のつもりでやったのよ」

「かかわりあいになるもんじゃないと思うけど」人だかりから声があがった。「あの女の店なんだから、本人がなんとかするでしょう」

身をよじって見ると、グレーのトラックスーツを着て脂ぎった髪をうしろへ梳《す》いてきつくポニーテールにした険しい顔の女だった。「でも、それは無理でしょう？　本人がいないんだから」

女はふてくされた顔を向けた。「だけど、本当だったら？　あなただって、そんなやつにこの町に住んで商売してもらいたくないでしょう？」

歩道のやじ馬が増え、立ち去る人のあとにすぐさま別の人が収まった。読書会の一員バーバラが現われた。わたしの右隣に立って、目を細めて小さな活字を読んでいる。距離が近すぎるせいで白粉《おしろい》のにおいがした。

「ジョアンナ、これって、あなたが読書会で言ってたことじゃない？」いつもの迷惑な大声で言った。いつものきどった口調で。

顔がかっと熱くなった。わたしは射すくめるような渋面をバーバラに向けた。この女、ばかなの？　そんなことを言ったらどう聞こえるか、わからないの？

「ごめんなさい。あなたが関わってると言いたかったわけじゃないのよ。ただ……」彼女は言葉を探した。この状況をどうにか好転させる言葉を。でも、なにも見つからなかった。なにか言えば状況を悪化させるだけ。苦い顔で、声に出さずに〝ごめん〟と言った。このばかと言い返したかったけれど、ため息をついて小さく首を振ることしかできなかった。

「こんなことをする人がいるなんて、信じられない」これ以上出せない大声で、できるかぎりの憤りをこめて言った。「だれかを非難するのはまちがってる。まして、本人が不在で抗弁できないんだから」

なにが起きているのかと、電気店から店主が出てきた。二枚の写真を一瞥《いちべつ》すると、無言ではがして店に持ち帰った。わたしもこうすればよかった。バーバラとそのおしゃべりな口に気を取られてなければ、そうしていたはず。ともかく、そう自分に言い聞かせながら足早に職場へ戻った。

職場では、アン・ウィルスンがわたしの席で紅茶を飲んでいた。

「ああ、帰ってきた」デイヴが言った。「すべてジョーが解決してくれますよ」いつものように職業上の仮面をかぶってはいるけれど、わたしに向けた目にかすかな警戒心が表われている。

アンはティーカップを置いて立ち上がり、爪にマニキュアを施した手を差し出した。「ジョアンナ、しばらくね。悪いけど、ご迷惑をかけることになるわ」

わたしは笑顔を作って、いましがたの一件を頭から追い払おうとした。せめて、いまだけでも。

「どうかしましたか？」

アンはふたたび腰を下ろして脚を組んだ。超ミニのスカートに黒のストッキング。「メイプル・ドライヴの家をもう一度、見たいの」

ちらりと目をやると、デイヴは彼女の脚を見ないように努めていた。「あら、提示価格はもう出されたものと思ってました」

「ええ、出したわ。でも、業者を連れていって見せたい箇所があるの。ああ、心配しないで」彼女は身をのりだした。「気は変わらないから。あの家は完璧よ。とにかく、改装すれば完璧になるはずなの」そう言って笑った。甲高い鈴のような笑い声は、つけまつ毛と同じくいかにも作りものめいていた。「せっかちなものだから、すぐにでも改装に取りかからせたいだけよ。業者の事情は知ってるでしょう。腕のいい改装業者は何カ月も先まで予定が詰まってる。わたしたち、現金で購入するんだし、ミセス・マーチャントはあの家を売ったお金で新規購入を考えてるわけじゃなさそうだから、売買成立日を改装竣工《しゅんこう》日と同じ日にしてもらえるはずよね」

　デイヴが苦笑を嚙み殺そうとしているので、わたしはやむなく目をそらした。

「たしかに、ときにはそういう事例もあります。でも、改装にどれぐらいの時間がかかるかわかりませんし、わたしどもがつねづねお勧めしているのは——」

「とても優秀な弁護士がついてるのよ」それで転居の煩雑な手続きなんて手早くすませることができると言わんばかりの口ぶり。この女に嫌悪を覚えはじめた。このあいだまで自信の表われだと解釈していた彼女の態度に、自信から来る傲慢さが漂いはじめている。一部の人間が持ってる権利意識。とくに、金持ちどもが。第一印象はかならずしも当てにならない。

「じつは……」彼女は続けた。「できれば……」躊躇してデイヴを見た。続く言葉をデイヴはすでに知っている。だから、わたしが戻ったとき、妙な顔をして〝すべてジョーが解決してくれますよ〟と言ったのね。「……所有者の立ち会いは抜きでお願いしたいの」その言葉がきちんと伝わるのを待って続けた。

「わたしの考えてる改装はかなり——なんと言えばいいかしら？——過激なものよ。それに彼女、とても愛想がいいとは言えないじゃない？　腹を立てて、ほかの買い手を探すことにするんじゃないかと思って」共犯者めいた視線をわたしに送ってきた。「まちがいなくそういうタイプよ」

　わたしは努めて真顔を保った。売主がどんなに失礼だろうが態度が悪かろうが、まあミセス・マーチャントの愛想が悪いのは確かだけど、不動産業者たるもの、買主には絶対に売主の悪口を言わない。こんな小さな町でそんなことをするのは、不動産業者としては自殺行為に等しい。同意を示すにしても、せいぜい口の端を一瞬引くだけにとどめている。だいいち、元夫からあの美しい家を手放すように迫られた被害者という役をスーザン・マーチャントに割り振ってしまったものだから、アン・ウィルスンの批判的な性格分析に同意したものかどうかわからない。スーザン・マーチャントがあそこまで無愛想なのにはなにか理由があるはず。気持ちが沈んでいるせいなのかもしれない。

「お約束はできません」とわたしは答えた。「ミセス・マーチャントは内覧の際にはかならず立ち会いたがっていましたし、少々問題かと」咳払いをひとつした。「立ち会わないでほしいとお願いすることはできません」

アン・ウィルスンの顔になにかがよぎった。いらだちにも似た表情は一瞬で消えて、すぐさまいつもの満面の笑みに変わった。いまは、それが温かくも鷹揚《おうよう》でもなく、巧妙な作り笑いだとわかる。

「でも、立ち会わないほうがいいと暗に勧めることはできるでしょう」そう言って席を立ち、また手を差し出した。わたしはしぶしぶ握手をした。

「きっとなにか方法を考えてくれるわよね」不思議なことに、お世辞と脅しが混じった口調だった。

彼女が出ていってドアが閉まるなり、デイヴが長いため息を漏らした。

13

翌日、仕事の合間にひと息つくたび、どうしてもソニア・マーティンズの店に貼りつけられていた写真について考えずにはいられなかった。ペグトン不動産事務所のウインドーの紹介物件の貼り紙をふだん以上にひんぱんに交換し、通りからどう見えるか確認するために外へ出ては〈ストーンズ・アンド・クローンズ〉を見やった。今日は表に人だかりはできてないけれど、読書会の一員カレンと見知らぬ女がウインドーから店内をのぞいていた。

わたしは自席に戻った。いまごろはソニア・マーティンズもなにがあったか知っているにちがいない。知らないはずがない。電気店の店主があの写真を本人に見せないことにしたのでないかぎり。仮にまだ知らないとしても、たぶん、すぐに知ることになる。フリンステッドは小さな町なんだから。ああいうできごとはすぐに広まる。なにしろ、商店街はひとつしかないんだし。

自分が彼女の立場ならどうするか考えようとした。わたしなら、いつもどおり店を開けて商売を続ける。最悪なのは、店を閉めて人を避けること。そんなことをしたら、あの中傷が事実だと思われる可能性が高い。事実のはずがない。だって、ソニア・マーティンズがサリー・マクゴワンだとしたら、本当に店を持つことを選ぶと思う？　毎日客が出入りして、間近で顔を見るのに。あまりに危険すぎる。

「ジョー」デイヴが言った。「いまウインドーの外でだれかが手を振ってたぞ。きみはぼんやりしていたようだが」

顔を上げると、カレンと、もうひとり〈ストーンズ・アンド・クローンズ〉の前でいっしょにいた女が背中を向けるところだった。ふたりは腕を組んでいる。きっとカレンのお母さんだ。このあいだ校庭で会ったとかなんとか、母が言ってたっけ。ドア口へ向かうと、年配のほうの女が肩越しに振り返った。わたしが笑みを浮かべて片手を上げて振っても、女は笑みを返さない。ガラス越しでわたしの姿が見えないのかな。母の言ってたとおり。痛々しいほど細い。病気なのかもしれない。

ちょうどそのとき、ポケットのなかでスマートフォンが振動した。たぶんテリーからだ。今夜、彼女と夫マークのためにベビーシッターをすることになっている。はっきりした時刻を伝えるために午前中に電話するって言っていた。でも、テリーじゃなくてマイクルからだった。しかも彼は、改まった口調を使っている。

「きみにどうしても話したいことがある」

胃が緊張した。彼がそう切りだすたびにうろたえてしまう。別の女ができた——運命の女《ひと》かもしれない、と打ち明ける気じゃないかと。わたしはおいしいところ取りをしてると自分をいつわろうとしているけれど、結局なにも実らずに終わるんじゃないかという不安がつきまとって決して消えてくれない。

「ちょっと待って。電波が少し悪くて」

スマートフォンを持って奥の簡易キッチンへ向かった。途中で空になったデイヴのマグカップを回収した。喉が締めつけられた。先週末はどことなくいつもとちがっていた。特別感が強かった。それは、マイクルがほかの女とつきあいだしたから？　そのうしろめたさのせいであんなにやさしかったの？

「サリー・マクゴワンの事件についてもう少し調べようと考えてて」

わたしは長くゆっくりと息を吐いた。

「望み薄なのはわかってる。たぶん無駄になるだろうが、新たな情報源から興味深い手がかりをふたつ三つ手に入れた。本当に興味をそそられる手がかりをね。その線を追えるものなら、彼女に関する本を書いてみたい。彼女の信頼と協力を得られるかどうか試してみたいんだ。むろん、彼女のいまの身元がばれないようにする。居場所を明かすことはできないが、彼女の口から実際になにがあったのかを聞いて、それを書くことはできる……エージェントの意向を探ったら、いまにもちびりそうなぐらい興奮してた。

要するに……」彼はひと呼吸おいて続けた。「あの噂が広まって、このもくろみを台なしにされたくないんだ」

わたしは唇の内側を噛んだ。マイクルがなにかでこんなに興奮する声を聞いたのはずいぶんひさしぶりだ。その彼に、あの噂がまったく新しい様相を帯びた、しかもそれはたぶんわたしのせいだ、なんて言える？

「新たな情報源の言うとおりなら」彼が続けた。「まあ、まずまちがいないだろうが、サリー・マクゴワンは本当にフリンステッドに住んでいる。だから、きみがどうにかしてあの噂はまったくのでたらめだって話を広めてくれればすごくありがたい。この手の本は話題を呼ぶ可能性がある。おれたち、大金を手にできるかもしれないぞ、ジョーイ」

おれたち。金銭面に関して〝わたしたち〟という考えはこれまで一度も抱いたことがない。いままでは、彼のお金、わたしのお金、彼がアルフィーの養育費として払うお金、だけだった。

「それが、きみに頼みたかったことのひとつだ」わたしが黙っているので、彼は一瞬ためらってから切りだした。「きみとアルフィーにひんぱんに会えないのはいやだ。アルフィーに会いたい。きみに会いたい。本のリサーチをするあいだ、きみの家に同居するってのはどうだろう？」ぎこちないと言ってもいいような笑い声をあげた。「正式な夫婦みたいにいっしょに生活するのがどういうものかわかるだろう」彼がひと呼吸する音が聞こえた。「正式な家族らしく。アルフィーのために」

口を開けたものの声が出ない。

「せめて考えるだけでもしてくれないか？」

もう一度、返事をしようとしたけれど、かすれた小さな音しか出なかった。

「なあ、たぶん職場にいて、いまはあまり話せないんだろう。でも、家に帰ったら電話をくれ。いいね？」

このぶんでは、マグカップふたつ分の紅茶すらまともに淹れられないだろうし、今日一日を乗り切ることなんてとてもできそうにない。わたしたちのことを〝正式な夫婦〟と彼が言ったのは初めてだった。たとえ冗談めかした言いかたでも。愚かにも心臓が少しどきどきしてる。

「大丈夫なのか？」デイヴがたずねた。

「ええ、なにも問題ありません」

「言わせてもらえば、少しやつれた顔をしてるぞ。うちへ帰っちゃどうだ？　物件リストの更新は済ませておく」

「本当に？」

「本当だ。ほら、帰った帰った」

「ありがとうございます」

外に出ると落ち葉が歩道を舞い、空中の霧のような細かい粒子が喉の奥に張りついた。まっすぐ家に帰るべきだとわかっている。今日は母がアルフィーのお迎えに行って、わたしのうちへ連れ帰ってくれている。今夜テリーの家でベビーシッターをするあいだ、うちでアルフィーといっしょにいられるように。でも、母はわたしがあと三十分は帰宅しないと思ってるはずだし、わたしは新鮮な空気を吸って頭をはっきりさせる必要がある。じっくり考える必要が。

〈ストーンズ・アンド・クローンズ〉のほうへ歩きだした。通りの先に見える灰色の壁のような海の方向へ。ほんの何秒か、パニック映画の一場面のように、その壁があらゆるものや人を消し去りながら容赦なくわたしに向かってくることを想像した。

まばたきをしてその空想を払いのけ、〈ストーンズ・アンド・クローンズ〉へと急いだ。ソニア・マーティンズの店での一件が広まったら、マイクルはどんな反応を見せるだろう？あの中傷が事実だったとしたら？　マイクルはサリー・マクゴワンがこの町にいると頑として信じているようだし、サリーとソニア・マーティンズは気味が悪いほど似てると言わざるをえない。でも、あの中傷が本当に事実だったら、きっとソニアはどこかへ移されて、また新しい身元を与えられるはず。ひょっとすると、もうそうなっているかも。

問題は、どこかへ移したとしても、彼女の身の安全は損なわれたままだということ。人相風体が知れ渡ることになるから。報道禁止命令が出されてようがおかまいなしに、憎悪に凝り固まった連中が彼女の顔写真をツイッターに投稿するせいで、情報が拡散される。でも、ソニア・マーティンズはサリー・マクゴワンじゃない。ちがうと、わたしは確信している。

〈ストーンズ・アンド・クローンズ〉に近づくにつれて、店がいつもどおり開いてることを期待しているという自覚が強まった。通りすがりに、開いてるドアから漂ってくる芳香をとらえたい。カウンターの奥のいつもの場所に陣取っているソニア・マーティンズが客に応対している姿を見たい。別の客が、アロマキャンドルの並んでいる店内でのんびりと商品を見てまわっている横で。

〈ストーンズ・アンド・クローンズ〉に達すると、ドアが閉まっているのがわかった。顎がこわばった。

でも、ソニア・マーティンズはいた。腕組みをして、カウンターの奥でうずくまっている。大きなウールのセーターを着て。わたしは安堵の息を吐いた。ドアは冷気を遮断するために閉まっているだけ。それでも、ウインドーの前で足を止めて、巧みに配置された像や装飾品、書籍などを見ているふりを装って彼女の表情を探った。ぼんやりとうつろな目が虚空を見つめている。

だれかが話したんだ。彼女は知っている。彼女が顔を上げたので目が合った。様子を見に来たことを知ってるかのように、彼女はまっすぐにわたしを見ている。頭のなかで、昨日のバーバラの声が聞こえて――〝ジョアンナ、これって、あなたが読書会で言ってたことじゃない？〟――吐き気を覚えた。あのときの人だかりのなかにソニアの友人がいたらどうしよう？　聞いたとおりを彼女に伝え、わたしの人相を教えたとしたら？

だから彼女は、全部あんたのせいよと言いたそうな目でわたしを見ているの？

あの店のウインドーに写真が貼られただけで終わるはずがない。それぐらいはわかる。噂は植物の種のように風に運ばれ、まき散らされる。どこでかはわからないけれど、かならずどこかで地面に落ちる。割れ目やすき間に入り込んで根を張る。芽を出す。噂が事実かでたらめかは関係ない。口にされるたびに、速く強く育っていく。豆の茎のように、巻きながら空へと伸びる。

今回ばかりは沈黙を破ったほうがいいかもしれない。大きな声をあげている連中の前に正体をさらすほうが。あのやじ馬どもの望みはそれだから。いつだってそうだった。わたしの苦難を全世界に見えるように大きな文字で書くこと。

最近はますますひんぱんに起きている正体を明かしたいという強い欲求。これ以上ない奇妙な感覚――不安に混じって覚える欲求。たとえば、だれかに見破られたらどうする？　目を見て、わたしだと知られたら？　一体どうなるだろう？

一体全体、どうなるだろう？

14

いろんな思いが頭のなかをぐるぐるめぐっている状態だったから、電話をかけて今夜のベビーシッターを断りたかったけれど、テリーをがっかりさせる気にもなれないし、ベビーシッティング・グループに入っていきなり不評を買いたくもなかった。おそらく、環境を変えることが考えを明確にする役に立ち、マイクルの提案に対する答えを出すのを助けてくれるだろう。

モンクトン一家の住まいは、まずまちがいなくフリンステッドでいちばん環境のいい住宅街――ウォーターフィールド・グローヴ――にあって、独立した広大な邸宅は少なくとも八十万ポンドの価値があるはずだ。

アルフィーの部屋が散らかっていると思っていたけれど、ルビー・モンクトンの部屋の散らかり具合は度を越していた。おもちゃや洋服が、上げ潮に運ばれてきたごみやがらくたのごとく床に散らばっている。その下のカーペットはほとんど見えない。そのくせ、部屋自体は絶妙な装飾が施されていて、まるで童話の世界そのままって感じ。壁の一枚には魔法の庭で跳ねまわる一角獣たちが描かれているし、ソファ兼用ベッド――白く塗られたスティールの柔らかな曲線に囲まれている――は上部にレースの天蓋がついている。わたしが子どものころにあこがれていた部屋そのもの。

アルフィーと同じクラスのハミッシュは妹のルビーの隣の部屋。こっちのほうが狭いものの、散らかり具合はましで、モチーフは海賊。ベッドまで船の形をしている。みごとに作り上げられた木製の船で、ひと財産かかったにちがいない。アルフィーの小さな部屋を思い浮かべた。安っぽい板材のくたびれた壁、ブルーの古びたカーペット、〈ザ・レンジ〉で買った安物のカーテン。できるだけいい部屋にしようと、努力はした。『スター・ウォーズ』のポスターを何枚も壁に貼り、『スター・ウォーズ』の布団セットを買ってやり、パイン材のひきだしたんすを白く塗って表面が隠れるほどステッカーを貼らせてやった。でも、これは……この部屋は次元がちがう。

マイクルの言葉を思い出した。〝この手の本は話題を呼ぶ可能性がある。おれたち、大金を手にできるかもしれないぞ〟。彼は昔から本を書きたがっていた。それに、彼の言うとおり、ことがうまく運んでサリー・マクゴワンの協力を得ることができれば、新聞各紙が彼の本を大々的に取り上げるだろう。わたしたちの人生が一新されるかもしれない。彼のフラットもわたしの小さな家も売り払って、いっしょに住むうちを買えるかも。家族三人で暮らすうちを。この邸宅ほど豪華じゃないかもしれない。こんな邸宅は決して買えないと思うけど、それでも、三人で生活することを考えれば考えるほど、ますます魅力的に思えてくる。だいいち、いままで一度も夢に思い描いたことがないなんて言ったら嘘になる。

でも、本当にそれが正しい選択？　ふたりがうまくいってる理由が、まさにいつもいっしょにいないからこそだとしたら？　それに、彼が本心から同居を望んでるなんて、どうしてわかる？　ネタを嗅ぎつけて、ここに住むほうが便利だと急に思い立ったんだとしたら？　もしそうなら、情報源がまちがっていて結局のところサリー・マクゴワンがこの町にいなかった場合、どうなる？

仮にサリー・マクゴワンが本当にこの町にいて、マイクルが本を書きはじめたとしても、平穏な生活に嫌気が差してロンドンへ戻ってしまうまでどれぐらいの猶予があるだろう？　フリンステッドは彼がもっとも住みたがらない町なんだから。ことあるごとにばかにしてるし。彼は根っからのシティボーイ。これまでずっとそうだった。この先もそれは変わらないはず。

とはいうものの、サリー・マクゴワン事件について調べるだけなら、フリンステッドくんだりへ越してくる必要はない。そうでしょう？　ロンドンから一時間余りの距離だし、いつでもうちに泊まっていいってわかってるんだから。会話の最後につけたしたりなんかして、思いつきみたいな言いかただったかもしれないけど、マイクルのことはよくわかっている。彼はいつも、本当に話し合いたいことはそんなふうに持ち出す。労力を費やし、遠まわりする必要があるみたいに。ひょっとすると、前から考えていたのかもしれない。わたしがロンドンを離れてからずっと。もしかすると、そのはるか前から。

彼のことはずっと好きだった。大学で初めて出会ったときからずっと。どこかのばかが談話室で発煙弾を作動させたせいでわたしがパニック発作を起こしてしまったあのときから。

あの場に彼がいなければ心臓発作を起こして死んでいたかもしれないと、本気で思っている。彼はずっとわたしにつきそって、落ち着いた声で大丈夫だと励ましつづけてくれた。わたしがなにに耐えているかを理解していた。

その夜、彼にすべてを打ち明けた。鼻孔を満たす煙。子どものころ、いまのアルフィーよりもふたつ下のときに遭った火事のことを。消防隊が救出に来るまでの恐怖。そんなわたしの無防備な状態につけ込む男もいるだろうけど、マイクルはちがった。その夜はパーティがあって、わたしはひと晩じゅう酒を飲んでいた。それまで飲んだことがないほど大量の酒を。入学して最初の学期で、まわりの子たちに合わせようとしていた。なんて愚かだったんだろう。でもマイクルは、何時間もつきそってくれながら、迫ったりしなかった。ただの一度も。ひたすら背中をさすって、わたしが寝入るまでずっと言葉をかけつづけてくれた。

目が覚めたときには彼はすでに立ち去っていたけれど、ベッドの脇にバケツと、ベッドサイドテーブルに水の入った大きなグラスと鎮痛剤の箱が置いてあった。その横に書き置きのメモ。

〝勇敢にして美しいジョアンナ〟そのひと言だけだった。

「ベッドに入る前におもちゃをかたづける？」三人してルビーのベッドに収まって本を読んであげる前に、ルビーとハミッシュに訊いてみた。

ふたりは秘密めかした目配せを交わした。「ううん」ルビーが答えた。「あの子たち、床の上にいるのが好きなの」

「明日リサが来るんだ」ハミッシュが言った。「おもちゃはいつもリサがかたづけるよ」

「リサって？」

「掃除に来る人」

「なるほど」

その後、ルビーが眠りにつき、ハミッシュが自室の船の形のベッドに収まってオーディオブックで『ジャイアント・ピーチ』を聴きはじめたので、わたしは足音を忍ばせて一階に下り、テリーの輝くばかりの真っ白なキッチンで電気ケトルのスイッチを入れた。いやみなほど巨大なアメリカ式の冷蔵庫を開けてミルクに手を伸ばした。ハミッシュがベッドに入る前に、ハロウィンの日のリアムの誕生日パーティで着るつもりだというドラキュラのマントとチョッキを見せてくれた。仮装衣裳店のたぐいで大金をはたいて買ったような代物だった。

「ママが作ってくれたんだ」とハミッシュは言った。「ジェイクのママはオオカミ男の衣裳を作ってるんだって。アルフィーはなんの扮装をするの？」

さあそれよ、ハミッシュ。痛いところを突いてきたわね。わたしはほほ笑んだ。「楽しみに待ってて」

ゆうべ、いろんなオンラインサイトで衣裳を探してみた。写真ではそれなりに見えるものもあったけど、いざ届いて開封したら薄っぺらい安物に見えるのはわかっている。

テリーやキャシーはいいわよね。ふたりとも大きな家に住んでるし、お金はたんまりあるし、ロンドン金融街《シテイ》で働くご主人がいる。なにより、ふたりとも職に就いてない。つまり、よき母親がやるとされていることをすべてやる時間があるってこと。ケーキを焼いたり、誕生日パーティを企画したり、すぐにすばらしい衣裳を作ったり。子ども部屋のテーマを選んだり。

ふたりの暮らしがうらやましいわけじゃない。うらやんでなんかいない。掃除に来る人がやることだからと言ってアルフィーが部屋のかたづけを拒んだら頭にくるだろうし。それに、張り合おうとしてるわけじゃない。張り合いたくても無理。わたしは昔から、ものを作ることに関して不器用だったから。だけど、ほかの子たちがすごい扮装で現われたらアルフィーは浮いてしまう。

紅茶を持って、ベルックス社製の巨大な天窓があるダイニングルームの張り出し部分へ行き、腰を下ろした。ただでさえアルフィーは新参者というハンデを抱えている。しかも、クラスのなかで肌の色が白くないのは、ケティファを別にすればアルフィーだけ。これ以上、のけ者みたいな思いをさせることだけは避けたい。

紅茶をひと口飲んで夜空を見上げた。星空の下でここに座ればきっとロマンティックだろうな。頭が空想の世界へ漂っていた。向かいに座ったマイクルと、本の成功を祝ってシャンパンを飲んでいる。ここはわたしたちの新しいうち。アルフィーは二階の新しく美しい部屋で安らかに眠っている。

ポケットからスマートフォンを取り出してメールチェックをした。電話で話したあとマイクルから二件届いているけれど、どちらにもまだ返信していない。いいかげん返事を送ろう。返信文を打ち込んだ。〝いいわ。賛成。試してみましょう！〟決心がつく前に送信ボタンを押していた。しまった！〝試してみましょう！〟だなんて。なんだってそんなことを？　まるでばかみたい。軽薄だし。

すぐに返信があった。〝愛してる、ジョーイ。話したいことが山ほどある。明日そっちへ行く。Ｍ〟

〝愛してる、ジョーイ〟。この年になって、彼が本当にそう言った。メールでだけど。立ち上がって室内を歩きまわりながら、改めて彼からのメールを読んだ。さらにもう一度。夢うつつで家じゅうを歩きまわった。気の毒なソニア・マーティンズについてのちっぽけな悩みなんて薄れはじめた。あの噂を立てたのはわたしじゃない。わたしだけじゃなくて、たくさんの人が口にしていた。あんな噂、すぐに消える。

ウインドーに貼られた写真のことだって、まともな判断を下すはず。悪意のあるいたずらだったって。なにしろ、ここはフリンステッド。いい町なんだから。人と人のつながりがある真の共同体。みんな〈ストーンズ・アンド・クローンズ〉が好きなんだし。地元住民にも観光客にも人気のある店なんだし。個人経営の一商店が廃業するのをだれも見たくないはず。

でも、あの店が廃業して、そのせいでマイクルのサリー・マクゴワン探しが行きづまってしまっても、それならそれでいい。別の書きたい本を見つければいいだけ。別のネタを。ネタなんてどこにでも転がっている。それを見つけるだけのこと。マイクルが前にそう言ってなかった？

モンクトン家の豪華なクリーム色のソファに身を沈めた。テリーがＤＶＤのボックスセットをいくつか出してくれているけれど、今夜は集中できそうにないし、興味を引かれるテレビ番組もない。またスマートフォンを取り出して、ツイッター・アプリを開いた。トレンド・トピックでも見よう。トランプ大統領の最新のばかげた投稿とか、このあいだの夜に観た新しいドラマに対するみんなの感想をチェックしてもいい。テリーとマークが帰宅するまでの時間つぶしになるならなんでもいい。

通知が六件あった。だれが〝いいね〟をつけたとか、だれがリツイートしたという通知が大半だけど、新たなフォロワーがふたりついていたので、フォローバックするに値するかどうか確認するためにふたりのプロフィールを読んでみた。一方は高性能スパムボットだったからすぐさまブロックした。もう一方は……

背筋が凍った。頭がくらくらして、文字がぐるぐるまわって見える。もう一方のフォロワーはSally Mac @rumourmill7と名乗るだれかだった。

唾を飲み込もうとしても口のなかがからからだった。アイコンをクリックすると、写真ではなくアニメ風イラストだった。人差し指を唇に当てている女――黙ってろという意味の古典的なしぐさ。勇気を奮い起こして、彼女のたった一件のツイートを読んだ。

〝噂が身を滅ぼすこともある〟

15

愕然としてスマートフォンの画面を見つめた。その瞬間、次のツイートが表示された。

〝真実が靴を履いているあいだに嘘は地球の裏側に達している――マーク・トウェイン〟

大丈夫。この投稿者が本物のサリー・マクゴワンだという可能性は絶対にない。本人が噂を聞きつけて正体がばれることを案じているとしたら、サリー・マックの名前でツイッター・アカウントを立ち上げてさらに注目を集めるようなまねはしないはず。そんなの、正気の沙汰じゃない。

たぶんソニア・マーティンズだ。昼間に彼女がわたしを見た目を思い出して、うなじの毛が逆立った。こんなことが起きたのはあんたのせいよと責めるような目を。でも、彼女はわたしの名前を知らない。ああ、どうしよう、知ってるかもしれない。バーバラが大きな声で言わなかった？　〝ジョアンナ、これって、あなたが読書会で言ってたことじゃない？〟って。あれを聞いただれかが彼女に伝えたかも。だとしたら、そんなに調べまわらなくても、わたしの姓をつきとめてツイッターで見つけることができる。

だけど、サリー・マクゴワンだと疑われたからといって、ソニア・マーティンズがサリーを騙《かた》ってツイートを始めるなんて、まず考えられない。そんなの理屈に合わない。まあ、わたしを怖がらせようとしているなら話は別だけど。

目の奥に彼女の顔が浮かんだ。いわゆるエイジング技術を使って少女時代のサリー・マクゴワンの有名な写真を加工した結果、いまのソニア・マーティンズの顔ができあがったとしても、少しも驚かない。ひょっとすると彼女は本当にマクゴワンで、被保護者保護プログラムの担当官にはすでに状況を知らせたのかもしれない。担当官は経過を見ながら待機し、彼女をまたしても移動させる準備をしているのかもしれない。

あるいは、妙な偶然から、たまたまサリー・マックという名前の新しいフォロワーがついて、その人が嘘や噂にまつわる引用を投稿しているだけなのかも。その可能性がある、と自分を納得させようとした。同じ名前を使う人はたくさんいるんだし。そんなことはネットで自分の名前を検索してみればわかる。もしかすると、これは役にも立たない引用を吐き出す退屈なアカウントで、無作為にだれかをフォローするアプリを使ってるだけなのかも。だとしたら、これっぽちも他意はないってこと。

心を落ち着けよう、状況を客観的に考えようと、何度か深呼吸をした。もちろん、もうひとつの可能性もある。ママ友のだれかがからかっているだけなのかも。そう考えだすと、ますますその可能性が高いような気がしてきた。

不安は残るものの数分前ほどの恐怖は消えたので、スマートフォンをうしろポケットに突っ込んで立ち上がった。動きまわる必要がある。ここに座ってくよくよ考えてばかりいられない。

二階へ上がると、ルビーは人形を握りしめ、横向きに丸まって眠っていた。あおむけで両腕を広げたハミッシュはヒトデみたいで、頬は赤みを帯びたリンゴのようだった。忍び足で廊下を進み、テリーとマークのベッドルームの前で足を止めた。ドアが少し開けてあり、ベッド脇のランプがついていた。のぞき見たい誘惑に勝てなかった。テリーはわたしに見せたかったにちがいない。そうじゃなければ、ランプをつけてドアを開けておいたりしない。いかにも見せるための演出って感じ。

広々とした部屋。薄灰色の壁、暗色の無垢《むく》板張りの床。最近のはやりらしい木製の白い鎧戸《よろいど》のついた窓。ゆっくり休めそうな温かい雰囲気の部屋で、バスルームもついている。クロムメッキのバーが何本もあるタオルウォーマーがちらりと見えた。床板がきしみ、ちぐはぐな家具を並べたわが家の狭いベッドルームとは大ちがい。

一階に下りてテレビをつけた。あと三十分もすればテリーとマークが帰ってきて、わたしもうちへ帰れる。いまごろ母はソファでうたた寝してるだろうな。いつもの就寝時間をとうに過ぎてるから。

スマートフォンが通知音を立てた。サリー・マックの新たなツイートだろうと心の準備をした瞬間、思い出した。フォローバックしてないんだから、彼女がツイートを投稿しても通知が来るはずないことを。彼女のツイートを見たければ、彼女のアカウントをクリックして確認しなければならない。ま、そんなことはしないけど。なにか別の通知のはずだし、現にそうだった。マイクルからのメールの着信だった。

〝じゃあ明日。一時ごろ、そっちに着く。M〟

この何分か待っていたはずなのに、いざドアのキーをまわす音がすると、飛び上がるほど驚いた。十一時半までには帰るとテリーが言ってたけど、時間ぴったり。子どもたちの様子をたずねるテリーは少しふらついている。

「ふたりともいい子にしてたわ」と答えた。「お行儀もよかったし」

「チョコレートとワインを楽しんでくれたんだったらいいけれど」テリーは呂律《ろれつ》があやしかった。

「いえ、紅茶を一杯だけいただいた」

マークが家まで車で送ろうかと訊いてくれたので、一瞬その気になりかけた。でも、彼の目は少しばかりとろんとしている。たぶん彼も酒を飲んだんだろうし、口調からは、運転したくない、テリーに言われたから訊いただけだという印象を受けた。

「大丈夫です、ありがとう。うちはすぐそこですし。五分もかかりませんから」

外へ出て玄関ドアを閉め、邸内の私道を抜けるとすぐに、お願いしますと言えばよかったと後悔した。夜のウォーターフィールド・グローヴを歩くなんて気味が悪い。静寂が深くて息苦しいほどだし、サリー・マックという人物がツイッターでわたしをフォローしているということばかり考えてしまう。

背後を気にしながら通りを見渡して人影を探しても、人っ子ひとりいない。ツイッターでフォローされるのと通りであとをつけられるのとはまったく別ものだ。あたりまえのことだけど。それに、フリンステッドは国内でも犯罪発生率がもっとも低い町のひとつ。せいぜい、時間を持てあました十代の子たちによる反社会的行為や海の家の心ない破壊行為がときおり起きる程度なんだから。

それでも、つい足どりを速めて海岸通りに達し、右手に陰鬱な海が広がっているだけで人《ひと》気《け》がまったくないとわかると、うちまであとわずかな距離なのでほっとする。廃屋の前にさしかかると、つい小走りになった。ウォリック・ロードへと曲がり、わが家が見えてようやく足をゆるめた。

玄関ドアにキーを挿すころには心が決まっていた。明日マイクルにすべて話そう。噂が拡大してることも、わたしにその責任の一端があることも。サリー・マックのツイートを見せて、本の執筆を考え直すように頼んでみよう。だって、もしもなんらかの奇跡でマイクルが彼女を見つけ出したら、もしも取材を受けることを彼女が了承したら——どちらも、まずありそうにない仮定の話だけど——きっと面倒な事態を引き起こすことになる。被害者遺族の反感。扇情的な新聞記事。インターネット上の憎悪に満ちたコメント。

いまの社会は昔に比べて寛容さを欠いている。いや、そうじゃないかもしれない。憎悪の強さはサリーが更生施設を出所したときとまったく同じなのかもしれないけど、当時はまだインターネットなんてなかったし、情報も共有されてなかったから、国民全体の憤りに至ることはなかった。つかのま世間を騒がせたニュースも、すぐに別のニュースに取って代わられた。

マイクルは喜ばないだろうけど、すぐにあきらめるはず。もしもあきらめなければ……もしもすべてを台なしにしたことで彼がわたしを責め、それで仲たがいしたら、まあ、結局いっしょに暮らすのはそれほどいい考えじゃなかったということかもしれない。

少なくとも、これで彼にとってどっちが大事なのかがはっきりする。サリー・マクゴワン事件を再燃させることか、それともアルフィーとわたしか。

16

うちに入ると、母は膝掛けをブランケット代わりに体にかけてソファで寝ていた。テレビは小さな音でついたまま、コーヒーテーブルのマグカップには紅茶がなみなみと入ったままだった。まだ温かいかと思ってさわると、紅茶はすっかり冷めていた。

母の腕を軽く叩いた。「母さん、ただいま」

母は目を開け、まばたきをひとつしてからわたしを見た。すぐに身を起こして座り、あくびをした。「おかえり。うっかり寝てしまったんだわ」

母は紅茶に手を伸ばし、すぐに渋い顔をしてマグカップを置いた。

「ごめんね」わたしは言った。「こんな時間までいてもらっちゃって。今夜は泊まっていったら？　客用のベッドを用意するわ」

母は首を振った。「ばか言わないで。とにかく、あんたも知ってのとおり、自分のベッドで寝るほうがいいの」

それは知っている。しょっちゅうそう言ってるから。わたしがロンドンに住んでたとき、母はよく泊まっていったけれど、決まってマットレスのことで文句を言っていた――いわく、ごつごつしすぎてる。あるいは枕のことで――いわく、低すぎる。決して扱いやすい客ではなかったから、近いところに住むのが理想的。ふらりと行き来できるうえに、たがいに長居して迷惑をかけることもない。

でも、今夜は事情がちがう。泊まってほしいなんて口にしない。どうしても泊まってほしい、今夜だけは、なんて。そんなことを言えば母は理由を訊くし、こっちは話さざるをえなくなる。一部の人がそうであるように、母は腹が立つぐらいツイッターに疎い。デイヴに説明しようとしたみたいに、母にも説明を試みたことがあるけど、そもそもツイッターの意義を理解できなかった。〝どうして大勢の見ず知らずの人たちと無意味なことを話したいなんて思うの?〟

それに、あの噂について話せば、母はさらに批判的になるはず。そうなれば、マイクルと彼が書こうとしている本、同居してもいいかと訊かれたことまで説明するはめになる。どうせすぐに話さなければならなくなるけど、今夜はその話をしたくない。母は本が完成したあとどうなるかについてなにかしら辛辣《しんらつ》な意見を言うだけだし、その結果は目に見えている。

「帰る前に紅茶をもう一杯淹れようか?」とたずねてみた。

「いらない。さしつかえなければ、うちへ帰りたいんだけど」

母がわたしの頬にキスをし、わたしは母を抱きしめた。

「大丈夫?」抱擁《ほうよう》を解き、わたしの肩に手を置いたまま母がたずねた。「なにか気がかりなことがあるみたいな顔よ」

母は昔からわたしの心のうちを読むことができる。でも、聞けば怖がるに決まってることを話すわけにいかないじゃない。十歳のときに五歳の男の子を殺した女にツイッターをフォローされてることが気がかりだなんて。ソニア・マーティンズに疑いの目を向けることに荷担してしまったんじゃないか、彼女の評判を損ねた責任が、少なくとも責任の一端が自分にあるんじゃないかと気がかりだなんて。

それに、マイクルがわたしとアルフィーといっしょに暮らしてちゃんとした家族になりたいなんて急に言いだしたことも気がかりだった。サリー・マクゴワンを見つけ出すことに彼がすべての期待をかけてることも、彼と会う前に例の噂を聞きつけたサリー・マクゴワンが姿を消すんじゃないかってことも。そうなった場合、彼がここで暮らす決心をひるがえして、わたしたちはもとの関係に戻るんじゃないかってことも。それに、本当に彼の気が変わったら、もとの関係に戻ることなんてできないんじゃないかって不安に思っている。実質的な破局を迎えるんじゃないかって。

「そんなことない。疲れてるだけよ」

午前三時四十七分、もう耐えられなくなり、眠ろうと努力するのをやめた。身を起こしてランプをつけた。不安が悪性細胞のように突然変異して増殖し、スマートフォンなんて見たくないのに、気がつくと画面をタップしてスリープ解除し、スワイプしてツイッターのアイコンがある画面ページへ移動していた。開いているくちばしがさえずり《ツイート》の途中であることを、広げた羽が飛んでいるさまを表わしている小さな白い鳥。もう抑えられなかった。

自分のアカウントのフォロワー一覧をクリックした。まだいる。リストのいちばん上に。Sally Mac @rumourmill7。親指がそのアカウント名の上方で止まったものの、気が変わる前に押していた。新たなツイートがあることや、最後の投稿がほんの五十七秒前だったことから考えて、この人物も眠れないらしい。この人物の投稿を上から下まで読んだ。

〝女どもが口にする噂はなにももたらさない――アイスキュロス〟
〝噂は広まるにつれて成長する――ウェルギリウス〟
〝だれかが考案したものを別のだれかが増大させる――ジョナサン・スウィフト〟
〝真実が靴を履いているあいだに嘘は地球の裏側に達している――マーク・トウェイン〟

その下に、最初の投稿。

〝噂が身を滅ぼすこともある〟

すべて文学者からの引用ってことね。〝噂が身を滅ぼすこともある〟というのだけは別。古い言い習わしで起源を特定することはできないけど、当然、最初にどこかでだれかが言うか書くかしたはず。ここからなにか意味を汲《く》み取るべき？　最初のツイートが文学者からの引用じゃないことや、ほかのツイートに比べて短くあからさまな脅し文句だという点から？

だって、脅威を感じてる。はっきりと感じている。

ベッドを出て、ドレッシングガウンをまとって靴下をはいてから、階段をきしませないように気をつけて一階へ下りた。

三時間後、キッチンの窓辺に立って昇る朝日を眺めていた。寝不足のせいで顔じゅうの骨が痛いし、夜どおし目の奥に居座っていた頭痛がこめかみのほうへと勢力を広げ、その余波が頭頂部全体にまで及んでいる。何杯目かの紅茶で流し込んだばかりの二錠の頭痛薬は別にして、効果があるとすればビーチの散策だろう。すり減った神経を波の音になだめてもらい、収斂《しゅうれん》作用のある海水のにおいに鼻孔を浄化して頭をすっきりさせてもらう。

心を惹かれる考え。アルフィーは七時半ごろまでは絶対に目を覚まさない。あの子が起き出す前に戻ってくることができる。早朝のひとりでの散歩がなつかしい。アルフィーが生まれる前は、よくテムズ川沿いをグリニッジ方向へと歩き、コーヒーを買ってから家に戻っていた。それに、この町に住んでいた十代のころだって、ときどき早起きして登校前にビーチへ下り、引き潮のときには海岸線を歩いていた。天気のいい日にはテムズ・バージと呼ばれる小型の輸送帆船が通っていくのが見えたり、上げ潮で打ち寄せられためずらしいものを見つけたりした。気持ちいいほどなめらかな小石やきれいな貝殻を集めたり、変わった形の流木を自室のピクチャーレールに吊るしたりしていた。

でも、絶対にアルフィーをひとりで家に残していくことはしない。どんな事故が起きてもおかしくないから。いつもより早く目を覚まして、わたしの姿が見当たらずにパニックを起こすかもしれない。なにかにつまずいて転び、頭を怪我するかもしれない。階段から落ちて骨折し、階段の下でくしゃくしゃに丸まっているかもしれない。

あるいは、まったくパニックなんて起こさないかもしれない。案外、起き出して自分で朝食の用意をするかもしれない。それでも、コーンフレークを頬ばりすぎて喉を詰まらせるおそれはある。

それに、言うまでもなく火事。わたしにとって最悪の悪夢。火事が起きてもアルフィーはまったく目を覚まさないかもしれない。ベッドで眠ってるあいだに煙にやられてしまうかもしれない。事故につながりかねない危険はたくさんある。玄関ドアを開けて通りに飛び出すかもしれない。左右を確認せずに通りを渡ろうとして車に轢《ひ》かれるかもしれない。あるいは、何者かが『スター・ウォーズ』のパジャマのままのかわいい男の子に目をつけるかもしれない。抱き上げて車に乗せ、走り去る。機に乗じただけの誘拐。それもすべて、身勝手な母親が早朝にビーチを散策したくなったせい。

だめ。絶対にそんなことはしない。アルフィーを学校へ送ったあと、景色のいい道順を通って出勤しよう。ほんの五分でもビーチへ下りられれば、なにもしないよりはましだ。

リビングルームへ行ってカーテンを開け、ｉＰａｄを持ってソファに落ち着いた。またツイッターを見たい誘惑にあらがって、ついサリー・マクゴワンに関する記事をスクロールするうち、ガーディアン紙のある記事を見つけた。

被保護者保護――終身刑

マーティン・ナイト
ガーディアン紙
二〇一四年三月十二日　水曜日　グリニッジ標準時午前一時三十五分

UKPPS（英国被保護者サービス）は重大な危害を受けるおそれがあると見なされる国民を保護するサービスである。たとえば組織犯罪の目撃者（多くの場合、当人も犯罪者だ）や世間の注目を集めた殺人犯（とくに児童殺害の犯人あるいはその協力者や幇助者《ほうじょしゃ》）で出所したばかりの者、名誉殺人の標的になるおそれのある人物を。三月十四日金曜日にBBC2で放送予定の『葬られたアイデンティティ』と銘打ったドキュメンタリー番組において、マーティン・ナイトは、新たな身元を得ることによる心理的影響について掘り下げる。

被保護者保護プログラムの内情はずっと秘密のベールに包まれてきたが、それも当然のことだ。わずかばかり知っていると思っている情報も、そのほとんどは大衆文化にあふれているさまざまなあやまった通念や陳腐な決まり文句の結果だ。そのあやまった通念のひとつが、被保護者保護プログラム下の人間は国費で生活し、物質的に満たされた生活を享受している、というものだ。したがって、国民の多くは、彼らが分不相応な待遇を受けていると思い込んでいる。タブロイド紙はそうした誤解の拡散を防ぐことをほとんどしない。だが、現実には、被保護者はできるだけ早い経済的自立を推奨されている。

被保護者保護プログラム下に置かれることは、ハリウッド映画で描かれるような魅力的な立場からはほど遠い。むしろ終身刑を言い渡されるようなもので、長きにわたる精神的なダメージをもたらすことが多い。

想像してみてほしい。急にこれまでの人生を捨てることを。家族や友人、職、家庭――現在の自分を作っているすべてを手放すことを。想像してみてほしい。まったく知らない町へ連れていかれ、別の人間の人生――経歴、家族、これまで住んでいた場所――を覚え込まなければならないことを。今後はその人物になるからだ。まったくの別人に。あなたがどこでだれになっているかを知る人はほんのひと握りかもしれない。絶対に真の姿を見せられないので友人を作るのは困難だし、だれかと親しくなれば嘘をつくのが一層むずかしくなる。

「ママ？　ママ？　どこ？」

わたしは目をこすってあくびをした。「下にいるわ。下りてきて朝食をすませなさい」

無理やりソファから立ち上がった。このドキュメンタリー番組の放送は四年近く前だけど、まだ視聴可能かもしれない。あとで調べてみよう。マイクルといっしょに観てもいい。それまで起きていられたらの話だけど。

17

海は静かだった。不気味なほどに。見渡すかぎり広大で灰色の穏やかな海面。空気は肌寒いのに、服を脱ぎ捨てて素っ裸で泳ぎたいという衝動を覚えた。ガラスのような水面の下にするりと入って、ゆったりとすべるような平泳ぎで進みたい。冷たい海水がシルクのシーツのように素肌を舐《な》めるのを感じたい。とはいえ、ビーチにはわたしとカモメ以外だれもいなくても、古い人間のわたしには、人目にさらされる広い砂浜で昼の日なかに服を脱ぐなんてまねはできない。崖の小道をだれかが下りてくるかもしれない。ジョギング中の人や、犬の散歩中の人、あるいはわたしと同じく波打ちぎわに引き寄せられた人——太古の昔から人類がそうだったように——が。だいいち、二十分後には職場にいなければならないんだから。

波の跡をたどりながら、濡れた固い砂にスニーカーが残す足跡を見た。海と陸にまたがる空間には、夢のなかにいるようななにかがある。魔力のようなものが。二ビートの歩調に身をゆだねるうちに首と肩の筋肉がゆるみ、ゆうべからつきまとっている恐怖感が潮のように引いていった。それでもまだ、みぞおちのあたりにひそんでいる。潮はかならず満ちる。

ビーチを区分けしている突堤——垂直に立てた木材に横板をボルトで固定したもの——のひとつに達しようかというとき、前方にひとつの人影が見えた。海のほうを向いてじっと立っている長身の女。どこか見覚えがある。たぶん、あの背丈と姿勢。あの髪に。

近づくとだれかわかって、思わず避けたくなった。でも、もう手遅れ。女はさっき顔をこちらへ向けたから、わたしが近づいていくのに気づいている。いま引き返したり、進路を防潮堤と遊歩道のほうへと変えたりしたら、避けようとしているのが見え見えだ。彼女がペグトン不動産事務所の客じゃなければ、たぶんこれほど意識しない。ま、売却希望の客とその担当者という関係でなければ、そもそも彼女を知っているはずもないか。

「おはようございます」と声をかけた。彼女がどんな反応をするかわからない。それを言うなら、応える気があるのかどうかも。

「ミス・クリッチリー」彼女はわたしに顔を向けて笑みらしきものを浮かべた。あの家から離れると悪意が薄れるらしい。

彼女の視線が水平線に戻った。「毎日、表情を変えるわよね？　海って」

彼女のほうから本格的な会話を始めるだなんて信じられない。ええ、そうですねと返そうとした瞬間、彼女がまた口を開いた。

「お詫びしたくて」

「なにを？」もちろん、彼女がなにを詫びたいのかはよくわかっている。あの冷淡な態度。はっきりと礼を欠いた態度のことだ、と。でも、プロ意識が働いて驚いたふりをしていた。

「あの家のせいよ」彼女が言った。「いやな思い出が詰まってるの」咳払いをした。「ときどき、あいつがまだいるような気がして」そう言ったあと笑い声をあげた。乾いたそっけない笑い声だった。「あいつが死んで埋葬されたことは事実として知ってるのに」

「ミスタ・マーチャントのことですか?」女好きの元夫という推理を女好きの亡き夫へと変更した。

彼女がはっと首をめぐらせた。「あいつを知ってたの? 父を?」

「お父さま? いいえ。存じ上げません。ごめんなさい。てっきり、ご主人のことをおっしゃってるものと」

「あの家は父が所有していたものよ。父が死んで、相続したの」

「そうでしたか」

ふたりとも黙り込んだ。これで会話が終わったのかどうか、よくわからない。たぶん終わったんだろう。だとすれば、それじゃあと言って散歩を続ければいいのに、その瞬間、改装業者を連れてもう一度あの家を見たいというアン・ウィルスンの要望を思い出した。おそろしくてなかなかミセス・マーチャントに電話をかけられなかったけれど、ここでなら、その話を切りだすことができそう。いまなら話しやすそう。

「アン・ウィルスンが改装業者にあの家を見せたがっています」と伝えた。どう言えばいい?「少しでもお手間を省けるのであれば、立ち会っていただく必要はありません。鍵を預けてもらえれば、わたしが同行しますし」

「彼女の気が変わるってことはないわよね?」きつい口調は不安の表れだ。

「それはないと思います。少なくとも、そんな印象は受けませんでした」

「じゃあ、彼女はなにをしたがってるの？」

「少しばかり間取りを変えたいんだと思います」

スーザン・マーチャントは頭をうしろへ傾けて鼻から深く息を吸い込んだ。「彼女が内部を破壊して間取りを一からやり直しても気にしないわ。あの家にはなんの思い出もないから。まったくなにも。いえ、少しちがう。思い出があるにはあるけど、健全なものじゃない。意味はわかるでしょう」

わからないけど、父親との関係がうまくいってなかったんだろう。不幸な幼少期ってところかな。サリー・マクゴワンの幼少期を思い出した。記事で読んだ悲惨なできごとの数々を。

「フィリップ・ラーキンのあの詩は知ってるでしょう？」彼女が言った。「親が子をくそだめにするってやつを？」首をわずかにめぐらせてわたしの反応を探った。〝くそ〟という言葉で感情を害する人間かどうか見定めるために。この町にはその言葉で気を悪くする人間がたくさんいることは想像がつく。

わたしはうなずいて話の続きを待った。

「父はわたしを虐待していたの、性的に。ほぼ十年間。最悪の十年だった。父はわかってやってたから」

衝撃だった。彼女の告白の赤裸々な事実にではない。どんな虐待もショッキングなのは言うまでもないこと。衝撃だったのは、彼女がそんなふうに自分の過去を話したこと。ほかのだれでもなく、担当の不動産業者であるわたしに。ビーチなんかで。

でも、話しちゃいけない理由がある？　どうして彼女が、そんなおぞましい過去を自分の胸に秘めておかなきゃいけない？　彼女だけじゃなくて、ほかのだれであっても？

「ひどい話」陳腐な反応しか返せない自分にうんざりした。

「そもそも、あんな家、欲しくなかった」彼女が言った。「心にのしかかる重荷だから。とにかく取りのぞきたかった」鼻を鳴らした。「売却金だって欲しくない。全額、虐待被害者を支援する慈善団体に寄付するつもりよ」

彼女の目がすっとわたしに向いた。笑みに近い表情を浮かべている。「あいつが知ったら腹を立てるでしょうけどね」

彼女はコートのポケットからニット帽を取り出してかぶり、顔の両脇の髪をたくし込んだ。「鍵はあとで届ける」彼女の口調がそっけないものに戻った。事務的な口調に。この数分がなかったみたい。胸のうちを明かしてなどいないみたい。

「今日の午後、ロンドンへ発《た》つわ。ここへは契約成立の数日前まで戻らないと思う」

彼女が片手を差し出した――形式張った堅苦しいしぐさ。「ごきげんよう、ミス・クリッチリー」

「さようなら、ミセス・マーチャント」

握手を交わしたあと、彼女は下を向いてすたすたと砂浜を横切って立ち去った。可及的すみやかにこの場所から立ち去るという使命を帯びた女のようだった。

18

仕事に取りかかって三十分ほど経ったとき、一時に会って昼食をとる約束に変更はないかとマイクルがメールを送ってきた。そろそろロンドンを発つらしい。

デイヴに確認すると、その時間には事務所に戻っているはずだと言った。

「まずは二件の査定に行ってくる」彼は言って上着を身につけ、デスクのｉＰａｄをつかんだ。「オフィスは自由に使ってくれ」わたしに向かってウインクした。「いけないことはするなよ」

ドアの把手《とって》に手をかけると、彼は足を止めて向き直った。「ああ、言い忘れてた。きみが来る五分ほど前にスーザン・マーチャントが来て鍵を預けていった。おれに向かってほほ笑んだんだぞ」デイヴは首を振った。「人間ほど奇妙なものはなし、か？」そう言うと事務所を出て車へ向かった。

何本か電話を受け、ぐずぐずしている不動産譲渡専門弁護士ふたりの尻を叩き、売却に失敗した売主をなぐさめていると、スマートフォンにメールの着信通知があった。

リズ・ブラックソーンから〝みなさんへの謝罪〟という件名のメールだった。

読書会のみなさんへ

本当に申し訳ないけれど、次回の会合に出席できそうにありません。じつは、その次の回も。どなたか代わって主催していただくことは可能かしら？　それ以後の予定については、追って連絡します。

敬具
リズ

追伸　『フランケンシュタイン』を楽しんでください。

変だ。リズのメールはいつももっとくだけた調子なのに。このメールは形式張りすぎてる。それに〝それ以後の予定については、追って連絡します〟ってどういう意味？　まるで、読書会をやめる根まわしでもしてるみたいだけど、まさかね。

この読書会がリズのものだってことは、みんなわかっている。リズはいつも、この会にリーダーなんて要らない、協調読書会よってわざわざ言うけれど、そのリズこそがリーダーだって。リズが軌道を維持してくれなければ、みんな歯止めが利かなくなる。話は脱線するし、どんな話題でもバーバラが主導権を握るだろうし。加えて、マディーが際限なく話し、カレンが他人の恋愛事情に飽くなき好奇心を発揮する。

急いで返信を打ち込んだ。

残念です、リズ。なにも問題なければいいのですが。ちょっと会ってコーヒーでもどうですか?

ジョー

電話をかけて事情をたずねたほうがいいかもしれない。このあいだ通りで見かけてからずっとそうしようと思っていたんだから。あのとき、いかにも気もそぞろって感じだったし、今回のこのメール。なにかよくないことでも起きてるのかな。家族の緊急事態とか。でも、リズの電話は呼び出し音が鳴りつづけるだけだった。しかたない。いまはあれこれ心配してる時間がない。メールに返事がなければ、あとで家に行ってみよう。大丈夫かどうか様子を見に行こう。

店に着くと、マイクルはすでに席に着いていた。彼が〈レナーズ〉を提案したのは少しも意外じゃない。フリンステッドの料理界に参入したばかりの店で、最盛期を過ぎた海辺の小さな町なんかよりもロンドンのショーディッチかハックニーに似合う、おしゃれで流行の先端を行くレストランだから。マイクルは煉瓦《れんが》とスティールの構造がむき出しの店内によく映えている。先鋭的で都会的ですごく魅力的。

テーブルのワインクーラーにスパークリングワインのボトルが一本入っている。〝勇敢にして美しいジョアンナ〟というメモはかなり格好よかったものの、ふだんマイクルはロマンティックな意思表示をしない。でもまあ、わたしたちの場合は普通の恋愛とはちがうから。少なくとも、いままではちがっていた。

わたしは眉を吊り上げた。「簡単なランチって言ったじゃない。そんなにたくさんは飲めないわよ。こっちはこのあと仕事をしなきゃいけないんだから」

彼は身をのりだしてキスをした。これじゃあデートみたい。目の下のくまや噛んで短くなった爪が気になって、いつもなら感じない気恥ずかしさを覚えた。サリー・マックがわたしのツイッターをフォローしはじめて以来、ますます爪を噛むようになっていた。サリー・マックの件を彼に話さなければ。でも、いまはだめ。彼が幸せそうなくつろいだ顔をしているから。この空気を台なしにしたくない。

彼はわたしたちのために上機嫌なんだと言い聞かせた。わたしのために。サリー・マクゴワンの本を書くという目的と、たまたまタイミングが重なっただけ。

「疲れた顔をしてるな」彼が言った。

なるほど。彼はロマンス的なことをしたいのかもしれない。

「それでもきれいだ」とつけ加えて、スパークリングワインをわたしのグラスに半分ぐらいまで注いだ。

グラスを合わせたあと、マイクルはわたしの足首に足を絡めて、そのままふくらはぎまで這《は》わせた。このあと職場に戻る必要がなければこのお祝いがどういう結末を迎えるか、はっきりとわかる。だから彼の最新の計画にいそいそと乗ったってこと？　セックスという本質的で動物的な欲望のために？　それじゃあ、彼の考えていることよりも顔や体の形のほうをよく知ってるってことになるけど、これまではずっと、おたがいの内面に深入りしないようにしてきた。必要なところまでは立ち入っても、それ以上は踏み込まずにやってきた。でも、いったいどうして？　どうしてそんなことをしてたんだろう？

食事をしながら、彼が同居することによる現実問題について話し合った。彼のフラットをどうするか。荷物をどれぐらい持ち込むか。この展開がわたしにはまったく信じられない。

「フラットは、エアビーアンドビーのサイトを通して貸し出すことを考えたんだ」マイクルが言った。「それなら、衣類とこまごました私物を持ってくるだけですむ。大きいものはそのまま置いてくる」

いい考えだとわかっている。不動産代理店を通すよりも早く借り手が見つかるだろうし、うちにはマイクルの家具を置くスペースなんてないんだし。でも、いつもの厄介な小声がまたささやきだした。それじゃあ、仮住まいの意味合いが強くなるんじゃない？　そのほうが、アルフィーとわたしとの家族ごっこに飽きたときにロンドンへ戻るのが簡単ってことよね。

これ以上、言葉を抑えられなかった。

「同居したいのは本心なの？　彼女のためじゃないわよね……」続きは、声に出さずに口だけ動かした。「サリー・マクゴワン」

案の定、結果はてきめんに表われた。彼はフォークを置いて、醜悪な行為を咎《とが》めでもされたみたいにわたしを凝視した。

「ジョーイ、おれをなんだと思ってる?」

必要以上に大きな声。周囲のおしゃべりがやんだ。いや、気のせいかもしれない。公共の場で個人的な会話をしていることで自意識過剰になってるから。

後悔で胸が苦しい。あんなこと、言わなければよかった。でも、いったん口に出したらもう止められない。手遅れになる前に、手はずが整う前に、不安を吐き出すしかない。ロマンティックなランチに判断力をくもらされてはだめ。重要なことなんだから。わたしの未来がかかっている。アルフィーの未来も。マイクルが越してきて、たった数カ月でまた出ていったりしたら、あの子は深く傷つくにちがいない。事情がわからずに。

わたしだって傷つく。それはいまからわかっている。

「少し……思いがけなかった。それだけよ。いつもと同じように過ごしてて、あの噂のことを話したら急に同居したがるから」

「まあ、そう見えるかもしれないってことは認める」マイクルはゆっくりと息を吐き、皿のチキンの一片をフォークでもてあそんだ。「でも正直、何カ月も前から、同居させてくれと言いたかった」ワイングラスを置いて、わたしの目をまっすぐに見た。「知りたければ言うが、何年も前からだ」

今度はわたしが凝視する番だった。「何年も?」

「きみは昔から自立心がおそろしく強い。多くを求めたら、きみが……なんと言えばいいかな。跳ね橋を完全に上げてしまうんじゃないかと思ってた」

膝の上で両手を組んだ。わたしの想像なんかじゃなくて、本当に彼がそう言ってる？　本心を伝えるのが怖かったって？　要するに、これまでずっとわたしが彼を遠ざけてたってこと？

「わたし……いままで、てっきりあなたが……」声がかすれた。パスタを前にして、いまにも泣きだしてしまいそう。目をきつく閉じて、呼吸に意識を集中した。「自由を望んでるとばかり思ってた。好きなときに飛び出していけるように」

マイクルがテーブル越しに腕を伸ばして指先で頬をなでてくれた。「ふたりとも、なんて愚かなんだ」

「もう一度言って」

「ふたりとも、なんて愚かなんだ」

わたしは涙を流しながら笑った。「その口を閉じて、冷たくなる前にチキンを食べてしまいなさい」

「ほらな？　きみのそういうところが昔から大好きなんだ、ジョアンナ・クリッチリー。やさしくて穏やかな態度が」

デザートはどうですかと給仕係が訊きに来たとき、マイクルの足がまたわたしのふくらはぎをなでていた。わたしたちが欲しいデザートはひとつしかないけど、それは夜までお預け。ふたりして首を振り、デザートではなく勘定書を持ってきてもらった。

レストランから通りへ出るわたしたちは、ロマンス映画にお定まりのべたつくカップルのようだった。誤解と混乱、涙と心痛を経た最後の演出。ようやくたがいの本心を確かめ合い、この先ずっと幸せに暮らしますという大団円。

ところが、その瞬間、叫び声があがった。

19

通りの向かい側でなにか言い争っている。怒りで大きくなる声。取り巻くやじ馬。「なにごとだ?」言うより早く、マイクルはわたしのそばを離れかけた。

ここからでも、あの白い肌と黒髪はソニア・マーティンズだとわかるし、怒りをたたえた彼女の顔が見えた。

彼の腕を引っぱった。「話そうと思ってたの。あのニューエイジ雑貨店のウインドーにだれかがサリー・マクゴワンの写真を貼りつけて、店主がサリー・マクゴワンだと言ってるのよ」

マイクルは小声で悪態をつき、止める間もなく通りを横切りはじめた。あとについていくしかなかった。店の前に行くと、ふたりの女がソニア・マーティンズに指を突きつけて非難を浴びせていた。一方は、先日の脂ぎったポニーテールの女だった。あのときと同じグレーのトラックスーツを着ている。いっしょにいる青白い顔の女はベビーカーでぐずぐず泣いている幼児連れだ。ふたりは、ソニア・マーティンズを幼児殺しだと罵倒している。永久に収監すべき卑劣で危険な怪物《モンスター》だ、と。

ソニアはふたりが鼻先に突きつけた紙をつかみ取って、びりびりに破いた。「よくもそんな悪意ある嘘を言いふらしてくれたね！」とわめいた。「よくもそんなまねを！　ここから立ち去れ。でないと警察を呼ぶよ」

「そうよ、こっちはあんたなんかよりもここにいる権利があるんだからね」

「立ち去れなんて命令する権利、あんたにないわ。ここは公道なんだから」

　突然マイクルがその場を取り仕切りはじめた。ソニア・マーティンズを店内へと押しやりながら、見世物は終わりだ、この女性とは旧知の仲なのでサリー・マクゴワンではないと自信を持って断言できる、とやじ馬どもに告げた。ソニア・マーティンズの顔に浮かんだ表情は感謝ととまどいが混じったものだった。彼女は、マイクルがあとに続いて店内に入ろうとするのを拒まなかった。ついでにわたしも——だって、ついていくほかないじゃない。

　ソニアは全身を震わせていた。ポケットを探って店の鍵を取り出した。錠に挿してまわし、本日閉店の札を掛けてガラスにもたれかかった。

「ありがとう」マイクルに向かって言った。「警察に電話する。あいつらのやってることは犯罪よ。そうでしょう？　誣告罪《ぶこくざい》よね？　そのせいで商売が台なしになりかねないんだから」彼女はぴりぴりした様子でウインドーの外を見やった。「もう充分、台なしになってるわね」

　なおも数人が店の前に立ってわたしたちの様子をのぞき見ているものの、やじ馬の大半はすでに立ち去っていた。

「紅茶かなにか淹れましょうか？」マイクルがたずねた。

「いいえ、大丈夫。外であんなことを言ってくれて、ありがとう。一度も会ったことがないのに、ご親切に」

　マイクルは〝どうってことない〟とでもいうように小さく首を振った。ソニアの目がさっとわたしに向いた。「でも、あなたには会ったことあるわよね？　お客さんだわ」彼女は不審そうに目を細めた。「昨日も見かけた。正直言って、そのときはあなたが関与してるんじゃないかと疑ってた……」両手を広げた――あきらめのしぐさだ――「……この件に」

　マイクルがわたしに鋭い視線を投げた。

「わたしが？　断じて関与してません。最初にウインドーに貼られた写真を見ました。はがそうと思っているあいだに隣の店のご主人が出てきて、はがして持ち去ったんです」

「クリスね。彼が電話をくれたわ。そんな噂、消えてなくなってることを願ってたの。だれかがたちの悪い冗談を思いついただけだって」

「なんなら、噂に反論するお手伝いをしますよ」マイクルが言った。

　なるほど、それが目的だったのか。わたしったら、察しが悪すぎる。マイクル・ルイス。ネタを手に入れるチャンスを絶対に逃さない男。署名記事になりそうなネタを。それがくだらないごみくず地方紙の記事であっても。

　彼はうしろポケットに手を入れて財布を引っぱり出し、名刺を一枚取り出した。「マイクル・ルイス。フリーの記者です。あなたの側の言い分の公表は早ければ早いほどいい。大事に至る前に問題の芽を摘み取ることができます。そのためにも急いで行動しないと」

ソニアの表情が一変していた。体の脇で拳を握りしめている。「それが狙いだったのね。新聞種にすることが！　出ていって！　いますぐ出ていって！」

彼女はわたしたちを押しのけてドアの錠を開け、開いたドア口に立った。「さあ。警察を呼んでいやがらせで逮捕させる前に出ていきなさい」

「いやです」マイクルが言った。「あなたはわかっていない。このままでは事態は悪化するだけです。こういう場合、かならずそうなる。できるだけ早く新聞に記事を出す必要があるんです。あなたにとっては、それが唯一――」

「出ていって。ふたりとも。早く！」

「ほら、行くわよ」わたしは言った。「こんなことになって残念です、ソニア。本当に。さあ、マイクル」

マイクルは名刺をカウンターに置き、わたしに続いて店を出た。「気が変わったら電話をください」かろうじてそう言うや、彼女がドアを閉めた。

「勘弁してよ、マイクル。どうしたの？　彼女が動揺してるのなんて、ひと目見ればわかったでしょう」

彼が早足で歩いていくので、後れずについていくのがやっとだった。

「失敗だったよな？　なにを考えてたんだ、あんなにすぐに名刺を差し出したりして」彼はわたしが追いつけるように歩調をゆるめた。「どうして前もって事情を教えてくれなかったんだ？」彼の口調が非難の色を帯びた。「知ってれば、もっと早く来て彼女とおしゃべりできたんだ。これでもう絶対に取材に応じてくれないだろう」

　彼はくすくす笑っている十代の子たちの集団の邪魔にならないように脇へ寄った。こんな午後を迎えるはずじゃなかったのに。楽しくロマンティックなランチが台なし。それもこれも、愚かでくだらない噂のせい。

「彼女がサリー・マクゴワンじゃないって、どうして確信できるの？」

「まだ逃げてないからだ。だいいち、おれがつかんだどの情報とも一致しない」

「これからどうなると思う？　噂の矛先がほかの人に向いてても、サリー・マクゴワンはどこかへ移されるの？」

「わからない。でも、その可能性は高いだろうな。念のために。あの女の話を記事にさえできればなあ。いわれなき告発を受けたこと、同様のケースで無実の人たちの身に起きたことを記事にできれば、数日のうちに事態が収拾するかもしれない。でも、彼女が取材を受けてくれないことには……」

「気持ちが落ち着いたら取材を受けてくれるかも」

　そう言った瞬間、月曜の朝、校門でマディーが憶測を押しつけてきたときに言ったことを思い出した。リズがソニア・マーティンズと親しいことを知ってるからこんなことを伝えるのは気が引けるとかなんとか。

　マイクルの手に自分の手を絡めてぎゅっと握った。「彼女と親しい人を知ってる。読書会のリーダーよ。その人に口添えを頼めるかもしれない。試してみる価値はある。そうでしょう?」

「ああ、そうだね」

彼が足を止めてわたしを胸に引き寄せ、両腕を肩にまわして抱き寄せた。

「当たったりして悪かった」首筋に当たる彼の息が温かい。「世界の終わりってわけじゃないよ、あんなこと。いわれなき告発に関する記事は書けるんだ。ソニア・マーティンズが取材を受けてくれようがくれまいが。ただ、できれば取材に応じてほしいけれど」

「こっちこそ、写真の一件を話さなくて悪かったわ」

20

仕事を終えて帰宅し、ドアに鍵を挿した瞬間、早くも家のにおいが変わっていることに気がついた。マイクルのにおい。心地よいにおい。濃い香りではなくて、たぶん空中に漂っているアフターシェーブローションのかすかなにおいだろう。それ以上に、彼自身のにおいと、おそらくは、いつもとちがって家が無人じゃないという事実が心地よいんだと思う。人のいる空間は無人の空間とはにおいが異なるものだから。

マイクルは奥の部屋でパソコンに覆いかぶさるようにしてメモを打ち込んでいた。ソニア・マーティンズの取材がかなった場合の準備と、過去に生じたいわれなき告発の事例に関する事実確認のためだ。無実の人たちが故郷や職を追われ、ある痛ましい事例では自殺にまで追い込まれていた。すべて、しっかりと根を張ってしまった噂のせいで。

「例の知り合いの件でなにか成果は？」マイクルがたずねた。

「ずっと留守番電話だから、あとで家をのぞいてみる。学童保育にアルフィーを迎えに行かないと。いっしょに行く？」

彼が唇をゆがめるので、迷ってるんだとわかった。いっしょに行ってアルフィーを驚かせたい気持ちと、このまま家で仕事を続けたい気持ちとのあいだで。今後はこういう場面ばかり目にすることになる。それについては幻想なんて抱いてない。フリーの記者は、経験とコネが豊富なマイクルといえども厳しい仕事なんだから。それに、ネタを追うのが彼の身にしみついている。そんなことは昔から承知している。

彼はパソコンを閉じて立ち上がった。「あいつにはまだなにも言ってないんだろう?」

「そうよ。ふたりそろって話そうと思ったから」

「いい考えだ」彼がわたしを腕に抱き寄せた。しばらく抱きしめているので、先に身を離したのはわたしだった。

「サリー・マクゴワンが姿を消すと、本当に思う?」

彼はため息をついた。「ずっとそればかり考えてた。よそへ移すとしたら、彼女の身に本当に危険が迫ってるという判断が下された場合だけだし、現段階では彼女は身の危険にさらされていない。告発の矛先がほかの人に向いているあいだは。やはり、本を書くために資料をまとめておこうと思う。彼女を見つけることができなくても、別の角度から書けばいいんだし」

彼の首に顔をうずめた。ツイッターのことはまだ話していない。話すべきなのに。いまここで話したほうがいい。なにもかも包み隠さずに。ふたりのあいだにどんな秘密も持ちたくない。ただでさえ、これまで時間を無駄にしてきたんだから。でも、昼間のあんなできごとのあとで、彼がむやみに騒いだりしたら耐えられない。どのみち、ツイートはあれきり投稿されていない。だれかのたんなるいたずら。そうに決まってる。

母親であるわたしの隣に父親が立っているのを目に留めると、アルフィーは興奮を抑えられないようだった。それでなくても、中休み（英国の小・中学校で学期の中間に設けられる一週間程度の休み）前の最後の登校日というこことで興奮しているのに、これはうれしいおまけだ。マイクルがアルフィーを肩車すると、ほかの子のママたちが好奇の目をマイクルに向けるのがわかった。彼女たちは初めてマイクルを見たわけだし。まあ、どこにいてもマイクルはよくうっとりした目を向けられるんだけど。きっと、そのおかげでフリーランスになってもやっていけてるんだと思う。校庭にいるパパたちのなかで、まちがいなくいちばんハンサムだし。もちろん、ひいき目が働いてはいるけれど。

でも、ハンサムな顔と少年のような魅力も、ソニア・マーティンズには効果がなかった。まあ、時間を置けば魔法のような力を発揮するかもしれない。とにかく、リズと話すことさえできれば……

「今日はお泊まりするの、パパ？」

わたしは、広い肩に座って、こんなにすぐ父親にまた会えて大喜びしているアルフィーを見上げた。

「そうだよ」マイクルが言った。「パパは……」ふと、どう説明したものかよくわからなくなったらしく、わたしに目顔で助けを求めた。

「パパはしばらくフリンステッドでお仕事があるから、うちにお泊まりするのよ」それがいちばん賢明な説明だと思った。少なくとも現時点では。

アルフィーが歓喜の叫びをあげ、勝利のしぐさのように両腕を突き上げた。

「気をつけて、アルフィー。しっかりつかまって！」

自分自身に言い聞かせているようなものだった。


呼び鈴の音がリズの家のなかで鳴り響いている。よくある、八つの音が奏でる長いチャイム。玄関ドアの上半分に入っているすりガラスに、ドア口へ歩いてくる人影がいまにも見えるんじゃないかと期待して待った。いままで、なんの連絡もせずに訪ねたことは一度もない。リズが気を悪くしないことを願った。ソニアに対してマイクルのことを取りなしてもらう件については、リズがなんと言うかわからない。このところのできごとに関してわたしを咎めるかもしれない。わたしと、このおしゃべりな口を。

リビングルームの窓に目を向けてみたけれど、ブラインドはすべて閉まっている。リズはたぶんバスルームにいるんだろう。もう一度、呼び鈴を押した。最後の音が鳴り響いても出てくる気配がないので、ドアに一歩近づいて、すりガラスの模様越しになかをのぞいた。こんなことをするのは気が咎める。彼女のことを嗅ぎまわってるみたいだし、個人的空間に侵入してるみたいだから。でも、彼女がいるという確信があった。理由はわからない。とにかく、そう感じていた。

床板を濃緑色に塗られた廊下が家の奥へと延びている。彼女がいつも携帯電話を置いている半月型のコンソールテーブルと、その横の古めかしい傘立ての輪郭がぼんやりと見える。階段の親柱や支柱から、右手の壁に貼られた写真へと視線を向けた。昔の商店の店先や家を写した芸術作品のような白黒写真。リズが下りてくる様子がないので、不安になりはじめた。隣近所の人に姿を見られていたらどうしよう？　そのなかのひとりが様子を見に来るかもしれない。この界隈《かいわい》は地域住民による監視に熱心だから。

わたしは一歩下がった。リズは外出中なんだ。そうに決まってる。

私道を進んで外の歩道に達すると、門のところで足を止めて最後にもう一度、家を振り返った。こちらを見ていた人影が二階の窓をさっと横切った。謎めく一瞬。

そよ風で揺れた自分の髪が目の端をかすめただけかもしれない。あるいは、ときおり視界にちらつく厄介な糸状の黒い影かもしれない。

でも、そうじゃないと思う。あれは、リズが二階からわたしを見ていたのにちがいない。

出所直後は怖かった。あらゆる人に見えるように大きな黒い文字でわたしの名前を書いた広告板を、サンドイッチマンよろしく身につけている気がした。唯一、安全だと感じたのは、うちへ帰って部屋に閉じこもったあと。カーテンをすべて閉め、ドアの把手の下に椅子を押し込んだあとだけ。そのときだけは緊張をゆるめることができた。閉じ込められることに慣れていたから。

時間が経つにつれて勇気が身についた。だれかが自分のほうへ向かってくるたびに身を震わせることなく通りを歩くすべを学んだ。店で人に話しかけるすべも。こつは、遠慮や気おくれをなくすこと。自分の体に住みなさい、と言われた。自分の声を所有しなさい。でも、自信を持ちすぎてもだめ。人目を引いてはだめ。正常に見せるためにはバランスを取ること。一方に傾きすぎると、まわりの人が興味を示しだす。声高な女。引っ込み思案な女。美しい女。醜悪な女。いつも笑顔の女。絶対に笑顔を見せない女。なんとしても中庸を見つけて、そこから離れないようにしなさい。

年齢も助けになる。年を取るにつれて、たしかに楽になってきた。中年女は透明人間みたいなもの。俗にそう言われてるじゃない?

でもいまは、透明人間のマントが脱げはじめている。包囲の網が狭まりつつある。それに、ずっとびくびくして過ごすのもうんざり。追われる立場なんてうんざり。社会は怪物を求めている。だったら、怪物を与えてあげる。

21

ファティマの家の一軒おいて隣がケイの家だった。家屋の外観をざっと検分した。一棟二軒の質素な家で、小石打ち込み仕上げの壁の下塗りは塗り替えが必要ね。ケイがこの家を売りに出す場合は〝フリンステッドのどの公共施設からも徒歩圏内〟という点を謳《うた》おうかな。外観を売りにできない物件は実用性に焦点を置かざるをえない。最後は実用性が決め手になる。それと、もちろん手ごろな価格が。

アルフィーはケイの家の玄関先でそわそわと飛び跳ねている。今日は朝から落ち着きがなくて、公園かビーチへ連れていってとか、おばあちゃんちへ行ってソルと遊ぶんだとかうるさくせがんだけど、こっちは朝起きたときから割れるような頭痛を覚えていた。偏頭痛ほどじゃないものの、ここ何年かでいちばんひどい頭痛だった。ただただカーテンを閉めて横になっていたかった。小学校の中休みに合わせて一週間の休みを取ると体調が悪くなって充分に楽しめないのはいつものこと。

マイクルが越してきたからだと思う。同居はうれしいことなのに、睡眠に悪影響をもたらしている。これまでは、ひと晩いっしょに過ごすことがまれにしかなかったし、いまは彼の睡眠習慣に合わせようとして弊害が生じている。きっとすぐに慣れると思う一方で、彼がフラットの始末のために何日かロンドンへ戻るのを心待ちにしている。アルフィーはそうじゃないけど。彼らふたりの睡眠事情に問題はない――ふたりとも、時と場所を選ばずに眠ることができるらしい。

母に電話をかけて、アルフィーをしばらくどこかへ連れ出してほしいと頼んだら、今日は一日、聖歌隊の練習があるからと断られた。それで、アルフィーを連れて熱帯魚を見にいらっしゃいとケイが言っていたのを思い出したしだい。アルフィーは大げさなぐらい大喜びした。

玄関ドアを開けたケイは縞柄のエプロンをつけていた。彼女は歓迎の笑みを浮かべた。「いいタイミングよ」と言った。「フェアリーケーキを作ったところなの」

アルフィーは彼女の脚の横をすり抜けてリビングルームに駆け込んだ。「魚はどこ?」

「アルフィー、とても行儀が悪いわよ。どうぞって言われる前によそのうちに駆け込んではだめ。戻ってきて靴を脱ぎなさい」

ケイは声をあげて笑った。「いいのよ。本当に。さあ、入って。お湯を沸かすわ」

五分後、リビングルームで腰を下ろしてケイが紅茶を注ぐのを見ていた。紅茶はわたしの好みよりも薄くて水っぽかったけれど、不満は言いたくなかった。室内装飾は古びていて、ミニマリズムにはほど遠い。一九七〇年代の柄物のカーペット、安っぽい三点セットのソファ、研磨剤で光らせたコーヒーテーブル。〝最新設備を導入する必要ありだけど、当該物件に売買の予定はなし〟

突然、記憶がよみがえった。ロムフォードの祖父母の家のリビングルームの光景。長椅子の端に腰かけているわたしは魚のすり身のサンドイッチの皿を膝に載せてバランスを保っている。落ちたパン屑《くず》を食べたい祖父の盲導犬ペッパー――チョコレート色のラブラドールレトリバー――が、目の前でお座りの姿勢をとって辛抱強く待っている。パーマをかけた髪が銀色に塗ったヘルメットのように見える祖母が一方の肘掛け椅子に座り、もう一方の肘掛け椅子に祖父が座っていた。眼窩《がんか》で上下左右に動く不透明な目がいまも頭に浮かぶ。あの目を見ずにはいられなかった。祖父の目は二度と見えないと知っていたのに、いつも奇跡を祈っていた。

ケイの家のカーテンがソファセットに合わせてあるのは祖父母宅と同じだし――ま、祖父母宅のほうがはるかに散らかってはいたけれど――カーテンの吊り棒に房飾りつきの波形の飾り布もついている。タイル張りの小さな暖炉の両脇にガラス扉の陳列ケースが置かれ、一方にはティーポット、もう一方には磁器人形と額入りの写真が収めてある。写真の一枚は小学校の制服を着たケティファだ。

水槽はサイドボードの上という最高の場所に置かれている。アルフィーはスツールにちょこんと座ってその真ん前に陣取り、目の前で繰り広げられている水中の神秘的な光景を食い入るように見つめている。この子が身じろぎもせずに座っているのを初めて見た。

「ニモとマーリンだ」オレンジ色の二匹のカクレクマノミがなめらかに目の前を横切ると、アルフィーは驚嘆の声をあげた。ケイが横にしゃがんでほかの魚を指さした。「底のほうにいる黄色いのが見える？　変な口をしてるの。あれはギンガハゼよ。それと、あの石の横の金色に光ってる魚を見て。なんていう魚だと思う？」

アルフィーがその魚の近くのガラスを指で軽く叩くと、魚はすばやく逃げて水草の群葉のなかに隠れた。

「リコリスグラミーよ」ケイが言った。

アルフィーが笑った。「おばあちゃんはリコリスが好きだよ」

「わたしもよ」ケイはアルフィーの髪をくしゃくしゃにした。「でも、リコリスって名前でも、このかわいいグラミーを食べたいとは思わないわ」

わたしは向かい側の肘掛け椅子に座って、ケイがアルフィーをとても上手に扱っていると思った。アルフィーはすぐにケイを気に入ったらしい。たぶん、一部の大人が子ども相手に用いる愚かしくも甲高い声音を使ったりせずに、分別ある冷静な口調で話しかけるからだ。

「ねえ、これを見て」ケイは立ち上がった。窓ぎわのテーブルへ行き、さまざまな熱帯魚の絵とその下に名前が記されたポスターを手に取った。

「うちの水槽にいる魚を見つけてごらんなさい」と言って、そのポスターを床に広げた。アルフィーはスツールから飛び下りて、熱心にポスターを見た。

ケイとわたしは、アルフィーの小さな頭がポスターから水槽へ、そしてまたポスターへと動くのを見て、笑わないように努めた。ケイの顔にもの悲しげな表情が浮かんだ。

「小学校の教師になりたかったわ。いい教師になったと思う」

「どうしてあきらめたの？」とたずねてみた。

ケイは笑ったけれど、その声は苦みを帯びていた。「選択の余地がなかったから」

「それはどうして？」

ケイは肩をすくめた。「だって、わかるでしょう。学校であまり熱心に勉強しなかった。若くして結婚。ジリアンが生まれた」彼女の顔に影が差した。すぐに笑みを浮かべると、表情が明るくなった。「ジリアンと言えば、写真を見てちょうだい」

彼女は陳列ケースの一方の扉の錠を開けて額入りの写真をふたつ取り出し、持ってきてわたしに見せた。

そばかすのある日焼けした顔、ダークブロンドの髪を風になびかせた若い女が、広大な白砂のビーチから笑いかけている。遠くにはターコイズブルーの海原。バミューダ型の水着をはいた超ハンサムな若い男に身を寄せている。

「娘のジリアンよ。こっちは夫のカール」

「美男美女ね」

「このやんちゃたちが孫のキャリーとマーカス」彼女は大甘な笑みを浮かべた。

「ふたりともかわいい。いくつ？」

「キャリーが三歳、マーカスが六歳」

「じゃあ、マーカスはアルフィーと同い年ね」こう言えば、どんな反応が返ってくるかわかっている。案の定アルフィーがくるりとこちらを向いた。「ぼくは六歳と三カ月だよ」憤然として言った。

　ケイは笑った。「その三カ月が大ちがい。そうよね?」

「なにが入ってるの?」アルフィーはケイの椅子の脇の床に置かれたバスケットを指さした。

　ケイは写真をコーヒーテーブルに置き、バスケットを持ち上げて膝に載せた。ふたを閉じていたリボンの蝶《ちょう》結びをほどいた。「これはね」誇らしげに言った。「裁縫箱よ」

「ママはお裁縫の道具を古いアイスクリームの箱に入れてるよ」アルフィーが言った。

　わたしは笑い飛ばした。「まあ、古い針を二本ぐらいと糸巻きをいくつかね。ボタンをつけるぐらいはできるけど、なぜかそれすら失敗することがあるありさま」

　ケイは美しい刺繍《ししゅう》が施されたフェルトの針ケースを取り出して親指でなでた。「母から習ったの。母が……」ぐっと唾を飲んだ。彼女が針ケースを開けると本のように開いた。「……病気になって針も持てなくなる前に」

　フェルトをめくりながら、きちんと収められたさまざまなサイズの針を眺めるケイを、アルフィーは興味深げに見ていた。

「それにもちろん、学校でも教わったしね。女子は裁縫、男子は工作」彼女はにっと笑った。「昨今叫ばれてる男女同権なんて考え、当時はなかったのよ」

　アルフィーの関心が水槽に戻り、わたしの口もとがお義理の笑みを作った。わたしと共通点はあまりないけれど、ケイは気のいい人だ。座って写真を見せてもらいながらお茶を飲むぐらいかまわない。それも近所づきあいのひとつだし、アルフィーは熱帯魚を気に入ったようだし。とくに、底の砂に埋め込まれた小さな頭蓋骨が気に入ったらしい。トルコ石のかけらのような小さな魚たちがすばやい動きで眼窩を出たり入ったりしている。うっとり魅了される光景。

「正直言うと、もう少し裁縫が上手になりたいの」わたしは声を低めた。「来週、ハロウィンをテーマにしたリアムの誕生日パーティにアルフィーが招待されててね。たぶん、ぼったくりのくず同然の衣裳をオンラインで注文するはめになりそう」

ケイは裁縫箱のバスケットを床に置き、紅茶に手を伸ばした。「わたしがなにか作ってあげましょうか？」

「とんでもない。そんなつもりで言ったんじゃないの。そんなわけには……」

「時間もそんなにかからないわ」ケイの愛情のこもった視線がアルフィーに注がれた。「もちろん、あなたのお母さまが急いでなにか作ってあげたいとおっしゃるなら話は別よ」突然、彼女の顔が愁いを帯びた。「わたしだって、マーカスやキャリーが近くにいれば、作ってやりたいもの」

わたしは声をあげて笑った。「母が急いでできるのは丘を駆け上がることぐらいよ」

ケイがわたしの膝をなでた。「じゃあ、決まりね。となると、どんな衣裳にするか決めなくちゃ」

「ダース・ベイダー！」アルフィーが声を張り上げた。「ダース・ベイダーの格好で行きたい」

ケイは額に皺を刻んで考えた。「なにか黒い服を持ってる、アルフィー？」

「持ってるわ」わたしが答えた。「黒のスウェットパンツと長袖の黒いTシャツを持ってるわよね？」

アルフィーがうなずいた。「黒い手袋もあるよ」

「それに、新しい長靴」わたしは言い足した。「まだきれいで光ってるでしょう。ダース・ベイダーのブーツに見えるわ」

「すばらしい」ケイが言った。「黒く染めてしまってかまわない古いテーブルクロスがあるから、それでマントを作るわね。肩にパッドをつければ厚みが出るし。簡単よ。となると、ママはダース・ベイダーのマスクを買うだけでいい」

「ケイ、名案だわ。本当にありがとう」

でも、返事はなかった。彼女はアルフィーを見つめて空想にふけっていた。気の毒なケイ。本当に孫たちに会いたいにちがいない。

22

火曜日の朝。中休みが終わって、今日ばかりはアルフィーも学校へ行くのを楽しみにしていた。昨日が教員研修日《インセット》――アルフィーはあくまで〝昆虫《インセクト》〟日と言っている――じゃなければ、嬉々《きき》として登校していたぐらい。この変化は、マイクルが越してきたことと、リアムの誕生日パーティという楽しみができたから。それに、ケイが丹精して作ってくれたおかげで、ダース・ベイダーの衣裳が部屋に吊るされてアルフィーに着てもらえる日を待っている。

「掲示板のふざけた写真はもう見た？」校庭を横切る途中で出会ったファティマが声をかけてきた。「すごくよくできてるの。クラス写真をハロウィン仕様に加工したのね。ウィリアムズ先生なんて悪魔の角を生やされちゃって」

ファティマは笑い声をあげた。「その顔。ハロウィンが嫌いなのね、ジョアンナ」

わたしは声をひそめた。「今夜デビーの家で、食用着色料やら砂糖やらですごくハイになった十四人もの六歳児と過ごすと思うとね。そのあと、よそのお宅をいきなり訪ねてまわらなきゃいけないのよ。楽しみでしょうがないわ」

ファティマがまた笑い声をあげた。

「さあ、行くわよ、アルフィー」わたしは言った。「どんなゾンビに加工されてるのか見に行きましょう」

どこの小学校でも廊下は妙なにおいがする。ゴム底ズック靴と工作用粘土。学校給食と木工用ボンド。小さな体から発せられる蒸れたようなにおい。アルフィーがわたしを引っぱって校長室の前のL字型のスペースへ連れていった。掲示板の前に小さな人だかりができていて、写真を指さして笑い合っている。入り込めるすき間ができるのを待って、写真を見た。

すごい。本当にお金をかけている。プロの撮った各教員の普通の顔写真に、魔女の帽子や醜いいぼ、血まみれの牙が加えられている。マシューズ校長は目を白く塗りつぶされているのに、どういうわけか変わらずセクシーだ。いたずらをして校長室に呼び出しをくらうという変な想像をしている母親はわたしだけじゃないはず。

アルフィーが自分のクラスの写真を指さして甲高い笑い声をあげた。「見て、ママ。見て！」

「なんてこと！」これだけの加工を施すのには何時間もかかったにちがいない。どの子の制服もハロウィンの衣裳に変えてある。小さなゾンビや吸血鬼や骸骨を順に見ながらアルフィーを探した。特徴的な縮れ毛のおかげでいつもなら見つけるのは簡単なのに、この写真はどの子の顔も青白くおぞましく加工されている。わたしの記憶が正しければ、アルフィーはうしろから二列目の左側にいるはず。

「いた！」アルフィーは興奮している。「ねえ、わかる、ママ？　ぼくがわかる？」

ようやく見つけた瞬間、心臓が止まりそうになった。喉の奥で息が凍りついた。目を疑った。アルフィーは骸骨の衣裳もゾンビの衣裳もつけていない。制服のままだけど、白いシャツには血が飛び散り、胸にナイフが刺さっている。

唾を飲み込もうとしてもできなかった。写真の子をひとりひとり見た。各列を順に見ながら、ほかにもナイフを刺されている子がいるかどうか確認したけれど、ひとりもいない。ベルトで締めつけられるような息苦しさが胸に広がった。鼓動が速まる。どうしてアルフィーだけが？　どうしてアルフィーだけ、胸にナイフを突き立てられてるの？　こんな写真を掲示板に貼り出すなんて、どういう学校よ。

アルフィーは胸のナイフを握っているふりをして、ゾンビのようによろよろと歩きまわりはじめた。ほかの子たちがそれをまねて笑っている。

「だれがこんなことを？」わたしは横に立っているだれかの父親にたずねた。咎めるような金切り声。怒りのあまり上半身がこわばっているのがわかる。「この写真を加工したのはだれ？　教師のだれか？」

その父親が妙な顔で見た。「はあ？　この写真のなにが問題なんだ？　ちょっとしたお遊びじゃないか」

うしろでぼそぼそ話す声が聞こえた。〝政治的公正を訴える団体〟という言葉が耳に入ったのでカチンときて、くるりと向き直った。「じゃあ、あなたは、うちの息子が胸にナイフを突き立てられている写真をまったく問題ないと思うの？」

「ちょっと待ってくれ。たかだか写真一枚でそんなにかっかしなくても。ハロウィンの趣向のひとつにすぎないだろう。ナイフだって本物じゃないんだし。まったく、うるさい人もいるもんだな」

校長室のドアが開いて事務長のミセス・ヘインズが出てきた。「なにか問題でも？」

「ええ、大問題です。校長先生とお話ししたい」

彼女は口を開けてなにか言いかけたものの、いったん口を閉じた。「では、こちらへどうぞ。なにが問題なのか、おかけになってお聞かせください」

みんながわたしを見ている。見世物みたいに人が集まってきた。アルフィーは二、三人の男の子たちとよろよろと歩きまわって自分の世界に夢中だ。わたしが引き起こした騒ぎには気づきもせずに、まだゾンビのふりをしている。腕をつかんで脇へ引き寄せた。顎に力を入れてミセス・ヘインズの目を見すえ、できるかぎり低く冷静な声で言った。

「校長先生と話をする必要があります。掲示板の写真の件で。とても重要な話です」

ミセス・ヘインズは唇を引き結んだ。わたしの肩越しにだれかを見やり、選択肢を天秤にかけて、状況が手に負えなくなる前にわたしを校長室へ連れていくほうが関係者全員にとっていいと判断したようだ。

わたしの目には涙がたまりはじめていた。

「なるほど」彼女が言った。「少しここでお待ちいただければ、あなたが面会を求めておられると校長にお伝えします」

緊張した場面でよく用いられるゆったりと落ち着いた口調。〝感情的になった母親が不満をぶちまけたがっていると校長に知らせに行く〟というのがその言葉の本当の意味。たぶん〈怒りをぶつけてくる親への対処法〉とかいう講習でも受けたんだろう。

彼女が戻るのを待っているあいだに、テリーが心配そうな顔でそばに来た。「どうしたの、ジョアンナ？　なにがあったの？」

加工写真のことを話すと、彼女はさっと見に行った。しばらく掲示板の前にいてゆっくりとそばへ戻ってきたときには、校長室から出てきたマシューズ校長がいつもの低くめりはりの利いた声で話していた。

「ミセス・クリッチリー、お入りいただけますか？　紅茶かなにかいかがです？」

「いいえ。結構です。それから、ミス・クリッチリーです。ミセスではなく」

「それは失礼しました」校長がテリーに目配せするのが見えた。

「ジョアンナ、外でアルフィーを見てましょうか？」テリーが言った。「九時からＰＴＡの会合があるから、それまでにあなたが戻らなければアルフィーを教室へ連れていく。それでいい？」

「ええ、お願い」彼女がアルフィーを連れていくのを見送った。アルフィーが〝どうしたの、ママ？〟と言いたげに振り向いているけれど、いまは安心させてやる余裕がないほど腹が立っていた。

校長室はコーヒーとアフターシェーブローションのにおいがした。校長は座るようにと身ぶりで示したあと、ドアを閉めた。

「あの写真のことです」わたしは切りだした。「説明を求めます」

マシューズ校長は目の前のデスクに軽く指先を置いて、ひと呼吸した。

「ハロウィンを祝うことについては異論もあるかもしれません」と言ったあと、間を置いた。角の立たない言いかたを探しているように見えた。ハロウィンを祝うことにわたしが宗教的な理由で反対してると思い込んでいるらしい。

「いいえ、校長先生は誤解なさっています。わたしはハロウィン反対派ではありません。でも、うちの息子をあんなたちの悪いやりかたで標的にすることには強く抗議します」

マシューズ校長は眉宇《びう》をひそめた。「ちょっと失礼。問題の写真を取ってきましょう」

校長が戻るのを待つあいだに呼吸が落ち着いた。わたしったら、ここでなにをしてるんだろう？　過剰反応してる？　また想像に流されて自制心を失ってる？　サリー・マクゴワンにまつわるごたごたと、彼女に関して目にした情報――あの愚にもつかないツイート――がなければ、あんな写真のことは気にも留めなかったはず。

ちゃんと注意して見なかったのかもしれない。ぞっとするような加工を施された子はほかにもいるのかもしれない。ショックのあまり、その子たちを飛ばして、血しぶきのついたシャツを着せられたアルフィーしか目に入らなかったのかも。あのナイフしか。アルフィーと同じく、それとわかるペリーデイル小学校の制服のままの子、血しぶきのついたシャツの子がほかにもいたのかもしれない。胸にナイフを突き立てられてはいないまでも。たんなる偶然。コンピュータで無作為にクリックボタンを押しただけ。

アルフィーはまったく気に病んでない様子だったのに。あの写真をすごく気に入ってた。そうでしょう？　ほかの子たちとゾンビのように廊下をよろよろと歩きまわったりして。なのに、わたしったらばかなまねをした。あの子の血まみれで晴れがましい瞬間を台なしにしてしまった。

マシューーズ校長はほどなく写真を持って戻り、じっくり見ようと腰を下ろした。彼の眉根が寄り、額の皺が深くなるのがわかる。わたしにどう説明しようかと考えている。しばらくして顔を上げ、写真をデスクに置いた。わたしは恥ずかしさのあまり目を閉じた。騒ぎ立てたことを詫びて、できるだけ早くこの部屋を出よう。

そう思った瞬間、マシューーズ校長が話しだした。「このたびはたいへん申し訳ありません、ミス・クリッチリー。それほどショックを受けられた理由がよくわかります。問題は、だれがこんなことをしたのか、だれも知らないということです。ミセス・ヘインズが今朝、出勤した際に昇降口の脇で見つけて、父兄のどなたかが冗談のつもりで置いていったんだろうと思ったそうです。会議の前にほかの職員に見せたところ、とてもよくできた写真だということになって。だれひとり気づかなかったと……」

校長は言葉を切り、写真に目を落とした。「アルフィーが……ほかの子たちとちがう加工を施されていることに」

校長は上体を起こして椅子の背にもたれ、ため息をついた。「この写真は掲示板に貼り出すべきではなかった。とにかく、お詫び申し上げます」

校長の言葉が脳に届くのに少しばかり時間がかかった。要するに、これは教職員のだれかが加工した写真ではない。今朝ミセス・ヘインズが昇降口の脇で見つけたものだ。したがって写真の出所はわからない、ってことね。

口のなかが乾いた。まともに唾を飲み込むこともできない。マシューズ校長は、わたしが空騒ぎを起こしているとは考えていない。過保護な母親をなだめようとしてるんじゃない。あの写真を見て、明らかに動揺している。本当にだれかがアルフィーを標的にしているから。

胃のねじれがひどくなった。クラスの三十人の児童のなかから、何者かが意図的にわたしの息子を選んで胸にナイフを突き立てる加工を施したんだから。

23

「だって、ジェイクとリアムにダース・ベイダーの服のことを言いたいんだ」アルフィーがわめき、わたしの足を止めさせようとして腕を引っぱった。

どういう理由にせよ、この子が初めて学校へ行きたいという熱意を示した朝にこうしてまわれ右をして家へ連れ帰ろうとしているなんて、いかにも身勝手な母親らしい。

「ごめんね。でも、今日はほかにやることがあるの」

アルフィーの幼い足では間に合わないほどの早足。後れずについてこようとしてアルフィーは小走りになっているけれど、わたしは歩をゆるめるつもりはなかった。そんなことはできない。無事に家に着くまでは。

「でも、ぼくが学校に行かないとママが警察に叱られるって言ってたよね？」甲高く震える声。いまにも泣きだしそう。

「そうね。たしかにそう言ったわ。それに、あなたが毎日うちにいたらママが困ったことになるのは本当だけど、今日だけは別よ、アルフィー。ママはやらなきゃいけない大事なことを忘れてたの」

「なにを？」

頭を働かせてなにか考えようとした。嘘はつきたくないけれど、この子を置いてひとりでうちへ帰るなんてとてもできない。そんなことをしたら、きっと死ぬほど心配になる。あの写真を持ち込んだ人間は、だれにも見咎められることなく歩いてこの小学校に入った。つまり、子どもを送ってきた人間、あるいはこの小学校に勤めている人間にちがいないってこと。教師？　ミセス・ヘインズかその部下？　早朝にやってくる清掃員？　だれだってありうる。あんなまねをしたのがだれなのか、その人間がどんなことをやらかすかわからないのに、この子をひとりでここに置いて帰るわけにいかない。

学校にいれば子どもたちは安全だと思われているけれど、本当にそう？　本当に安全？

「でも、リアムの誕生日パーティには行っていいよね？　ねえ、行っていいんでしょう、ママ？」

ああ、くそ。誕生日パーティ。行かせないわけにはいかない。この子がこんなに楽しみにしてるんだし、ケイが労を惜しまずにあの衣裳を作ってくれたんだから。

「パーティのことは心配いらないわ、アルフィー。なにか考えるって約束するから」

うちに着いたときアルフィーは泣いていた。新しい友だちのいる学校へ行かせずに、自分が急いで家へ帰りたい一心で通りをほぼ引きずるようにして連れ帰るなんて、なんてひどい母親。たっぷり十五分かけてどうにかなだめたものの、アルフィーはまだ仏頂面ですねていた。

「パパを呼んで」下唇を突き出したまま言った。

「パパは今日、フラットを借りたいって言ってるご夫婦と会うためにロンドンに戻らなければいけなかったの。知ってるでしょう。帰ってくるのは明日よ」

「じゃあ、おばあちゃんを呼んで」

ため息が漏れた。「いい子にしてしばらく静かに遊んでたら、おばあちゃんに電話して来てくれるか訊いてみる。それでいい？」

アルフィーがうなずいた。下唇が震えだした。

アルフィーを引っぱって膝に乗せてしっかりと抱きしめた。「それに、もちろんリアムの誕生日パーティには行っていいのよ」

アルフィーは床に飛び下りておかしなダンスをしてみせた。許してくれた。やっと。ゆっくりと息を吐いて、コーヒーを淹れて電話をかけようとキッチンへ行った。アルフィーを医者へ連れていかなければならないと嘘をつくと、デイヴは心配ないと言ってくれたものの、まる一週間の休みのあとでまた一日休むのを歓迎しているはずがない。彼をがっかりさせてしまって気分は最悪だけど、しかたがない。休んだ分はできるだけ早く埋め合わせると約束した。

呼び鈴が鳴ったのでぎくりとした。ほんの数秒ばかり、居留守を使おうかと考えた。だれも訪ねてくる予定はないから、おそらく訪問販売員だろう。すぐに立ち去るはず。でもそう思ったときにはもうアルフィーが玄関ドアの郵便受けから外をのぞいて、だれか来てるよとわたしを呼んでいた。

片手に赤いライトセーバーを持ったケイが玄関先に立っているのを見たとき、ほっとしたあまり、こわばった笑いが漏れた。

ケイは玄関口に入ってライトセーバーをふるった。「シスの暗黒卿には専用のライトセーバーが必要でしょう」と言って、待ちきれない様子のアルフィーの小さな手に持たせた。「でも、扱いには気をつけるのよ。厚紙の筒と粘着テープと吸着紙でできてるから」

アルフィーはライトセーバーをふるったときの音を唱えつつ二階へ駆け上がった。

ケイは笑いながらわたしについてキッチンに入った。「あの子は学校へ行ってると思ってたわ」

デイヴに言ったのと同じ嘘が口まで出かけたものの、気がついたときには目に涙をためて洗いざらい話していた。

「ねえ」わたしが話し終えると、彼女が言った。「写真を加工したのはサリー・マクゴワンじゃないわ。彼女のはずがない」わたしの手からインスタントコーヒーの瓶を取ってスプーンでマグカップに入れはじめた。「彼女について読んだ記事を総合すると、いまは更生してるもの。過去を清算して前向きに生きてる」

マグカップに湯を注ぎ冷蔵庫からミルクを取り出すのは彼女にまかせた。こんな状態ではなにもかもキッチンカウンターにぶちまけてしまう。

「だけど、更生してないとしたら？　なんらかの方法で、あの小学校に職を得ているとしたら？」

ケイがコーヒーをかき混ぜた。「学校職員に対しては警察が身元調査を行なうのよ。それは絶対にありえない」

「いいえ、ありえるわ。被保護者保護プログラム下の人間については、わたしたちと同じく警察にも知らされないんだから。彼女の居所は少数の人間しか知らないのよ。わたしの読んだ記事によれば、せいぜいふたりか三人」

ケイが思案顔になり、眉間に皺が寄った。「でも、子どもとかかわる職に応募しようとすれば、どこかのコンピュータになんらかのフラグが立つのよ」手を伸ばしてわたしの手首に触れた。「その手の事情にくわしいわけではないけれど、たしか、彼女が小学校で職を得ることは認められないはずよ」

そのとおり。そう、ケイの言うとおり。サリー・マクゴワンのような人間が小学校に勤務することはできない。そんな危険を当局が許すはずがない。

「遠い昔の事件よ」ケイが言った。「彼女はまだ子どもだった。それに、社会にとって危険だという気配が少しでもあれば、わたしたちの耳にも入るはずだと思わない？　だって、もうひとりはどう？　一九九〇年代に幼い少女たちを殺害した犯人は？　しょっちゅうニュースで取り上げられてる。そうでしょう？　再犯を繰り返してるからよ」

わたしたちはリビングルームへ移り、コーヒーを手に腰を下ろした。早くも気が晴れてきた。

「あなたの言うとおりだわ。だって、噂が立ったというだけの理由で彼女が危険を冒すはずがないものね」

わたしはコーヒーのマグカップをテーブルに置いた。「だけど、写真にあんなおそろしい加工を施した人間がいるという事実に変わりはない。わたしの息子の胸にナイフを突き立てることを選んだ人間が。その人間がわたしのツイッターをフォローしているのかもしれない」

ケイがまた眉根を寄せた。「どういうこと？」

わたしはバッグからスマートフォンを取ってきた。「サリー・マックと名乗るだれかがわたしのツイッターをフォローしてるの。噂にまつわる引用を投稿してる」

ケイはきょとんとした顔になった。「サリー・マック？」

うなずいて、彼女の名前が消えていることを期待しながらフォロワー一覧をクリックした。無作為の偶然だという考えが正しく、こっちがフォローバックする気がないとわかったサリー・マックがフォローをはずして次の相手に移ったことを。彼女のくだらない引用を楽しく読むだれかに。

そう都合よくいかなかった。彼女の名前はあった。ただ、ツイートするネタは尽きたらしい。こうして見るかぎり新たな投稿はない。

ケイがわたしのスマートフォンをのぞき込んだ。「じゃあ、状況を大局的に見てみましょう。わたしはツイッターをやってないけれど、だれかがあなたを怖がらせようとしていることはわかる。考えてみて、ジョアンナ。今夜はハロウィンよ。だれかが悪趣味な冗談を思いついただけかもしれない。だれかほかの子のママとか。ああいう手合いがどういうものかは知ってるでしょう」

わたしは首を振った。「でも、まさかこんなまねをするはずがない。ツイッターの件に関してはうなずけなくもないけど、あの写真……あれはたちが悪いわ」

ケイは唇を引き結び、鼻から吐息を漏らした。「こんな話、するつもりなかったけど……」

「どんな話？」

彼女は咳払いをひとつした。「ファティマは去年、本当につらい目に遭ったのよ」

「どうして？　なにがあったの？」

彼女は唇をゆがめた。「デビー・バートンが意地悪を言ったの。少しばかり、ほら……人種差別的なことをね」

「えっ、本当に？」

「一度きりのことだった。ファティマは彼女に食ってかかったの。わたしもね」彼女は苦笑した。「当然デビーはすっかりうろたえて顔を引きつらせてた。ふざけて言っただけなのにファティマが曲解したとか言ってね。結局はまるく収まったわ。いまはとても仲よくしてるし。一応はね」ケイはコーヒーに口をつけた。「ただし、たがいにベビーシッターは絶対に引き受けない」

「つまり、デビーは人種差別主義者で、わたしにハーフの息子がいるから、わざと怖がらせようとしてるんじゃないかってこと？」

ケイは鼻に皺を寄せた。「特定のだれかを名指しするつもりはないわ。ただ、ことの重大さに気づかずにやっている可能性のほうが高いと言ってるの。別の……ほかの可能性よりも」

ケイの言わんとすることを汲み取ろうとしていると電話が鳴った。

「もしもし」かぼそくかすれた母の声。「あとでソルを散歩に連れていってもらえる？　なんかのウイルスにやられちゃって。気分が悪いの。体じゅうが痛いし」

「あら。かわいそうに。もちろん行くわ。今日はアルフィーもうちにいるんだけど、あとでふたりで顔を出すわね」

「どうして学校を休ませてるの？　まだ問題を抱えてるわけじゃないでしょうね？」しまった。アルフィーをなんらかの危険にさらしているなんて思われたら、延々と小言をくらうことになる。

「ちがうちがう。あの子は元気よ。いろいろあってね。あとで話すわ。ベッドに入ってて。合い鍵を使って入るから」

電話を終えるとケイが立ち上がった。「出かける用ができたみたいね。おいとまするわ」

二階からアルフィーの立てる物音が聞こえた。まだライトセーバーの音を唱えている。

「あの子にあんなものまで作ってくれて、本当にありがとう。ご親切に」

私道の途中でケイが足を止め、くるりと向き直った。「ひとつ助言してもいい？」と言った。「くだらないツイッター・アカウントのことも加工写真のことも、くよくよ心配するのはやめなさい。たんなるハロウィンのいたずらよ」

わたしはうなずいた。彼女の言うとおりだから。

「それより、急にアルフィーを預かってもらう必要が生じて、お母さまの都合がつかなかったり健康がすぐれないような場合は、いつでもうちへ来て。わたしはたいていうちにいるから。毎回ベビーシッティング・グループを通すこともないし」

「ありがとう、ケイ。本当にご親切に」

24

たっぷり反省した結果、昼食後にアルフィーを学校へ戻すことにした。まる一日休ませる理由を正当化できないし、学校を休ませてリアムの誕生日パーティに参加させるのもきまりが悪い。それに、ケイに話したことで気持ちがうんと落ち着いた。彼女は思いやりもあって冷静だった。そう、彼女の言うとおり、ハロウィンのいたずらよ。たしかに愉快ないたずらじゃないけど、いたずらにはちがいない。そうに決まってる。

ソルの散歩に行くと言うとアルフィーは喜んだ。さっきまでわたしに腹を立てていたことなんてすっかり忘れたみたい。それが子どものいいところ。子どもは瞬間を生きている。そして、いまこの瞬間アルフィーは幸せを感じている。だから、わたしも幸せ。

母の家に着くと、郵便受け越しに声をかけてから合い鍵でドアを開けた。合い鍵を使って入るのは初めてだったので、とまどい興奮したソルがひっきりなしに吠えながら玄関ホールと母のベッドルームとを走って行き来した。

ようやく落ち着いたソルは、アルフィーをすぐうしろに従えて定位置のバスケットへ向かった。わたしは母のベッドの端に腰かけた。

母は上体を引き上げるようにして座った。「散らかっててごめんね。かたづけるのも億劫《おっくう》で」

「そりゃあそうでしょう。しんどそうだもの」

「それで、アルフィーがどうしたって？」

話すのがためらわれた。加工写真のことを話せば、母は心配しはじめるだけだ。

声を低めた。「学校に着いたときにお漏らししちゃって。わたしが悪かったの。トイレをすますように言い忘れたから。すごく恥ずかしがってる。だから、そのことには触れないでやって。それより、ここにいるあいだにやってほしいことはある？」

母は首を振り、雑然としたベッドサイドテーブルを指さした。「風邪に効くレムシップ（お湯に溶かして飲む風邪の粉薬）は作ったし」

「なにか食べる？」

「いいえ、眠りたいだけ。ま、ソルの散歩から戻ったときにでも」

枕にもたれかかった母は顔色が悪く弱って見える。「なんだって、いまこの時期にダウンしちゃうのかしらね？　発表会まで二週間しかないのに今夜の合唱練習に参加できないわ」

「いまだって、みなさん、すばらしく歌えるでしょう」

母は洟《はな》をすすった。「それが、そうじゃないの。今度の指揮者は、歌詞をすべて暗記しろってうるさくて。これまではいつも歌詞カードを見ながら歌うことができたのに」ため息を漏らした。「きっと大失敗するわ」

母が横目でわたしを見た。「本当に、いつか参加する気はない？　新しいメンバーが入れば雰囲気もがらりと変わるだろうし、あんたはいい声をしてるのに」

またその話。あきらめる気はないの？

「絶対に入らない」

フリンステッド聖歌隊に参加しないと断るたびに母は同じ顔をするけれど、こっちだって一歩も引かない。

「散歩用のエチケット袋を忘れないで」と言うと、母は体をくねらせて掛け布団の下にもぐり込んだ。


ソルも少し年を取ってきた。その証拠に鼻と口と目の周囲の毛は白っぽく、いまは足指のあいだの長い毛も白くなってきている。それでも、年老いたラブラドールの多くに見られるような肥満はないし、たっぷりの散歩を楽しんでいる。わたしたちはビーチへ向かった。ビーチで自由にさせてやればソルが気ままに走りまわるのはまずまちがいない。いつもそうだから。

ソルは芝地に達するとしっぽを振りはじめ、足どりも速くなった。リードをはずしてやると、地面に鼻先をつけて芝生の上で何回か円を描いたあと、茶色い糞《ふん》をたっぷりと排泄《はいせつ》した。わたしがポケットから黒い袋を二枚取り出し、まだ温かくてくさい糞を手早く拾うのを、アルフィーは例によって興味津々といった体で眺めていた。これが、犬を散歩させるうえでいちばんいやなこと。いいかげん慣れてもよさそうなものだけど。断続的にではあるものの、人生の大半、犬の糞を拾ってきたんだから。

「おばあちゃんは袋をひとつしか使わないよ」アルフィーが言った。

「でも、ママはふたつ使うの」

「それはママが心配性だからだって、おばあちゃんが言ってる」

「おばあちゃんがそんなことを？」

潮はかなたまで引いている。しばらくアルフィーと追いかけっこをしたあと、ソルは歩いて波打ちぎわへ向かった。最近のソルはたくさん走るスタミナがなく、アルフィーやわたしと並んで歩くのを好み、ときおり足を止めては潮の贈りもののにおいを嗅いでいる。褐色のねばねばした昆布の株やほかの海草。わたしがよく〝人魚の財布〟と呼んでいたサメの卵殻。巻き貝やホタテ、カサガイ、イガイなどの貝殻。十月最後の日差しを受けて真珠のような光沢の殻がきらめいている、上下逆さになったマテガイ。濡れた砂の上で震えて消える、石鹸《せっけん》の泡のような波の泡。

その泡をつかもうとしても、近づくたびに風に吹き飛ばされてしまうから、アルフィーは笑いまじりのうめき声をあげている。

それを見て笑ってしまう。アルフィーといっしょに笑い、耳が冷たくなってきたのでポケットからニット帽を引っぱり出したとき、マディーの姿が視界に入った。顎を地面と平行に突き出し、軽く曲げた腕を機械じかけのようにリズミカルに脇で振りながら早足で歩いている。パワーウォーキングだ。前にもこうやってパワーウォーキングをしている彼女を見かけたことがある。完全な集中状態《ゾーン》に入っている彼女は、わたしにぶつかって押し倒しそうになった。

「ああ、おはよう。まったく目に入ってなかったわ」運動により顔が上気し、額と鼻の下を汗の薄い膜が覆っている。トレーニングシューズの紐を結び直すためにしゃがんだ彼女が健康そうに見えることにいやでも気づかされる。五十代後半の女が自分よりも健康に見えるなんて問題よね。本当になにか適度な運動を始めないと。

　立ち上がった彼女は声をあげて笑った。「見てよ、あなたがそんなに着込んでるのに、わたしったら汗びっしょり」スウェットシャツの襟もとを引っぱってから手を放して首に風を送った。「それより、会えてよかった。話したいことがあったの」

　どんな話かと身構えた。また〈ストーンズ・アンド・クローンズ〉のソニア・マーティンズに関する話だったら断じて聞きたくない。アルフィーとソルに目をやると、なにかを観察している。ここからだと大きな蟹《かに》の死骸に見える。少なくとも死骸だと思いたい。アルフィーが指で持ち上げてるから、死骸じゃなかったらハサミで指をはさまれてしまう。

「ピラティス教室の友人のことなんだけど」

「例の元保護観察官？」

「ちがう。また別の友人」

　やれやれ。今度はどんな情報が出てくるんだか。彼女の進路からはずれて、パワーウォーキングで行きすぎてもらえばよかった。

「その友人がうちの隣の家を買うことにしたの。ペグトン不動産が扱ってるから、たぶんあなたも知ってる物件よ。じつは、その家が売りに出されてるって最初に彼女に教えたのはわたしなんだけど」

「住所は？」

「メイプル・ドライヴ。二十四番地」

つまり、アン・ウィルスンはマディーの友人ってことだ。「あなたがあの通りに住んでるのを忘れてたわ」とわたしは言った。

「そう、うちはすぐ隣の二十二番地よ。問題は……」彼女はため息を漏らした。「教えなければよかったなって。そりゃあ彼女だって、不動産ポータルサイトであの物件を見つけたかもしれない。でも、わたしが黙ってれば、時間ができて彼女が内覧する前に、別の買い手がついた可能性があるでしょう」

「その友人にすぐ隣に住んでもらいたくないってこと？」

「そう、あまり。いまとなってはね。だってほら、彼女について知っちゃったことがあるから。それを知って、わたし――なんて言えばいいかな？――友だちづきあいを考え直すことにしたの」

それがなにかは訊かなかった。訊かなくてもマディーが話すに決まってるから。

「彼女とは古い知り合いでね。昔、同じ会社で働いてて――そこで出会ったわけ。その後、夫のマーティンが彼女の夫グレアムの会計業務を手伝ったりして、いっしょに食事に出かけるようになったの、四人で。一度、旅行もしたわね。マルタ島へ。あまり楽しくない休暇旅行だったけど、それはまた別の話。その後、グレアムが浮気してるのをアンが知って、ふたりは離婚。わたしはそのあと何年も彼女と会ってなかった。彼女の精神状態が少しおかしくなっちゃったから。ほら、夫が別の女に走ったらおかしくなる女がいるでしょう。辛辣で悪意のかたまりみたいになる女。わたしだって、マーティンが浮気をしても絶対に腹を立てないとは言わないけど、相手の女につきまとって苦しめるようなまねはしない。その女に執着して自分がみじめになるようなまねは。少なくとも、自分がそんなまねをしないことを願ってる」彼女は鼻を鳴らした。「もちろん、マーティンに対してなにをするか、なにをしないかは保証できないけど」

　わたしはマディーの肩先を見た。アルフィーが浅瀬に棒きれを放り、ソルが律儀にそれを追いかけている。

「でも、ピラティス教室でまた顔を合わせるようになって、彼女もグレアムの浮気相手の話をしなくなってた。本当に、過去を乗り越えて忘れたように見えた。わたしもやっと友人を取り戻したと思ってた。それに、彼女には新しい男がいるしね。弁護士よ。ただ、ここだけの話、その男にもちょっとした過去があるの」

　彼女は酒をあおるまねをした。「まったく別の欠点だけど、幸い、いまは彼も酒を断《た》ってる」

「たしかに、最初の内覧のときは男性がいっしょだった。背が高くてシルバーグレーの髪の」

「その男よ。新しい男。新しい家」マディーがくすくす笑った。「それに、新しい顔。昔から見栄っ張りなんだから」

「それで、彼女に隣へ越してきてもらいたくないのはどうして？」

「共通の知り合いから聞いたんだけど、グレアムが彼女を捨てる原因になった女は、わたしがあなたに話したニューエイジ雑貨店の店主なんだって。ソニア・マーティンズよ」

この新しい情報に脳が追いつかず、わたしは彼女を見つめていた。

「あなたがサリー・マクゴワンじゃないかと疑った女よね」と言った。

マディーは顔を赤らめた。「まちがいだったの。ソニア・マーティンズはフリンステッドの生まれよ。彼女の母親が長年この町に住んでて。あなたにああ言ったときは、それに気づいてなかった。知らなかったの」マディーは首を振った。「とにかく、グレアムの浮気相手が彼女だったとわかったいまは、アンが裏で糸を引いて彼女にこんなひどい復讐をしてるんだと確信してる。もっと悪いことに、それはすべてわたしのせい。だって、あの噂をアンに話したのはわたしだもの。いかにもアンがやりそうなことよ。恨みはすっかり捨てたと思ってたけど、どうやらまだ恨んでたのね」

マディーは体の前で指を組んでねじり、海を見やった。「アンのしわざだって証明はできないけど、きっとそう。だから、隣に住んでほしくない。アンのやったことを知ったいまは」

マディーがわたしに向き直った。「ゆうべ、あの店のウインドーが割られたのは知ってる?」

「えっ！　まさか！」

「いま通ってきたら、板でふさいであった。ああ、それがアンのしわざだと言ってるんじゃないわよ。でも、悪意ってひとり歩きしはじめるものでしょう?　アンは導火線に火をつけて一歩下がっただけ」マディーはため息をついた。「あなたはペグトン不動産で働いてるんだし、本当はこんなことを言うべきじゃないんだけど、この売買がだめになればいいとわたしは本気で願ってる。スーザン・マーチャントを見かけるたびに、あんな美しい家を売り払いたいだなんて頭がどうかしてるにちがいないわって言いつづけてるんだけど、向こうは、あんたこそ頭がどうかしてるっていう目でわたしを見るだけ。まあ、無理もないわよね。彼女はあの家を売ったお金が欲しいんだもの。そうでしょう?」

「じつは、彼女はお金なんて欲しがってないの。あの家の売却金は……」わたしは咳払いをした。スーザン・マーチャントの慈善の意思をべらべらと他人にしゃべる権利などわたしにはない。すでに、サリー・マクゴワンの噂を吹聴してとんでもない面倒を引き起こしている――わたしが口をつぐんでいれば、なにも面倒は起きなかったはず。

マディーがもの問いたげな目でわたしを見たけれど、ありがたいことにソルが吠えだした――これ幸いと顔をそむけて、ソルとアルフィーがなにをしているのか見ることにした。でも、波打ちぎわに立ってるのはソルだけで、アルフィーの姿はどこにもない。鼓動が速まる。

ビーチを見渡した。このビーチのどこかにいるはず。さっき見たときは棒きれを放っていたんだから。

「どうしたの？」マディーがたずねた。

「アルフィーが見当たらないの。どこにも姿が見えない」不安で胸が締めつけられた。

「落ち着いて。そう遠くへ行くはずないわ」

ふたり同時に海のほうを向いたけれど、アルフィーの影も形も見えない。海に入るはずがない。こんな凍《い》てつくような天候の日に。そんなはずがないのはわかっている。仮に海に入ったとしても、冷たい海水が膝まで達した瞬間に駆け戻ってきたはず。それに、このあたりのビーチは浅い。

大昔のニュースの記憶が頭に浮かんだ。休暇旅行でノーフォーク州のあるビーチに連れてこられた幼いふたりの子ども。喜びいさんで海に駆け込み、それきり姿が見えなくなった。少なくとも、生きた姿は。でも、アルフィーがそんなことをするはずがない。今日みたいな寒い日に。

「アルフィー？　アルフィー？」あらんかぎりの大声で叫んだものの、その声も風にかき消された。わたしは走っていた。木造の突堤へ、ビーチの次の区画へと走っても、だれもいない。マディーとソルとわたし以外は。

「反対方向を見てくる」マディーが大声で言って、アルフィーの名前を呼びながらミストデン桟橋の方向へ走り去った。

ソルはまだ吠えている。「あの子はどこ、ソル？　アルフィーはどこよ？」

ソルが見つめている先に目をやると、淡いブルーの上着の女が遊歩道をすたすたと歩いている。女の片手がなにかをつかんでいるように見える。

その瞬間、目に入った。防潮堤の向こう側に見え隠れするもじゃもじゃの髪。不安で胃が重くなった。あれはアルフィーの頭のてっぺんだ。

25

追いかけられているのに逃げ足が遅いという、よく見る悪夢のひとつのようだった。ただし、これは夢なんかじゃない。現実のできごとで、追いかけているのはわたし。湿った砂に足がめり込み、それでも走ろうとしてふくらはぎの筋肉が痛んだ。遊歩道へ上がる階段まで行かなければならないのに、そこへ近づくほど砂が乾いているのに、走りにくさは増すばかり。自分がスローモーションで動いているような気がした。

アルフィーを連れた女はいまごろ崖の小道の途中まで達しているかもしれない。追いつかなければ、数分後には芝地を横切って車に乗り込むかもしれない。心臓が激しく打っている。アルフィーから目を離すなんて、なにを考えてたの？　ぼさっと立ってマディーのくだらないゴシップに耳を貸したりして。

ようやく木製の階段に達すると、金属製の手すりをつかんで体を引き上げるようにして一段飛ばしでのぼった。前方に、並んだ海の家の前を進むふたりの姿がかろうじて見える。淡いブルーの上着の女と、その横を小走りについていくアルフィー。まさかあの子がこんなことをするなんて。知らない人についていってはだめ、と口を酸っぱくして注意してるのに。大声で名前を呼んでも、わたしの耳に届くのはかぼそく甲高い音。この風のなかではささやき声にしか聞こえない。

今度は硬いコンクリートの上を走っていた。色とりどりの海の家が視界の隅をかすめるなか、全速力で。少なくとも、全速力を出そうと努めていた。バランスを崩して頭から転びそうになり、一瞬身がすくんだものの、どうにかそのまま走りつづけた。何年かぶりでこんなに走ったせいで体じゅうが痛い。本当に痛い。

アルフィーとの距離が縮まった。もう追いつきそうなのに、名前を呼んでるわたしの声がアルフィーの耳には届かない。この風では届きっこない。淡いブルーの上着の女は背が高くほっそりしている。あのストレートの黒髪は、まちがいなく前にも見たことがある。わたしと同世代の女。服装やあの身のこなしでわかる。アルフィーを見下ろすたびにちらりと見える横顔。あれはだれ？　よくもわたしの息子を連れ去ってくれたわね。それに、これはわたしの想像？　それとも、女は本当に足を速めた？

「アルフィー！」と叫ぶと、ありがたいことに今回はアルフィーが振り向き、涙に濡れた顔に満面の笑みを浮かべた。女の手をふりほどき、一直線にこっちへ走ってきて、わたしを押し倒しそうな勢いで脚にしがみついた。

わたしはしゃがんでアルフィーを両腕に包んで抱きしめた。顔を上げると、カレンが心配そうな表情を刻んだ顔で目の前に立っていた。どういうわけか別人に見える。

「砂浜でひとりぼっちのこの子を見かけたの」とカレンは言った。「泣きじゃくってたわ」

「ひとりぼっちなんかじゃなかった！　わたしがいっしょだった。ソルもよ。この子をどこへ連れていこうとしてたの？」

彼女が顎をこわばらせた。「小学校よ。あなたの電話番号は知らないし、ほかにどうしたものか考えつかなかったから。警察に通報したくなかったもの……わたしは……」

「でも、マディーと話してるのが見えなかった？」走ったせいでわたしの声は割れている。もちろん、われを忘れるほどの動揺が影響しているのは言うまでもない。「わたしたち、あそこにいたのよ。姿が見えたはずだわ」アルフィーの両肩をつかんで顔をのぞき込んだ。「アルフィー、ママが見えなかった？　ずっとあそこにいたのよ。あなたはソルと遊んでたんでしょう？」

アルフィーの下唇が震えた。「ソルに棒きれを投げたらほかの犬が取ったから追いかけたんだ」顔がくしゃくしゃになり、胸を震わせた。「そうしたらママが見えなくなった。ソルも見えなかった。ビーチが全然ちがう場所みたいだった」

アルフィーが声をあげて泣きだしたので、もう一度、胸に強く抱きしめた。この子はまだこんなに幼く頼りない。潮が引いてしまったビーチは広大だ。体の小さい子どもの目に、ビーチははるかに大きく見えたにちがいない。

「ねえ、アルフィー。勝手にどこかへ行ってはだめだって何度も言ったでしょう？」

「あなたのことを探しまわったのよ」カレンが言った。顔が引きつっている。「ママが帽子をかぶってたって言わなかったわよね、アルフィー？」

「かぶってなかったもん」わたしのコートに顔をうずめているので声がくぐもっている。

「ああ、ごめんね。耳が冷たくなったから帽子をかぶったのよ」わたしはカレンを見上げた。
「まだ新品なの。この子はたぶん、わたしがこれをかぶってるのを見たことがないわ。そんなこと、考えもしなかった」

アルフィーを無事に腕に抱き、呼吸が正常に戻って、わたしも泣きだした。こんな事態を招くなんて。きっと、アン・ウィルスンに関するマディーの話に夢中になってアルフィーとソルの様子を確認するのを忘れてたんだろう。そういえば、ソルはいまどこに？　いまごろ猛り立ってるにちがいない。ソルを連れて帰らなければ母はきっと許してくれない。アルフィーに注ぐのと変わらない愛情をソルに注いでるから。走って防潮堤まで行き、ビーチを左から右へと見渡した。

と、マディーの横をとぼとぼと歩いてくるソルの姿が見えた――まだ少し遠いけれど、ソルののそのそした歩きかたと、ライクラ素材のスポーツウェアを着たマディーのしなやかな姿はわかる。わたしったら、こんなに遠くまで走ってきたんだ。マディーがわたしに手を振ってる。ソルをわたしたちのもとへと連れてきてくれた。感激で胸が波打った。カレンがわたしの腕にそっと手を置いた。

「一度ヘイリーとはぐれたことがあるの。〈マークス＆スペンサー〉で。一瞬目を離しただけなのに、向き直ったらもういなかった。レジのそばでパーシー・ピッグのお菓子を探してるあの子を店員が見つけてくれてね」カレンはため息をついた。「ジョアンナ、あなたの姿が見えなくて申し訳なかったけど、眼鏡が壊れてしまってて。修理中で、替えの眼鏡も持ってなかったものだから」

だから別人に見えたのね。今度はカレンが泣きだしそうだった。「ずいぶん探しまわったのよ。もうしばらく待てばよかったんだけど、十分後には、診察の予約をしてる医者のところへ母を連れていかなければいけないから。ほかにどうしたものかわからなかったの。夏ならビーチパトロールがいたんだろうけど……」

「気にしないで、カレン。本当に。この子の面倒を見てくれて感謝してる」

彼女がわたしの両手を強く握り、ほんの何秒かたがいの目の奥をのぞき込んだ。母性と、この世でなにより大切なものを失う不安という共通点によって結びついた女ふたり。この世でなにより大切なもの——わが子を。

26

アルフィーを学校へ連れて戻ると、ミセス・ヘインズはひじょうに愛想よくほがらかだった。わたしがあの写真のことで告訴でもするつもりだと案じていたにちがいない。正直、その選択肢を完全に除外したわけじゃない。だれがあんなことを？

でも、マシューズ校長がすでに謝罪してくれたし、写真は掲示板からはずしてあった。だいいち、いま告訴したところでなんの得があるのやら。厄介な母親だという評判を立てられて終わりだろう。格別に慎重な扱いを要する人物だ、と。

まあ、ソルの存在がミセス・ヘインズの態度を軟化させたのかもしれない。犬にはそんな効果があるし、犬好きの人にとってフリンステッドは天国だから。アルフィーがロンドンの小学校に通っていたときは、犬は校内立入禁止だった。

「この子とは前にも会ったことがあります」彼女はソルの耳をなでながら言った。「大きな子ね、ハンサムボーイ？」

うわっ。彼女はソルに顔を舐めさせている。どうしてそんなまねを許せるのか、わたしにはさっぱりわからない。犬の鼻や舌がなにに触れたかわかったものじゃないのに。昔、散歩に連れていったとき、ソルがほかの犬の糞を食べようとするのを止めたことがある。

それを話すと母はただ笑い、そのあとで、食糞と言われる行為の種類についてちょっとした講義をしてくれた。自分の糞を食べる自己食糞、ほかの犬の糞を食べる同種食糞、ほかの動物の糞を食べる異種食糞。そんなことが頭に残ってるんだからおかしなものだ。ソルの好きにさせたら、当然その三つともやるにちがいない。

「じゃあ、アルフィー、ママにバイバイしましょうか？」ミセス・ヘインズが言った。

わたしはアルフィーを抱きしめ、頭のてっぺんにキスをした。「じゃあ、またあとでね」

「ママ、忘れないで、今日はリアムの誕生日パーティだよ！」アルフィーはミセス・ヘインズに連れられながら肩越しに声を張り上げた。

わたしは手を振った。「わかってる」さっきのビーチでの一件のせいですっかり忘れてた。でも、少なくともあの子は、もう不安を感じていない。

アルフィーとミセス・ヘインズが廊下の先のドアから出て姿が見えなくなるまで見送った。そのドアは校庭へ、そして教室のあるプレハブ校舎へと通じている。あんなことがあったあとでアルフィーと離れたくなかったけれど、ここはいい学校。安全な学校。教育水準局が出した学校監査の最新の報告書を読むまでもない。それに、当然、サリー・マクゴワンのような人物を当局が学校で働かせるはずがない。ケイの言ったことはもっともだ。法のシステムはそんな事態を防ぐために機能してるんだから。

ソルを連れて戻ったとき、母はまだ具合が悪そうだった。シーツと同じぐらい顔が白く、洟をかんでばかりいるせいで鼻先が赤い。

「離れてなさい」しわがれた声で言った。「あんたとアルフィーにはこんなふうに寝込んでほしくない。ひどいもんよ。昨日は元気だったのに」

母は手を伸ばして水のグラスを取り、長くひと息に飲んだ。

「貸して。もう一杯入れてくる。本当になにも食べたくないの？」

母は顔をゆがめた。

「よかったら今夜、パーティのあとでもう一度、顔を出すけど」

「パーティってなに？」

「言ってなかったっけ？　話したはずだけど。アルフィーのクラスメイトよ。学校が終わってから誕生日パーティをするって。仮装パーティなの」

母が不満のうめきをあげた。「まさか――ハロウィン・パーティ？」

「残念ながら。言われたとおり、ほかの子の母親と親しくなったの」

母はうなずいた。「ふさわしい衣裳を用意してやったんでしょうね。あの子が仲間はずれにされるのはいやでしょう」

信じられない思いで母を見つめた。これがかつて、きれいなドレスなんて完全にお金の無駄だし、おしゃれな靴は足の成長に悪い、とわたしに言い聞かせたのと同じ女《ひと》なの？〝ある種の靴を履かなければ仲間に入れてくれないというなら、それはよくない仲間よ〟とよく言ってたのに。

「なんて顔！」と言って母は笑った。「あんたが考えてることはわかるけど、祖母になると変わるのよ。いつかわかる日が来るわ。とにかく、わかる日が来ることを願ってる」

いまが、マイクルと同居しはじめたことを話すタイミングかな。どうせアルフィーが口走るだろうし、早く話さないと、隠していたみたいで気まずくなってしまう。ベッドの端に腰を下ろした。たぶん風邪をうつされるだろうけど、それならそれでいい。正直に話す必要があるんだから。

「話があるの。同居していいかってマイクルに訊かれて、いいって答えた」

母の化粧台の鏡に映る自分の顔を見た。つづいて母の顔をそれとなくうかがう。母はハンカチを小さく四角に折りたたんで、考えをまとめようとしている。

「いいんじゃない」ようやく口を開いた。「そうすべきだとあんたが心から思うなら、それに、自分がそれを望んでるという確信があるならね」母は洟をすすった。「あんたが幸せになることばかり願ってきたのよ、ジョー。それはわかってるんでしょう？」

母の目がうるんでいる。風邪のせいかもしれないけど、そうじゃないと思った。

「もちろんわかってる。それに、彼には責任感が欠如してると母さんが思い込んでることも知ってる」自分の膝を見つめた。「いままで言ってなかったけど、彼に結婚を申し込まれたことがあるの」

母は驚いて息を呑んだ。「あんたが断ったってこと？」

「そう」

「どうして？」

「子どもが生まれるからという理由で結婚したくなかったから」ため息が漏れた。「それに、父さんのこととも影響してたと思う。マイクルがいずれ父さんみたいにわたしたちを裏切るかもしれないって考えると耐えられなかった」

母はハンカチを広げて洟をかんだ。

「それが母さんの自尊心をひどく傷つけたことは知ってるから、わたしは——」

「わたしみたいに恨みがましい女になりたくなかった」

「言おうとしたのはそんなことじゃない」

母は笑った。「でも、あんたの言うとおりよ。たしかに自尊心は傷ついた。でも、男に対する不信感があんたに伝染したのなら謝るわ。かわいそうなことをしたわね」

「父さんが人でなしじゃなかったらよかったのよ」

「それはわたしも思ってるわ」

母の手首を握った。「でも、これだけは言っておく。もしもマイクルが約束どおりきちんと責任を果たさなかったら、きっぱりと縁を切る」

母は賛成の印にうなずいた。母はいつまでも踏ん切りをつけることができなかったけれど、わたしは母よりも強い。踏ん切りをつけられる。

でも、どうかその必要がありませんように。

27

サルトルの言葉——というか、彼の著した戯曲の登場人物のひとりの有名なせりふ——に〝地獄とは他人である〟というのがある。文字どおりの単純な意味じゃないことはわかってるけれど、その真意を繙《ひもと》くのに必要な哲学的な知識がわたしにはない。ともかく、いまこの瞬間はその言葉を文字どおりの意味で受け取っていた。地獄とはまぎれもなく他人。とくに、デビー・バートンの家のサンルームに腰を据えてスパークリングワインを飲んでいる母親連中と、さらにはその子どもたちのことだ。いまは隣の部屋でバルーン・アーティストのパフォーマンスに大騒ぎしているから、その音量でいまにも頭が割れそう。

視線がつい、まわりにいる母親連中の顔から、サンルームのドアの先のダイニングルームへと移った。枠にきらきら光る装飾が施された大きな鏡には庭の緑が映り、天井から吊り下げられたガラスのシャンデリアはきらめいている。デビーの夫コリン——たしか、配管工だとデビーが言っていた——が、カレンの夫ロブとテーブルでビールを飲んでいる。これまで見たこともない光りものばかりの乙女っぽい装飾の部屋で、ふたりの男は場ちがいに見える。紫色とピンク色に満ちた部屋。ふわふわのクッション、きらきら光る装飾品。引用句を記した額をいくつも掛けた〝楽しい〟壁。この室内装飾にコリンの意見はどれくらい反映されているんだか。まあ、このぶんでは、あまり聞き入れてもらえてないだろう。周囲の会話に注意を引き戻した。会話はますますテレビのリアリティ番組じみてきた。『リアル・ハウスワイブス・オブ・フリンステッド』ってところ。タッシュに話したら、きっと大喜びするわ。

公平を期すために言うと、デビーはたしかに、一度うちへ帰ってあとで迎えにくればいいと言ってくれた。でも、あんなことがあった日にアルフィーをひとりで置いていくなんて絶対にいや。だって、この人たちのことをどれぐらい知ってる？　すごく友好的に見えるけれど、今朝ケイからあんな話を聞かされたあとでは……

ときどきカレンと目が合う。あの表情を見るかぎり、彼女もわたしと同じぐらいうんざりしているみたい。

彼女に身を寄せて言った。「お母さまの具合はどう？」

彼女は驚いて眉をひそめた。

「今朝ビーチで、お母さまを医者へ連れていくって言ってたでしょう。診察の予約時間に遅れなかったならいいんだけど」

「ああ、全然。まあ、少し遅れたんだけど、問題なかった。たいてい予約の時間から二十分は待たされるもの。そうでしょう？　母は……母は元気よ」

カレンはスパークリングワインをひと口飲んで中空を見つめた。表情が変わっていた。ペグトン不動産事務所のウインドーの外からだれかがわたしに手を振ってるとデイヴに言われて見に行ったときに、肩越しに振り返ってわたしを見たカレンの母親の顔を思い出した。元気そうには見えなかった。しまった、よけいなことを訊かなければよかった。

周囲のおしゃべりは〈ストーンズ・アンド・クローンズ〉でのできごとに変わっていた。ウインドーから煉瓦が投げ込まれたことと、それが意味するところについて。その申し立てに真実が含まれているかどうかについても。

カレンは目を閉じてため息をついた。目を開けて、わたしが見つめているのに気づいた。「今月の課題本は進んでる？」彼女がたずねた。「正直、わたしはなかなか進まなくて。作中作だからね」

「課題本ってなに？」わたしがカレンに答える前にデビーが質問をはさんだ。

「メアリー・シェリーの『フランケンシュタイン』よ」カレンが答えた。

デビーは〝退屈な作品〟とでも言いたげに顔をしかめた。「リアムの誕生日パーティにだれもフランケンシュタインの扮装をしてこなかったのは意外ね」

カレンとわたしは目配せを交わした。ささやかな愉楽の一瞬。ずっとカレンのことを誤解していた。いま、それがわかった。あの日の読書会ではいささかでしゃばりだったにせよ、案外カレンは打ち解けようとしていただけなのかもしれない。ここにいるほかの母親連中よりは彼女のほうが共通点が多いのは確かだし、今朝のビーチでの一件で、おたがいをもっとよく知った気がする。

「フランケンシュタインというのは、怪物を生み出した科学者の名前よ」とデビーに指摘した。すぐに、やめておけばよかったと後悔した。知識をひけらかす人間はだれだって嫌う。

「でも、みんな混同しちゃうのよね」

「自分の創造物を見捨てる点で、彼こそ真の怪物だとも言える」カレンが言った。

わたしはうなずいた。「そもそも怪物を生み出した点もね」

デビーはいやな顔をした。「もうやめて、ふたりとも。いまは読書会じゃないのよ」

隣の部屋で笑いが起こった。

「あの風船屋、お金を払って呼んだ価値があるわ」デビーが言った。「それに、すごくハンサムだしね」

賛成を示すざわめきがグループ内に広がった。彼がゴム製品の扱いに長けているとだれかが冗談を言い、みんなが黄色い声で笑った。

「ハンサムといえば」キャシーが、コリンとロブに聞こえないように少し声をひそめた。「中休みの前にあなたがいっしょにいたパリッとした男、いやでも目についたわ、ジョアンナ」キャシーはにんまりした。「あれが子どもの父親《ベイビー・ダディ》？」

その言葉にカチンときた。質問の真意はなんとも思わない。マイクルがアルフィーの父親だと認めることに抵抗はない。抵抗なんてあるはずがない。でも、〝ベイビー・ダディ〟という言葉が持つニュアンスが気に入らない。父親に生物学的な意義しかないという含みがあるから。それに、まるで引用符で括《くく》ったみたいなキャシーの言いかた。マイクルが黒人じゃなければ、そんな言いかたをした？

周囲の声が心持ち小さくなった。おしゃべりをやめるような露骨なまねはしたくないけど、わたしの返事も聞き逃したくないってことらしい。

「そう、彼はアルフィーの父親。それに、わたしのパートナーよ」口に出して言うと妙な感じ。ふだんは〝彼はアルフィーの父親で、わたしの親友よ〟と言ってるんだけど、いまそう言おうものなら新たな質問を招きかねない。このような状況においては、できるかぎり丁重かつ効果的に質問を断ち切るべしと本能が告げていた。それに、いまは事情が変わった。マイクルは本当にパートナーなんだから。

「あら、知らなかった」キャシーが言った。「あなたはシングルなんだとばかり思ってた」

わたしは笑みを浮かべた。まわりで続いていたおしゃべりにわずかな間があいた。まるでページの余白みたい。わたしが笑顔のまま無言を貫いていると、おしゃべりが再開した。気まずさをかき消すような話し声が一瞬の間を押し流した。どうでもいいおしゃべりの流れに運ばれて、一瞬の沈黙は宙高く昇っていった。

「さあて」デビーが言った。「そろそろ、あっちの騒ぎを静めてくる」彼女は立ち上がって食器棚へ行き、きらきら光る銀色の紙に包まれた大きな箱型のプレゼントを取り出した。「パス・ザ・パーセル・ゲーム（音楽をかけて、包装紙で何重にも包んだプレゼントを次の人へとまわしていくパーティ・ゲーム）でBGM係をやってくれる人は？」

テリーのワイングラスを倒して床に落としそうな勢いでカレンが手を上げた。

デビーはコーヒーテーブルのiPadを指さした。「スポティファイでプレイリストを作ってあるわ。〝おばけ音楽〟っていうプレイリストをクリックして」

母親一同が隣の部屋へ移動した。そこでは、風船で作った動物を武器のように振りまわして頭の叩き合いが行なわれている。女の子はカレンの娘へイリーとテリーの娘ルビーだけで、おもしろいことに、ふたりは部屋の静かな隅へ避難して、ソファの背もたれのてっぺんで風船の動物にダンスのような動きをさせるというまったく別の遊びをしていた。

アルフィーの髪は汗で湿り、目は興奮に輝いている。子どもたちを円形に座らせようとする母親が多すぎるので、わたしはソファの端に浅く腰かけた。コリンとロブは賢明にもダイニングルームにとどまっている。ようやく『ゴーストバスターズ』のテーマ曲が始まり、プレゼントの包みがまわされだした。

二時間後、よその家のドアをノックしてお菓子をねだる異常に元気な子どもたちにつきそって雨に濡れた暗い通りを重い気分で三十分ほど歩きまわったあと、うちに帰りたくてたまらなくなっていた。でも、カレンとロブが――まあ、実際にはカレンだけだったけど――家に寄って紅茶でもと誘ってくれたとき、彼らの住まいが〈ザ・リーガル〉だとわかって、誘惑に勝てなかった。全盛期には高級ホテルだった建物なので、どうしてもなかを見てみたかった。

先ごろベランダつきで眺望のいい上階の一室が売りに出されたのに、わたしが内覧する機会をつかむ前に所有者が販売を取り消した。カレンとロブのフラットが現代的な増築部のほうだとわかってがっかりしたけど、いまさらやめておくとは言えなかった。それにカレンは、パス・ザ・パーセル・ゲームのメイン賞品をアルフィーに取らせてくれたしね。

　カレンが正方形の暖かいリビングルームに案内してくれた。期待していたほど豪華ではないにせよ、心地よい部屋。ヘイリーが、大きなソファの端にパソコンを手に丸くなっている老女の膝に乗った。ペグトン不動産事務所のウインドー越しに、カレンといっしょにいるのを見かけた女だ。白いふわふわのバスローブに包んだ体が小さく見える。ピンク色のビーニー帽をかぶり、室内ブーツを履いている。

「母よ」カレンが紹介した。「いつもの服装ではないけれど、今日はハロウィンだもの。ねえ、母さん？」

　わたしは部屋を横切って彼女のそばへ行き、片手を差し出した。ヘイリーが膝の上を占領しているので、彼女は立ち上がることができない。わたしの手を取って握った。手首は細く、顔は痩せこけている。

「魅力的でしょう、わたしの娘は？」驚くほどのどら声。ピンク色のビーニー帽とふわふわの室内ブーツを見て、もう少しやさしい声を想像していた。女性らしい声を。

「すべて母さんから学んだのよ」カレンが応じた。たんなる母娘のからかい合いなのに、ふたりのあいだのかすかな緊張感をわたしは察知した。この小さなフラットでカレンの母親と同居するのは、カレンとロブにとっては負担なのにちがいない。ロブがすでに寝室に引き取ってドアを閉めてしまったことに、いやでも気がついた。

　カレンが床のバスケットからＤＶＤを一枚引っぱり出し、まもなくヘイリーとアルフィーはテレビの前にあぐらを組んで座り、『アナと雪の女王』のオープニングシーンを夢中になって観はじめた。

カレンがキッチンに行こうと手ぶりで合図した。「あっちで紅茶を飲みましょう。子どもたちは母が見てくれるわ。母も『アナと雪の女王』が大好きなの」

カレンについてリビングルームを出るときに、振り向いてちらりと三人を見た。少しばかりだらしない服装のダース・ベイダーと幽霊の花嫁、大きすぎるバスローブをまとってパソコンのキーボードを叩いている痩せた女。


その夜、ソファに寝ころんでくだらないテレビ番組を眺めながら今日一日を振り返った。朝あのおぞましい写真を見て苛《さいな》まれた不安も、アルフィーとはぐれたときの動揺も、すっかり消え去った。この先二度と〝ハロウィン〟と〝お菓子をくれなきゃいたずらするぞ〟という言葉を聞かずにすむなら幸せだろうな。でもまあ、アルフィーは楽しんでたし、帰りにカレンのフラットに寄ってよかった。このぶんなら、カレンと友だちになれそうな気がする。

手を伸ばしてスマートフォンを取り、マイクルから連絡があったか確認すると、思ったとおりメールが届いていた。

〝パーティはどうだった？　アルフィーはきっと、お菓子を腹いっぱい食べただろうな〟

それから二、三分はメールを交わした。ふたりとも、自分のメールでやりとりを終わらせたくなかった。あの写真のことと今朝のビーチでのできごとを彼に伝えるべきだとわかっていたけど、メールに書くには長すぎるし、顔を見て話したかった。ようやくお休みを告げたあと、スマートフォンを横のクッションの上に放った。すぐにまた手に取って、ツイッターを開いた。最後にもう一度サリー・マックのツイッターを見たら、自分のツイッター・アカウントを削除するつもりだった。マイクルが同居することになって、夜は退屈しないはずだから。

サリー・マックはまだわたしのアカウントをフォローしてるし……なんてこと……新たなツイートを投稿してる。

目に入る文章が理解できずに見つめていた。テレビの音が小さくなり、寒気がうなじから背筋へと這い下りる。きっと読みまちがいよ。どうか読みまちがいであってください。

でも、読みまちがいなんかじゃなかった。文章はそこにあって、メッセージは明確だった。

おまえが始めたことの結果を見ろ。おまえと、そのおしゃべりな口が。おまえを見ている。

#アルフィーを見ている。

足音を立てないように、トレーニングシューズには衝撃吸収ソールを敷いている。今夜、地獄の使いやゾンビがひとり残らず通りから消えるのを待って、深夜に犬の散歩をする連中がとうに眠りについたあとで、夜の闇に出た。肌にまとわりつく冷気を感じる。混じり気のない夜の息吹を吸い込む。

フリンステッドのような小さな町のこんな時間、風がなくて海が穏やかで波もないこんな夜は、静寂が深い。これだけ長い歳月が経ったいまでも、町をひとり占めする快感は消えない。いまはわたしの時間――サリーの時間。

どうしてもビーチに引き寄せられる。月の輝く晴れた夜をのぞけば、ビーチのほうがうんと暗いから。砂の上で人目を気にすることなく感じる自由は胸を躍らせる。暗闇も無限に広がる海も怖くはない。ビーチではなにも怖くない。夢の情景のなかを歩いているような、宇宙と一体になったような気分になるから。

無重力。不死。

無敵。

でも、今夜はビーチへは行かず、通りを歩くにとどまった。通りかかる家の大半は真っ暗だけれど、一、二軒は一階の部屋にまだ明かりがついている。外からは見えない場面を想像する。ソファで愛を交わし、スプリングがきしむたびにくすくす笑う若い男女。テレビの前で眠りに落ちたり目覚めたりしている老人。二階でいびきをかいている夫、赤ん坊におっぱいを飲ませながらうたた寝をしている妻。

そんな平凡な生活がうらやましくて叫びだしそうになる。はがれた煉瓦を拾って窓から投げ込んでやりたくなる。彼らの平和と安寧を粉々に砕いてやる。わたしと同じぐらい怯えさせてやる。ほんの少しのあいだだけ。そうすれば、どんな気持ちか思い知るはず。

彼らにこの気持ちはわからない。

彼女の家に着くと、ベッドルームの窓にオレンジがかったかすかな光が見えた。

28

午前零時を過ぎてようやくベッドに入ることにした。すべての窓に錠がかかっていることを少なくとも三回は確認したはずだし、玄関ドアと裏口のかんぬきもかけた。ふだんは、錠をかけたら、かんぬきまでかけたりしないのに。外の通りから何者かがわたしを見ている光景を頭から振り払うことができない。〝アルフィーを見ている〟。全身に震えが走った。

水を一杯飲もうとキッチンに入ったとき、シンクの上方の窓の黒さに恐怖を覚えた。もしも外にだれかいれば、水道の栓をひねって水が冷たくなるのを待つわたしの姿がまる見えだ。引っ越してきてすぐにブラインドを取りつけておけばよかった。

自分が愚かだってことはわかっているけれど、調理台に置いてあるウッドブロック型キッチンナイフ立てを見て身がすくんだ。昔、新聞で読んだ事件について母が話していたのを思い出した。侵入者が、抵抗した居住者の女をその家にあったキッチンナイフで襲ったというおそろしい事件を。だから母はキッチンナイフ立てをかならず食器棚にしまっている。

母が最初にそう言ったときは少し大げさだと思ったのに、いまはキッチンナイフを一本ずつ抜き取り、ひきだしの布巾の下に隠した。

ベッドルームに上がって、またマイクルに電話をかけてみたものの、またしても留守番電話に切り替わった。あのツイートを見てから、もう何件もマイクルにメッセージやメールを残している。


このメッセージを聞いたらすぐに電話をちょうだい。

おそろしいことが起きた。

どうしても話したいの。


ひょっとすると、彼はもう眠っているのかもしれない。フラットの賃借人と会ったあとフィットネスジムへ行くかもしれないと言っていた。たぶん疲れちゃったのよ。それか、友だちと飲みに行ってメッセージやメールのチェックをしてないのかもしれない。

彼が折り返し電話をかけてこないと知ったら母がどう考えるかはわかる。

延々と寝返りを繰り返したあげく、ベッドを出てアルフィーの部屋へ行った。できるだけそっと掛け布団をめくってベッドにもぐり込み、眠っているわが子の温かい体を両腕で包んでそのにおいを吸い込んだ。自分の鼓動が耳に大きく響いている。

心の底では、あのツイートを送りつけた人間の目的はわたしの心を乱すことだとわかっている。マイクルが浮気をしてないとわかっているのと同じように。それでも、今夜は眠れそうにない。

遠くで鳴り響いてる音が夢じゃなく、隣の部屋で鳴ってるスマートフォンの音だと理解するまでに時間がかかった。アルフィーを起こさないようにそっとベッドを出た。カーテンのすき間から淡い灰色の光が差し込んでいるから未明だろう。つまり、少なくとも二、三時間は眠ったはずだってこと。

電話はマイクルからだった。「いま家の前にいる。アルフィーを起こすといけないから呼び鈴を鳴らしたくなかったんだ」

玄関口に革製の大きな旅行かばんを提げたマイクルの姿と、その背後の私道にさまざまなかばんと箱が並んでるのを見て、ぴりぴりしていた神経が静まった。彼の両腕がわたしを包み込んで、長くしっかりと抱きしめた。早起きしてわたしのメッセージやメールに気づくなり、すぐに車を飛ばしたにちがいない。

まず小学校の掲示板に貼り出された写真のことを話すと、疑わしげな顔をするので、彼はわたしが過剰反応していると考えてるんだとわかった。

「じゃあ、ほかの子たちはゾンビのように加工されてたんだな？」

「そう」

「なぜゾンビだとわかった？」

「なによ、もう！　ゾンビの姿ぐらい知ってるわ！　灰色の顔、不気味で血走った目。血のにじんでる傷。ほら、典型的なゾンビの姿よ」

「アルフィーが胸にナイフを突き刺されてたのがそれよりひどいとは思えない。ハロウィンでよく見る姿だ。そうだろう？」

「でも、マシューズ校長は不適切だと考えた。アルフィーだけがそんな加工をされてるなんて妙だっていう意見に同意した」

マイクルは眉を吊り上げた。「おそらく、同意したほうがきみをなだめやすいと思っただけだろう。どうしたんだよ。まさか、その写真に深い意味があるなんて考えてないよな？」

わたしは手を伸ばしてスマートフォンを取り、ツイッターを開いた。「じゃあ、これを見て」

でも、フォロワー一覧をクリックすると、サリー・マックのアカウントは消えていた。もうわたしをフォローしていない。ユーザー名で検索しても、痕跡すらなかった。

「変ね。消えてる」

「だれが？」

Sally Mac @rumourmill7と名乗るフォロワーと、その人物が投稿したツイートのことを話した。マイクルは不快そうに目を細めた。〝アルフィーを見ている〟というハッシュタグのことを話すと、その目はますます細くなった。

「悪質だな」と言った。

「彼女だとは思わないの？　わたしが噂を広めたことを彼女がどうにかして嗅ぎつけたって」

自分の口走ったことに気づいたときには手遅れだった。

マイクルがまじまじとわたしを見つめている。「どういう意味なんだ、きみが噂を広めたって？」

気まずさで頬がほてった。気まずさと恥ずかしさで。「最初に噂を聞いたとき、まだあなたに話す前のことだけど、読書会で口にしてしまったの」

マイクルはあきれたように目を剝いた。

「メンバーのジェニーから話題をそらそうとしたのよ。カレンに恋愛事情を質問攻めにされて本当に困ってるようだったから。真っ先に頭に浮かんだのがそれだったの。あれからずっと後悔してる」

「でも、おれがつかんだ情報はだれにも話してないんだよな？　サリー・マクゴワンの本を書こうとしてることはだれも知らないんだろう？」

「本のことはだれも知らないけど――」

「けど、なんだ？」

「読書会のあと、あるメンバーが――マディーが――ピラティス教室の仲間のひとりにあの噂を話したみたいなの。その人は元保護観察官で、被保護者保護プログラムに関する情報を漏らしたらしいわ。マディーはあれこれ考え合わせて、飛躍した結論を導き出した。〈ストーンズ・アンド・クローンズ〉のソニア・マーティンズがサリー・マクゴワンだと思い込んでしまった」

マイクルは、信じられないというように首を振った。「つまり、すべてはきみが発端だったってわけか」

「じゃあ、マディーが友だちにべらべらしゃべったのもわたしのせいだってこと？」

彼はため息をついた。「いや、もちろんそうじゃない。でも、ものごとはそうやって手に負えなくなるものだ。噂は野火のようにあっという間に広がる」

「とにかく、マディーはもうソニア・マーティンズがサリー・マクゴワンだとは思ってない。ピラティス教室の別の友だちのご主人がソニア・マーティンズと浮気したらしくて、その友だちが恨みを晴らすために偽の噂を流したんだって考えてる」恥ずかしさで足の指が縮む思いだった。「このあいだの夜、だれかがあの店のウインドーに煉瓦を投げつけたの」

「くそ、ばかなまねを」マイクルが小声で言った。

「そう。なにもかもばかげてる」

「ほかに打ち明けたいことは？」彼はわたしの目をのぞき込んだ。まだ話してないことがあると察している。

わたしは深呼吸をした。認めたくないことだけど、ふたりの関係をうまく運びたいなら、彼に対して正直になる必要がある。

「サリー・マクゴワンが禁酒の町へ移されたっていう話を口にしたかもしれない」

彼は深いため息を漏らし、目をそらした。

「なぜ？」マイクルはようやく言った。「なぜそんなことをする？　きみがそんなに噂好きだったとはな」

「噂好きじゃない。ただ……アルフィーが友だちを作るのに苦労してたの。ランチタイムにだれも隣に座りたがらないって。あの子にみじめな思いをさせたくなかった。あんなことがあったあとだもの、二度と被害者にさせたくなかった。あんなにひどい悪口に耐えてたんだから。それに、わたしも苦労してた。ほかのママたちはもう親しそうだったし。転校生みたいな気分だった」

「だから、噂話が親しくなる役に立つと考えたのか」

「現に、役に立ったわ。ベビーシッティング・グループに入るように誘われたし。アルフィーだって、リアムの誕生日パーティに招待された。でも、そのあとは噂の火を消そうと努めてきたわ」

　この話をするあいだ自分の手を見つめていたけれど、いまは顔を上げて、勇気を奮い起こして彼と目を合わせた。

「サリー・マクゴワンだとは思わないでしょう？　ツイッターでサリー・マックを名乗ってる人物が？」

「まずちがうだろうな。ツイッターのアカウントを作るなんて、彼女がもっともやりたくないことだろう。おそらく、常軌を逸した母親団のだれかだよ」

　彼はわたしの頰についた涙の粒を親指でぬぐった。やさしいしぐさに、また泣きそうになる。

「ハロウィンの直後にアカウントが削除されたのも偶然のはずがない」彼が言った。「たんなる悪意あるいたずらだ」

「そうであってほしい。本当に」

彼が抱きしめてくれた。ようやく彼に打ち明けることができて、ほっとした。重荷を下ろした気がした。

「ツイッターなんて愚か者の集まりだ」彼が言った。「愚か者とあおり屋、世間をあっと言わせたい連中ばかりだよ」

「じゃあ、わたしは愚か者に分類されるわね」

彼は声をあげて笑った。「そのとおりだ」

29

その夜、マイクルがアルフィーをベッドに寝かしつけたあと、わたしがこのあいだ古いネット記事で目にしたドキュメンタリー番組――マーティン・ナイトが制作しガーディアン紙で紹介した『葬られたアイデンティティ』――をふたりしてオンラインで探したけれど、見つけることができたのはYouTubeの短いクリップ映像だけだった。被保護者たちのインタビューの抜粋。話している横顔の輪郭しか見えないように撮ったり、顔にぼかしを入れたり声を加工したりしてあった。

新たな身元を手に入れてありがたがってる者がいる一方、それまでの生活を捨てることに同意しなければよかったと悔やんでいる者もいる。いつわりの生活をするストレス、絶えず警戒を続けるストレスが、心の健康をひどく損ねている。インタビューを受けたひとりピーター――当然、本名ではない――が、新しい身元を得た当初はまちがえないようにするのがひと苦労だったと説明している。彼の場合は、どんな嘘にも一片の真実を――その嘘に信憑性《しんぴょうせい》を添える真実を織りまぜることでうまくいったと言う。

つづいて、ある心理学者が真理の錯誤効果に言及した。その効果により、どんな話も繰り返すうちにだんだん信じられるものになるという。噂と同じだと思った。要するに、被保護者保護プログラム下に置かれた人間は最終的に自分の作り話を信じるようになり、過去の生活がますます現実とは思えなくなる、ということ。

考えてみれば当然の話。わたしは十代のとき、ある嘘をついたことがある。ミストデン桟橋の遊園地で回転遊具を動かしている青年に処女をささげたって。本当は抱き合ってキスをしながら体をまさぐり合っただけなのに。でも、その嘘のおかげで、望ましいグループの友だちからもてはやされた。本当はろくでもないグループだったけれど、当時のわたしにはそれがわからなかった。しょっちゅうその話をして、こと細かく話すうち、本当にあったことのような気がしてきていた。実際のぎこちない愛撫なんかよりも空想のセックスのほうが現実だと思えた。

クリップ映像に登場してインタビューを受けているのは、組織犯罪に関与していたギャングのメンバーを刑務所送りにする証言を行なった人ばかり。凶悪犯罪の被害者か、犯罪者から情報屋に身を転じた連中のどちらかだった。自身が殺人犯だった者はいない。結局、マイクルとわたしはサリー・マクゴワンに関する古いドキュメンタリーを観ることにした。一九七〇年代後半に制作されたもので、当時は画期的な番組だったかもしれないけれど、いまでは映像も音声も時代遅れだった。

ソファに身を寄せ合って座り、マイクルのパソコンをふたりの膝にまたがるように置いて、事件直後のサルフォードで撮られた白黒映像を観た。そこには、子どものころのサリーを知る人たちのインタビューがちりばめられていた。彼女が通っていた学校の児童や教師。近所に住んでいた人たちや、事件の初期捜査や公判における重要人物たち。彼らは、サリーが強情な子どもで年齢以上の知性をそなえていた、だれかについていくというよりはガキ大将だった、と口をそろえた。いじめっ子の傾向があったと言う者もいた。生まれ育った環境を考えれば、別段驚くことでもない。

せつない音調と不吉な音調を行き来する音楽、苦悩を帯び朗々とした男性のナレーション。まちがいなく見覚えのある映像もあった。たぶん、ときどき観てる歴史ドキュメンタリー番組で見たんだと思う。特定の通りや家に焦点を当て、時代を経た変化を見せる番組で。延々と建ち並ぶ背中合わせのテラスハウス。見守る大人もなく通りで遊んでる薄汚れた子どもたち。両手両膝をついて玄関前の階段をみがくか、ほうきの柄に寄りかかって噂話をしてる主婦たち。板を打ちつけられた店や廃屋。〝北の暮らしは楽じゃなかった〟ことを示すお決まりの映像。

それにもちろん、いまだに取り上げられるサリー・マクゴワンの幼少時の顔のクローズアップ写真。

「あの目からなにを読み取る？」マイクルが動画を一時停止させてたずねた。

「よくはわからない。でも、自分がなにを見てると思ってるかならわかる」

「というと？」

頭を傾けて彼の質問について考えた。「最初は反抗的な目だと思ってた。ふてぶてしいとでもいうか。でもいまは、とてつもなく自信満々に見える。そう思わない？　すべてを見透かす目。母なら、人生を一度生きたような顔だって言いそう。子どもの体に宿る老いた魂」

マイクルは鼻に皺を寄せた。「おれには、彼女が怯えててそれを隠そうとしてるように見える。なあ、いいか、一枚の写真でなにを読み取れるかなんてわからない。カメラのシャッターが開いて閉じるほんの一ミリ秒のあいだに彼女の表情が変わったかもしれないんだ」

「そうね。わたしたちは自分の知ってることを静止画像に投影してるだけだわ」

「このあいだ、子どものころの写真を見てたんだ。少年時代のおれを見ただけで、大人になったおれの顔を見つけることができるものだろうかって考えてた」彼は笑った。「正直、たいして変わってないと思うけどな」

「肉体的にってこと？」

彼は返事の代わりにわたしの太ももをつねった。

「どうやら、女の場合、大きな変化は青年期と中年期のあいだに生じるようだが、男の変化は中年期と老年期のあいだに生じるんだ」と言った。

上体を起こして両手でわたしの顔を包み、まるで美容外科医が次の施術の確認をするように、指先を頬骨からこめかみへと走らせた。

「皮膚の話じゃなく、顔の骨の変形の話だ。眼窩の拡大、下顎の下垂、鼻尖部の下垂」

「年を取るのが楽しみだわ」

「それに、頬の深部にある脂肪体の減少。まぶたが垂れはじめるせいで目が小さくなったように見える」彼はにっと笑った。「おれの見たところ、きみにはあと十年先の話だな」

「生意気！」彼の手首をつかみ、彼の両手で彼の顔をぴしゃりと打った。パソコンが床にすべり落ちそうになり、ふたりして間一髪のところでつかまえて笑った。

「くわしく調べたのね」

「インターネット検索をしただけだ」

「で、そういう老化現象はすべて、男よりも女のほうが早くに現われるって？　いかにもだわ。女はいつだって損をさせられるんだから」

わたしたちはパソコン画面に映ってる顔をまじまじと見つめた。この何週間か、いやというほど見た顔。それでも、見れば見るほど、ありのままの素顔が見えてくる。カメラのレンズを見すえている十歳の少女の顔。きっと、そうしろと言われたんだろう。捜査手続どおりに処理された少女。

でも、これは普通の少女じゃない。とんでもない罪を犯した少女だ。

もしも愛に満ちた家庭で育っていれば、もしも父親から虐待を受けたり、しつけによって精神的な傷を負うことがなければ、サリー・マクゴワンだって、まったくちがう少女に成長したんだろうか？　こう言ってよければ——聞いたかぎりでは、しつけではなく折檻《せっかん》だったわけだし。でも、その疑問に対する答えは決してわからない。とはいえ、彼女は再犯していない。悲惨な幼少期を経て、想像を絶するような罪を犯したにもかかわらず、当局は彼女に変化し成長する力があると信じた。おそろしい過去を乗り越える力がある、と。

それなのにいま、どこかで、マイクルの情報源が正しければおそらくはこの町で、彼女の匿名性がついに終わりを迎えようとしている。わたしみたいな人間のせいで。それに、マイクルのような人間のせいで。彼だって、わたしが噂話をべらべらしゃべったことに憤ってみせたものの、自分の都合しだいでありとあらゆる嘘のネタや根拠のないネタで世間をあおってきたんだから有罪だ。そういう仕事で生計を立てているという点で。

彼が再生ボタンを押し、動画が再開した。今度はサリーの母親ジーン・マクゴワンと父親ケニー・マクゴワンの写真が映し出された。顔の細部はわずかにぼやけている。それでも、ジーンの目に怯えの色が浮かび、カメラマンに向かってくるケニーが喧嘩腰でいばりちらした態度なのは、まぎれもなく見て取れる。この映像が撮られたあと面倒な事態に至ったのはまちがいない。ケニーの手はとても大きい。その片方が拳に固められている。いまにもふるわれそうな拳。

「きっと、この男も起訴されるべきだったのよ。ロビー・ハリスを殺してはいないにせよ、サリーの幼少期の大半、虐待と折檻を行なってたんだから。わたしの読んだどの記事でも、この男はサリーの母親にも暴力をふるってたって指摘してる。サリーが切り傷や火傷《やけど》を自分でつけたってこの男が言ったとき、どうして世間は信じたの？　暴力をふるう酔いどれのごろつきだって、だれもが知ってたのに」

「当時の社会はいまとはちがったんだ」マイクルが言った。「そういう話をおおっぴらにすることがなかった。そんなことが起こりうるってことを認める気になれなかったのかもしれない」

スーザン・マーチャントが父親について打ち明けたことを思い出して身震いした。その手の虐待が終わっても、影響は生涯続く。記憶が薄れることはない。わたしはビーチで彼女の顔を、目の奥の苦悩を見た。ずっと心の奥底でくすぶっていた考えがふと表出した。〝ピーター〟と同じく、彼女が嘘に真実の芽をまぎれこませていたとしたら？　そして、父親からひどい虐待を受けていたのは、サリー・マクゴワンにとってまぎれもない真実。マディーなら、疑わしいでしょうって言うにちがいない。

　ドキュメンタリーが終わった。マイクルはパソコンを閉じて立ち上がった。考え込んでるときにかならずやっていることをしている。下唇の内側に舌を押しつけている。阿《あ》呆面《ほうづら》に見えるんだけど、長年のあいだにけっこう好きになった顔だから、本人には絶対に言わない。

「一杯飲みたいな」と彼は言った。「ちょっと出て、なにか買ってくる」

「わざわざ行かなくていいわよ。戸棚に赤ワインが一本あるから。ブランディも少しあるはずだし」

「でも、ウイスキーが飲みたいんだ。〈コープ〉は十時まで開いてるんだろう？　すぐ戻るよ」

　彼が外に出て玄関ドアが閉まるなり二階のベッドルームへ駆け上がって、明かりもつけずに窓辺へ行ってカーテンの陰からのぞき見た。マイクルは酒に強くない。それに、いつからウイスキーなんて飲むようになった？　彼があんなことを言ったのは、うちにウイスキーがないことを知ってたから、外へ出る口実になるからだ。

見ていると、彼はぶらぶらと〈コープ〉のほうへ向かった。街灯の脇で通りを渡りながら、ポケットからスマートフォンを取り出した。渡りきるころにはもうだれかと話していた。相手は情報源のだれかかな？　わたしに会話を聞かれたくないんだ。彼の〝禁酒の町〟の仮説を他言したことを知って、もうわたしのことを信用してないから。

カーテンをめくっていた手を放した。彼が隠しごとをしても責めることはできない。

階下に戻ってリズの番号に電話をかけた。この時間なら家にいるはず。つねづね、根は出不精だし夜に出かけるのは大嫌いだって言ってるから。リズを説得してソニア・マーティンズと話をつけてもらうことができれば、ひょっとすると、まあ可能性は薄いけど、ソニア・マーティンズがマイクルの取材を受けてくれるかもしれない。損ねた信用を少しでも回復しなければ。

見る前に感じた。ベッドの足もとの存在。あらがえない力が、磁石に引き寄せられるようにわたしの目を引いた。最初のうち、顔はぼやけていて、印象派の肖像画のような幽玄さがあった。やがてその顔に焦点が合うと心臓が止まりそうになった。彼女だった。サリー・マクゴワン！

頭をうしろへのけぞらせて、顔が裂けたかに見えるほどの病的な高笑いをしている。わたしは彼女の喉の奥、そこにぶら下がって震えている小さく柔らかい肉片に見入った。彼女がこちらへ伸ばした両腕は、手以外は骨のように白い。砕けることを拒む巨大な波のように吐き気が全身に広がった。彼女の両手は血まみれで、それがアルフィーの血だとはっきりわかって恐怖を覚えた。

この女がわたしの息子を殺した。

目が覚めると、はっと身を起こしたままマイクルに肩を揺すられていた。「ただの夢だ。悪い夢を見たんだ。大丈夫。もう安全だ。安全だ。おれがつかまえてるから」

掛け布団をはがそうとあがいた。肌が冷たくべたついていて、手足がまともに動かない気がする。「アルフィー！　アルフィーはどこ？」

30

「しーっ。アルフィーなら大丈夫。自分のベッドで眠ってる」

「確かめた？」

「いや。でも、ほかのどこにいるっていうんだ？」

完全に目が覚めたいま、あれは悪夢だったとわかってるのに——悪夢に決まってる——恐怖が埋葬布のように全身を包んでいる。この目で確かめに行かなくちゃ。

アルフィーの部屋のドアを押し開けると、たしかにアルフィーは『スター・ウォーズ』のパジャマを着て横向きに丸まり、上下の唇をぴたりと閉じて熟睡していた。胸が上下動を繰り返している。腰をかがめて顔を近づけ、嗅ぎ慣れたわが子の肌のにおいを吸い込んだ。汗で湿った巻き毛がふっくらした頰に張りついている。それを指でなで上げて薄紅色の小さな耳にかけてやった。アルフィーが鼻に皺を寄せ、空を嚙む様子を見せたけれど、それも一瞬のことだった。起こしてしまったわけじゃない。まだこの子のそばを離れがたくて、ベッドの脇にしゃがんだ。この子のそばを離れたくない。ちがう、離れたくないんじゃない。離れることができない。物理的にこの部屋を出ていくことができない。まるで、この子が新生児に戻ったみたい。この子が息をしているのをここで見守ってなければ呼吸が止まるかもしれないとでもいうように。

マイクルが素っ裸でドア口に現われた。身じろぎもせずに立っているとブロンズ像みたい。

「ほら」彼が小声で言った。「ベッドに戻れ。マッサージしてやるから」

「あんな悪い夢はもう何年も見てなかったのに」

「しーっ」わたしの背中側で横向きに寝ているマイクルの息が首筋に温かい。彼の体温を感じる。彼は指先でわたしの肩甲骨に円を描いたあと、背骨の輪郭をなぞった。羽のようにやさしい指先。

「なにか楽しいことを考えろ」と言った。ざらついた低い声。彼の唇が耳に触れて、わたしは身震いした。夢の名残がとどまっているけれど、彼の指が椎骨《ついこつ》の隆起のひとつひとつをたどるうちに恐怖が薄れた。ゆっくりと穏やかなセックスはそのまま速度と激しさを増していった。体位を変えたことを覚えてもないけれど、いつのまにか膝をついて左頬を枕に押しつけ、彼の手の重みを尻に、奥へと突き進む指と爪の鋭さを感じていた。

　ことを終えてようやく、ベッドの脇にじっと立っているアルフィーに気づいた。パジャマのパンツがよじれ、きょとんとした顔をしている。

「なにしてるの、ママ？」とたずねた。

　その言葉で、幼いころに両親のセックスの現場に出くわした記憶がよみがえった。両親がわたしを見て驚き、過剰に陽気な様子だったことを。母は頬を真っ赤にし、父はわたしをベッドへ運んで眠るまで口笛を吹いてくれた。その後のできごとのせいで損なわれてしまったほろ苦い記憶。父はほかの子どもたちにも眠るまで口笛を吹いてやったんだろうか？

　アルフィーには、ママと寝る場所を交換したくて、パパは行儀よくベッドを出るんじゃなくてママの体を乗り越えようと考えたんだ、と説明した。ふたりとも暑かったから涼もうと思ってパジャマを脱いだんだと言うと、無邪気なアルフィーはその説明を受け入れ、水を一杯飲んで用を足してからベッドに戻った。マイクルとわたしはこらえきれず、布団のなかで声を出さないように拳で口もとを押さえて笑った。

でもそのあと、それぞれが眠る体勢に——マイクルはあおむけに、わたしは左を向いて丸まり、枕を左肩の下まで引っぱりおろして——戻ると、悪夢の記憶がよみがえり、恐怖の余韻が夜中まで延々とつきまとった。

全開にしたシャワーの音とラジオの話し声で目が覚めた。ベッドのマイクルが寝ていた側はすでに冷たい。〝マイクルが寝ていた側〟。頭のなかでは早くも〝彼〟の寝る側になっている。

猫のような伸びをして、両腕両脚を精いっぱい伸ばし、声を出してあくびをした。いつのまにかシャワーが止まっていて、マイクルが出てきた。タオルを一枚、横にスリットの入ったミニスカートのように腰に巻き、もう一枚を結んでないスカーフのように首にかけている。「チューバッカみたいな声だな」と彼は言った。つづいて「これがいちばん大きいバスタオルか？」とたずねた。

「そうよ」ベッドの上から手を伸ばして腰のタオルをはずしてやろうとしたけど、彼のほうがすばやくてわたしの手首をつかんだ。

そして、にっと笑った。「終わりにできないことを始めるなよ。アルフィーが起きてるぞ」

階下へ行くと、いかにも朝食用シリアルのＣＭに出てくる家族のような気がした。在宅勤務の黒人の父親、出勤のため身支度を調えた白人の母親、シリアルボウルにミルクを注いでいるハーフの息子。太陽まで輝いている。この数日つきまとっていた恐怖が消えたわけじゃないけれど、ひとまず心のなかの小さな暗い戸棚に入れて扉を閉めておいた。

「午前中に二件ばかり内覧の仕事があるの。一件はリズの家の近くだから、内覧のあとで行ってみる。ソニア・マーティンズの件を話せそうかどうか見てくる。ゆうべ、あなたが出かけたときに電話をかけてみたんだけど、話し中だったから」

マイクルはうなずいた。「アルフィーはおれが学校まで送って行こうか?」

「うん!」アルフィーが声を張り上げた。

わたしはにんまりした。「なんなら日課にしてもらおうかな」

マイクルがウインクを送ってきた。いつものゆっくりした気だるいウインク。そのウインクにどれだけの効果があるか自覚してるのかな。かならず官能を刺激されるんだから。このウインクはほかのだれにも見せないでほしい。

彼が昨夜うちを出てだれかと電話でしゃべってたことを考えないようにした。同居を成功させるためには、彼を信じなければならない。実際、信じている。彼が過去に浮気をしたなんて文句は言えない。彼は浮気なんてしてないから。束縛し合わない関係だったし、最初からそう決めていた。母に言ったとおり、だれに強制されたわけでもない。それに、不都合だったなんてふりはできない。彼にとって好都合だったように、わたしにとっても好都合だったから。なんの約束もしない男に裏切られることはないんだから。

でも、状況は変わった。彼がそう言ったし、実際に状況はちがう。ちがうはず。

31

施錠された扉と愛の鞭《むち》
〈グレイ・ウィロー・グレインジ〉内の生活

スーザン・ピアシー
二〇一六年八月二十一日　日曜日
オブザーバー紙

十二歳のカール・バージェルが教師に対する正当な理由のない暴力行為の罪で判決を受けるのを前に、警備の厳重な児童養護施設内でなにが起きているのかを探ってみる。

〈グレイ・ウィロー・グレインジ〉は一風変わった寄宿学校だ。生徒たちは週末も休暇も自宅に帰らない。少なくとも、拘留《こうりゅう》期間が終わりに近づき、もはや社会の脅威ではないと更生保護委員会が認めるまでは。

当時五歳のロビー・ハリスさんを殺害したサリー・マクゴワンが送られたのも、ほかの末成年犯罪者たち——世間に知られた者も知られていない者も——が収監されているのも、この〈グレイ・ウィロー・グレインジ〉だ。殺害や虐待を行なった子どもたち。要するに、もっとも凶悪な犯罪を行なった子どもたちだ。

犯罪学者で、未成年犯罪者の更生を支援する慈善団体マルコム・J・コッティ基金の理事長を務めるドクタ・ウィニフレッド・ウィルターは、暴力犯罪を行なう子どもにはまず例外なく共通の危険因子がある、と言う。ろくに教育を受けず、職にもつかず、薬物常用あるいは精神健康上のさまざまな問題を抱えている親。家族関係の破綻。肉体的・精神的虐待と育児放棄《ネグレクト》の両方あるいはいずれか。家庭内暴力の目撃。幼少時からの性的虐待。

「彼らは、好ましい行動の境界を示してもらった経験がない子どもたちです」とドクタ・ウィルターは言う。「親失格の親が行なうしつけは、完全な無関心から激しい殴打や屈辱まで幅があり、一貫性がないんですよ」

〈グレイ・ウィロー・グレインジ〉のナイジェル・ギルダースリーヴ施設長も同意見だ。

「ここでは、そういう子どもたちとの格闘から始めなければなりません。大半が栄養失調で、テーブルについたりナイフやフォークを使って食事をした経験すらない。順番を守るという意味がわからない。他人の気持ちを理解することも適度な交流を持つこともできない。自分がそれをしてもらった経験がないからです。彼らの破壊的な行動に教師が対処できないため、学校では落ちこぼれる。そういう子どもたちを更生させたいなら、彼らが行なった犯罪の性質を云々する前に、長年にわたってこうむった損傷を消し去ってやる必要がある。厳罰を科すことは、すでに植えつけられた凶暴性を強めるだけです。彼らに必要なのはしつけと教育。平たく言えば、愛の鞭。そう、ときにはいい行ないに対して褒美を与えることも含めてね」

「子どもの脳は、とくに思春期に変化し発達する」と、児童および青年期の若者を診ている精神科医ドクタ・ラヴィニア・モリノーは言う。「したがって、適切な治療を行なえば彼らの行動にいちじるしい変化をもたらすことが可能であり、実際に高い頻度で変化をもたらしている。多くは学力レベルの高い学校へ進み、法を守る責任ある市民になります」

むろん、例外はつねにある。一部の子どもは人格障害を抱え、大人になっても犯罪を続けている。「とはいえ、逆効果を招くでしょうね」とギルダースリーヴ施設長は言う。「ひとつかふたつの例外を重く見て、因果応報を望む市民を満足させるためだけにわれわれが長年の経験と研究により培ってきたやりかたを変えたりすれば」


芸術療法、卓球、ジュークボックス、ビリヤード、海辺への小旅行——

これらすべてを幼児殺害犯が享受している

ケイティ・ハムリン
一九七六年六月十二日　土曜日
デイリー・エクスプレス紙

更生施設でビリヤードに興じて笑っているサリー・マクゴワンの写真が、七年前に彼女の手で残酷無情に殺された幼いロビー・ハリスさんの遺族を激怒させている。

「わたしの大切な息子が墓のなかで冷たくなってるっていうのに、のんきそうに楽しんでるあの子を見ると、はらわたが煮えくりかえるわ」狭いリビングルームで、涙に暮れたシルヴィア・ハリスさんが言う。

〈グレイ・ウィロー・グレインジ〉の食堂で調理補助をしていたディアドリ・メイスンさんによれば、囚人たちは定期的にゲームをしたりテレビを観たりするという。「それに食事だって、うちの子たちの学校給食よりはるかにいいものを出してるんだから」

「あれじゃあ、おそろしい罪を犯した罰を受けてるなんて言えない」彼女はさらに続ける。

「分不相応な扱いを受けてると思う。個人授業を受けてる子もいるしね。それに、課外活動なんて、身を粉にして働く親でも与えてやれないものばかり」

シルヴィアさんは失意に首を振るばかりだ。「ロビーのための正義はどこにあるの?」


特別な目的で遊歩道沿いに建てられたフラット棟の前に車を停めていた。いくぶん想像力に欠けるけれど〈海風《シーブリーズ》コート〉という名称のフラット棟で、悲しいことに所有者が亡くなった三十三号室の内覧のために、ふた組の夫婦が到着するのを待っていた。

いまでは、サリー・マクゴワンに関する記事をあさるのが習慣になっている。とくに、いまみたいにほかにやることがないときなどは。気がつくと検索窓に彼女の名前を打ち込み、画面に結果が現われたらスクロールして、まだ読んでいない記事を探している。

マイクルは今度はなにをもくろんでるんだろう。ときどき彼のやりかたに不安を覚えることがある。彼の調査方法に。わたしだって、すべて公明正大に行なうべしだなんて青くさい考えを持ってるわけじゃない。ただ、ばれたときに面倒に巻き込まれるほどの違法なまねは慎んでほしいだけ。これまで読んだ記事のひとつに、作家でジャーナリストのあるロシア人の言葉が紹介されていた。いわく、人を追いつめることに関して英国のタブロイド紙はソ連国家保安委員会《KGB》以上である。でも、マイクルの調査の目的はサリー・マクゴワンの身元をあばくことじゃない——報道禁止命令を破れば刑務所にぶち込まれることにもなりかねない。マイクルは彼女の本を書きたいだけ。作家として名を成したいだけ。ついでにいくばくかの金を手に入れたいだけよ。

それをロビー・ハリスの遺族がどう思うか考えると怖くなる。自分の目的のためにわたしたちの悲劇を利用した——そう彼らは言うだろう。彼らの私的な悲しみがまたしても公共の所有物のように扱われる。それに、またしてもサリー・マクゴワンに注目が集まることになる。本当に記憶にとどめられるべきはロビー・ハリスなのに。幼いロビー・ハリス。命を奪われた男児。

〈シーブリーズ・コート〉の三十三号室は無味乾燥な箱型の部屋だった。亡き所有者の家具類は、もっとはるかに大きな邸宅から運び込まれたように見える。こんな狭いフラットにはまったく似合わない。それでも、この眺望はセールスポイントになるし、小作りなコンクリートのバルコニーには椅子二脚とテーブル、鉢植えをふたつばかり置くスペースがある。ただ、このフラット棟のバルコニーに座っている人を見かけたことはない。夏にも。少なくとも、わたしは一度も見たことがない。

バルコニーのドアの錠を開けて、フランキス夫妻が望めば外へ出られるようにと、一歩脇へ寄った。ミスタ・フランキスが義務に感じて外へ出て、下方の手入れの行き届いた芝生を見下ろした。

「庭は気に入ってる」と彼は言った。

ミセス・フランキスは室内にとどまっている。ミスタ・フランキスの意向がどうあれ、彼女がこのフラットの購入に同意することはない。顔を見ればわかる。

「ご覧のとおり」わたしは言った。「朝のコーヒーを飲んだり、沈む夕日を眺めながら夜の一杯をやるにはうってつけです」

「先方はいくらで売りたいと?」ミセス・フランキスがようやく外へ出てきて隣の部屋をのぞき込みながらたずねた。板を打ちつけられた部屋を。わたしは、その部屋の玄関ドアの板が無理やりはがされ、窓ガラスが割られていることに、いまになって気がついた。たぶん、時間を持てあましたティーンが度胸試しで侵入したんだ。これでミセス・フランキスはこのフラットを買う気をなくすはず。そりゃあそうよね。

「三十五万ポンドです。すでに相当数の方が興味をお持ちです。あっという間に売り手がつくと思います」

返事はなくても、彼女の左眉が十二分にものがたっていた。今回は時間の無駄だ。形だけでも、ふたつのベッドルームをさっさと案内するに越したことはない。ちょうど次の内覧客が外で待っているのが見えた。運がよければ、ふた組の内覧をあと十分で終わらせて、デイヴの不審を招くことなくリズの家に立ち寄ることができそう。

フランキス夫妻が帰ると、一階へ下りてエンライト夫妻――本人たちがどうしてもという呼び名で言うならスティーヴとフィオナ――を迎えた。スティーヴとフィオナはフラットを気に入った。フィオナはマホガニー材の重厚な家具類や気味の悪いカーテンなど気にせず、必要最小限のものを置いた清潔な部屋を想像していた。キッチンは改装の必要があるけど、それ以外は完璧だわ、と言った。ふたりはバルコニーの手すり壁に肘をついて寄りかかり、眺望を楽しんだ。

「晴れた日の夕方、ここに座ってジントニックを飲んでる光景が想像できる」スティーヴが言った。

お人好しのスティーヴ。わたしの代わりに仕事をしてくれるなんて。ふたりともすっかり海に魅了されていて、いまのところまだ隣の部屋のことは口にしていない。

困ったことに、彼らはそのあと、予備のベッドルームで延々とおしゃべりしていた。おもに、その部屋にベッドを置くかソファベッドを置くかについて。それとも、布団にしようか、と。フラットがもう自分たちのものであるかのように、どこにどんな家具を置くかを相談しはじめるのはいい徴候だけれど、今日はそれにつきあう気分じゃなかった。

ようやく、今日じゅうに連絡すると約束をしてスティーヴとフィオナが帰った。腕時計で時刻を確かめる。急げば、まだリズの家に立ち寄る時間はある。

32

今回は二階の窓を見上げなかった。決然たる足どりで私道を進み、呼び鈴を押した。玄関ドアから一歩下がって待ったけれど、前回と同じくリズは出てこない。リビングルームのブラインドは今日も閉じているので、ドアのすりガラスの模様越しにのぞくと、柱のようなものがマットに転がっていた。

なにかがおかしい。そう直感した。背筋に震えが走った。ひょっとすると、リズが倒れて、なにかを壊したのかもしれない。電話のところまで行けず、何日もその場に横たわっているのかも。ことによると、亡くなった可能性もある。

両隣のお宅を訪ねて訊いてみたほうがいい。もしかすると隣人がリズの居場所を知ってるかもしれないし、それなら安心できる。でも、隣の家へ向かおうとしたとき、通用門が少し開いているのが目に留まった。前回訪ねたときは錠がかかっていた。それはまちがいない。

門扉を軽く押してもコンクリートの地面に引っかかる。すごく古い門扉で、ところどころで木が朽ちている。蝶番《ちょうつがい》がはずれているのにちがいない。

「こんにちは！」すき間から呼びかけた。「リズ、いますか？」

返事はない。

片手で掛け金を上げて押さえ、もう片方の手で門扉の側面をつかんでコンクリートから持ち上げた。門扉が開いたので、家の横手の通路を進みながらリズの名前を呼んだ。

返事はない。

庭は細長い。長さが少なくとも三十メートルはあるにちがいない。家と同じで、この庭にも彼女の個性が反映されている。独創的で特有。少しばかりヒッピー風。風鈴に仏像。無数に置かれた多色のテラコッタの鉢。その境目を縫うような砂利敷きの小径。手入れの行き届いた芝生も整然とした花壇もリズには似合わない。

堆肥《たいひ》の袋を積み上げ、その上に脱ぎ捨てた手袋が載ったままのおんぼろの手押し車。庭の奥には蔦《つた》の絡みついた古い納屋。リズはきっとあそこ。そりゃあ、呼び鈴も呼び声も聞こえないはずだ。

ところが、納屋へ行ってみると南京錠がかかっていた。家に向き直った。きっと、なにかを取りに家へ戻ったんだろう。リズが窓からのぞいたりしたら驚かせてしまう。勝手に庭をうろついてるんだから。

家まで引き返して裏口の前に立った。できるだけ大きな音でノックした。名前を呼んだ。

リズはいったいどこにいるの？

把手をまわしてみるとドアが開いたので、頭だけ突っ込んで声をかけた。「リズ？　いますか？」

家のなかは気味が悪いほど静かで、留守かと思うぐらいだけれど、リズはきっといる。裏口と通用門の錠をかけずに家を空けたりしない。きっと、庭仕事をしていて、トイレを使うために家へ戻ったのよ。だからわたしの呼び声が聞こえなかった。勝手に入り込んで二階へ上がるわけにはいかない。そんなこと、よくない。リズが下りてくるのを通用門の脇で待とう。驚かせたくはないけれど、本当にリズと話がしたい。ソニア・マーティンズの件だけじゃなくて、読書会のことや、大丈夫なのかどうか。あのメールと、通りで見かけたときのことがまだ気にかかっている。心ここにあらずといった様子だった。疲れきった顔だった。

数分経ってもリズは出てこない。出てくる気がないのかもしれない。いまはなにか別の用事をしていて、通用門に錠をかけてないことを忘れているのかも。玄関に戻って改めて呼び鈴を鳴らしても、やっぱりリズは出てこない。まさか。スマートフォンを出して彼女の番号にかけると、家のなかで呼び出し音が聞こえた。留守番電話に切り替わらずに鳴りつづけている。しかたなく電話を切って、また家の横手へまわった。

最初に思ったとおり、どこかで倒れているのかもしれない。ひょっとすると、ここ数日、この家は戸締まりされていなかったのかも。前に訪ねたときは、通用門が閉まっていたから錠がかかっていると思い込んだだけなのかも。考えてみれば、通用門まで行って確かめたわけじゃない。

キッチンに入って電気ケトルに触れてみた。石のように冷たい。廊下へ進み、開いたままのダイニングルームのドアへ向かった。つい先日、みんなで座って笑い合い、ワインを飲んだ部屋へ。思いがけず強い不安に襲われた。サリー・マクゴワンの噂を伝えたのもこの部屋だったから。

ドアの陰からのぞいた瞬間、不穏な考えが蠅《はえ》の羽音のように頭のなかでざわめいた。蠅を打ち払うようにその考えを払いのけたいのに、すぐに舞い戻ってくる。もう一度リズの名前を呼んだけれど、返事はなかった。この部屋にはだれもいないので、玄関ドアのほうへ、さっきは通りがかりにちらりとのぞいただけのリビングルームへ行ってみた。でも、そこにもだれもいなかった。

というわけで、いまは階段の下にいる。「リズ、わたしです。ジョアンナです。上にいますか？」

二階の廊下を見上げても、人の動きまわっている音はしない。階段をきしませながら、ゆっくりおずおずとのぼった。玄関ドアから差し込んだ陽光が、壁に吊るされた白黒写真の額のガラスに手すりの影を映している。

静寂が重苦しいし、こんな震えかたは気に入らない。こんなふうにリズの家を嗅ぎまわったりしちゃいけない。実際のところ、彼女のことはほとんどなにも知らないのに。このまま家を出て、警察に通報して確認してもらうほうがいいのかもしれない。そう、そうするべきよ。そう思っても、足は階段を上がりつづけた。どうして？　なにを見つけたいわけ？

二階の廊下で、なにか悪いことが起きたという確信が強まった。これまでは、読書会の夜にトイレを借りても、どのベッドルームもなかをのぞいたことはなかった。かならずドアが閉まっていたから。今日もドアはすべて閉まっている。なにを見つけることになるのかと覚悟しながらドアをひとつずつ開けた。怪我をして床に倒れているリズ。意識を失って。ひょっとすると……

バスルームにはだれもいないし、家の表側にあるふたつのベッドルームにも人影はなかった。筋肉が緊張した。彼女がいそうな場所は、残すところあとひとつのみ。裏手のベッドルーム。

呼吸もままならないまま把手をまわしてドアを押し開けた。目が部屋の隅々へ向いた。ここはベッドルームなんかじゃなくてアトリエだ。壁の前に積み重ねられた数枚の描きかけの絵。どうやらデスクとして使っているらしいオーク材の古いテーブル。その上には、ペンや鉛筆を入れた広口瓶、絵筆を入れた大ぶりの壺《つぼ》が雑然と置かれ、新聞やスクラップブック、切り抜きのコピーが積み重なっている。丸まった紙や紙片がテーブルの表面とその下の床に散らばっている。刃を閉じた状態で粘着ゴムのかたまりに差してあるさまざまな大きさのハサミが、テーブルの脇に高さ順に並んでいる。

ほっとして、ぐったりとドア枠にもたれかかった。刑事ドラマじゃないんだから、リズは血の海にうつぶせに倒れてなんかいない。ロフトのハッチから吊り下げられてもいない。急いで買いものかなんかに出て、通用門と裏口に錠をかけてないことを忘れてしまってるだけよ。リズは芸術家。創造力がある。そういう人って、うっかりしがち。そうでしょう？　ほんと、笑っちゃう。

ここを出なくちゃ。いますぐに。彼女が帰ってきて、アトリエにいるのを見つかったらばつが悪い。倒れてるんじゃないかと思ってって言い訳したら信じてくれるだろうか？

アトリエを出ようとした瞬間、壁に立てかけられた異様な絵に目が留まった。ほかの絵とはまったく趣がちがう。未完成の自画像。醜いと言っていいほど実物よりも不器量。誘惑に駆られて見つめていた。こんなにも容赦なく正直にリズを描いた絵。初めて見たのに、ひと目でリズだとわかる。粗く未完成の状態なのに。でも、どこか妙だ。絵の具以外のもので描かれたみたい。

一歩近づくと、思ったとおりだった。そりゃあそうよね。床の紙片の説明がつく。この絵は小さく切った白やら黒やらの紙を貼って描かれている。黒い紙片は顔のなかでも色の濃い部分——目の下のくぼみや瞳孔、こけた頬、鼻孔——に使われている。骨の折れる作業。ここまで作るだけでも、とんでもなく時間がかかったはず。

そのとき、デスクの新聞のひとつの見出しが目に入って、心臓が妙な跳ねかたをした。〝あの血の光景はいまも脳裏に残っている〟幼児殺害犯サリー・マクゴワンの近所に住み、交友のあったマーガレット・コールさんが語る——ネット記事で読んだのと同じ、一九九九年八月三日付けのデイリー・メール紙の見出し。ネット記事をA４判の紙にプリントアウトしたものだった。記事の中央、サリー・マクゴワンの顔写真が載っていた場所は穴になっている。

脈の音が耳に響いた。リズの自画像を描いている紙片って、わたしが思ってるとおりのもの？　サリー・マクゴワンの顔写真を切り刻んだもの？

背後で床板がきしんだので、くるりと向き直った。ドア口に肉切り包丁《カービングナイフ》を手にしたリズが立っていた。

33

カービングナイフが床に落ちて音を立てた。リズがわたしを見つめた。

「ジョアンナ！　わたしの家でなにをしてるの？」

わたしは説明しようと口を開けたものの、背後の自画像とその制作方法のことしか考えられなかった。

床のカービングナイフを見つめたまま唾を飲み込んだ。

「侵入者だと思ったの」リズがカービングナイフを拾い上げた。

全身がこわばった。

「何者かが押し入ったんだとばかり」

「ずっと電話をかけてたんです」ようやく言葉が出た。「メールも送りました。あなたのことが心配だったので立ち寄ってみたら……」

彼女は疑わしげに細めた目でわたしを凝視している。カービングナイフを片手にだらりと下げたままで。

「呼び鈴を押しても応答がないから……裏へまわって。通用門が開いてました。名前を呼んだんですよ。庭にもいないし、納屋には錠がかかってるし。裏口は錠がかかってなくて。ひょっとしたら、あなたが……どこかで倒れてるんじゃないかと思って」

リズが息を吐き出すと両肩が下がった。

「やれやれ。納屋の裏でイワミツバを抜いていたの」彼女は手を上げ、指で耳たぶを示した。

「補聴器をつけてないものだから」

「耳が不自由だなんて知りませんでした」

リズは顔をしかめた。「不自由なんじゃなくて軽度の難聴よ。さあ、行くわよ」アトリエを出ようとわたしに背を向けた。「コーヒーでも淹れましょう。おたがい心臓発作を起こさなくてよかったわ」

彼女について階段を下りた。どうしてリズは自画像について説明しようとしないんだろう？　わたしが見たのはわかってるはずなのに。彼女がアトリエに入ってきたとき、わたしはカンバスから二、三センチぐらいのところまで顔を近づけてたんだから。それに、わたしがデスクの切り抜きを見たこともわかってるはず。

頭のなかでさまざまな考えが動きまわってぶつかり合った。つまり、わたしがいま考えてるとおりだってこと？　リズ・ブラックソーンがサリー・マクゴワンだってこと？　そうじゃないなら、どうして幼児殺害犯の写真を使って自画像なんて作る？　あの脅迫めいたツイートを送りつけてきたのはリズなの？　アルフィーのクラス写真を加工したのも？

膝が震えた。体を支えようと手すりに手を伸ばして手のひらが張りつくぐらいしっかりとつかみ、片足ずつ着実に階段を下りることに意識を集中させた。目が壁の白黒写真に向いた。

まともに見るのは初めてのような気がする。一枚は、縞柄のエプロンをして精肉店の前で脚を開き、腕組みをして立っているずんぐりした男。もう一枚は、コットンドレスにニットのカーディガンを羽織って未舗装の道でおもちゃのベビーカーを押している少女。

胃が縮こまって小さなボールになったような気がする。何枚かは屋根の写真だった。高い屋根が林立し、遠くには煙を吐き出している巨大な工業煙突。ほかには、歩道の縁石にしゃがみ込んだり、燃え尽きた車によじ登ったりしている子どもたちの写真があった。廃屋群の近くに集まってる子どもたち。

このあいだマイクルといっしょに観たドキュメンタリーと同じ風景。どうしていままで気がつかなかったんだろう？

リズは階段を下りきり、わたしはあと数段のところにいた。いま彼女がくるりと向き直ってあのカービングナイフを手に駆け上がってきたら、避ける手立てがない。

彼女が向きを変えてキッチンへ向かった。わたしには玄関ドアを開けて出ていくという手もある。ほかに行くところがあるのを思い出したって言うの。あとで電話しますって。でもそうはしなかった。リズのあとについてキッチンに入り、彼女がひきだしを開けてカービングナイフをしまってからひきだしを閉めるのを見届けた。

わたしは息を吐き出した。彼女は電気ケトルのスイッチを入れて金属製のコーヒープレスのふたを開けた。またひきだしを開けた。わたしは一歩あとずさったけれど、彼女はデザートスプーンを取り出しただけ。コーヒープレスにデザートスプーンで山盛り三杯の挽《ひ》いたコーヒー豆を入れた。そしてカウンター上方の扉のない戸棚から陶器のマグカップをふたつつかみ取った。

これぞリズ。読書会のリズ。本と芸術と会話を愛する聡明《そうめい》で愉快なリズ。サリー・マクゴワンなんかじゃない。そんなはずがない。でも……なにか話があるはず。コーヒーの準備はたんなる前置き。それは彼女の動きを見ればわかる。ゆっくりしている。ことさらに。時間稼ぎ。本題を切りだすための。

彼女はコーヒープレスとマグカップをトレイに載せた。「ミルクと砂糖は？」

「ミルクだけお願いします」

冷蔵庫の前あたりまで行ってから、彼女はぴたりと足を止めた。「あっ」詫びるような顔をした。「ミルクは切らしてると思う。ごめんなさい」

「気にしないで。ブラックでいただきますから」

「本当？」

「ええ」

「わたしは美術学校時代にブラックで飲むことを覚えたの」温かく親しみのこもった声。まるで、なんでもない一日、コーヒーを飲もうとしている友人同士みたい。そう、なんでもない一日、コーヒーを飲もうとしている友人同士なのよ、と自分に言い聞かせた。彼女のアトリエで不穏な自画像もサリー・マクゴワンに関する新聞記事の切り抜きの山も見つけてなんてない。

「美術学校ではコーヒーをブラックで飲むのがあたりまえだった。赤ワインをがぶ飲みすることも、不特定多数の異性と関係を持つことも」

彼女は笑みを浮かべてトレイをわたしに渡した。「これを持ってダイニングルームへ行ってて。わたしはケーキを切るから」

トレイを受け取ってダイニングルームへ向かおうとした瞬間、うなじに重い視線を感じた。わたしはどうしてまだこの家にいるの？　仕事に戻らなきゃいけないのに。わたしがどこにいるのかとデイヴが心配するのに。

ダイニングルームのテーブルにトレイを置くと、ポケットからスマートフォンを出し、短縮番号を押して事務所にかけた。

「すみません、デイヴ。〈シーブリーズ・コート〉で手間どってしまって。帰るまであと二十分ぐらいかかりそうです」

「心配ない。今朝はずいぶんひっそりしてるから。じゃああとで」

リズがケーキを運んでくるのを待つあいだ、壁にかかっている絵を眺めた。彼女の描いた絵を。強烈な抽象画。万華鏡をのぞいたような色と形の渦。だからこそ、二階にあった写実主義的な自画像にいっそう目を引かれた。

「わたしの作品を理解しない連中もいる」

彼女が入ってきた音に気がつかなかった。隣に、肩が触れそうなぐらい間近に立っている。

「絵のことはよくわかりません」鼓動が彼女に聞こえるんじゃないかと不安になりながら答

えた。

　奇妙なことに、自分が本心から彼女をおそれているのか、あるいは、おそれて当然だという意識が高まっているせいで恐怖と同じ反応が体に現われているだけなのかがわからない。映画の登場人物になったような感覚。なにもかも現実のできごとじゃないって感じ。でも、これは現実。まぎれもない現実。

「だけど、どの絵も好きです」と言った。「なにを表わしてるのかはわからないけど、引き込まれます」

「だから題をつけたくないのよ。題を見れば、思考が特定の方向へ導かれるでしょう。わたしは、絵を見た人がその人なりの答えを出すほうがいい」

　彼女がコーヒープレスのプランジャーを押し下げた。「でも、ひそかに自分だけの題はつけてるわ」

　二階にあった未完成の自画像にはひそかにどんな題をつけてるんだろう？　教えてくれるかな？　そもそも、その話をするかな？　しなくちゃいけない。コーヒーを飲んでケーキを食べるだけってわけにはいかない。気になってしかたがない話題がほかにあるのに、芸術の意味について知的な会話を交わしてるだけじゃだめ。

　一か八かの賭けに出た。「〈ストーンズ・アンド・クローンズ〉でなにがあったかは聞いたんでしょう？」

　リズはケーキをひと口食べてコーヒーで流し込んだ。

「聞いたわ。胸が悪くなった。気の毒なソニア」

わたしは座ったまま身じろぎした。友人の身に起きたことの責任がわたしにあるって思ってるのかな？　あの写真を貼りつけたのはマディーの友人のアン・ウィルスンにほぼまちがいないって言いたかったけど、それじゃあまるでマディーに責任を押しつけようとしてるみたい。実際は、そもそもわたしが口にしなければマディーがあの噂を知ることはなかったはずなのに。

だいいち、マディーが本当のことを言ってるって断言できる？　ひょっとするとマディーは、まったく別の理由でアン・ウィルスンを恨んでるのかもしれない。アンがマディーの夫と火遊びをして、マディーが復讐心を抱いていたのかも。だって、マディーのことをどの程度知ってる？　それを言うなら、他人のことをどの程度知ってる？

読書会でよけいなことを言わなければよかった。マイクルが教えてくれた〝禁酒の町〟の仮説をキャシーとデビーにしゃべったりしなければ、キャシーがベビーシッティング・グループのミーティングでみんなに話すこともなく、こんなことは起こらなかったはず。新たなネタがなければ、あの噂もいまごろは立ち消えになっていたものを。

「マイクルといっしょに彼女を手助けしたいと思って」と切りだした。

リズが目を見開いた。「マイクル？」

「アルフィーの父親です。わたしの……パートナー。いまは同居しています」

リズは身じろぎもしなかった。「彼がどうやって手を貸せると考えてるの？」

「いわれなき告発に関して記事を書くそうです。ソニアがサリー・マクゴワンではないことをはっきりと表明するって」

「つまり、彼は記者なの？」

「はい」

リズは唇を真一文字に結んだ。彼女のなにかが変わった。わたしはみぞおちのあたりに不快感を覚えた。

「それでわたしたち……あなたからソニアに話してもらえないかと思って。マイクルの取材を受けるように説得してほしいんです。彼が記者だと知ったらすごく腹を立てたので。無理もないとは思いますけど、このままでは事態は悪化するって、マイクルが。まちがった噂のせいで故郷を追われた例もあるとか」

「知ってる」リズが言った。簡潔で鋭い口調。わたしと目を合わせようとしない。

噂を伝えたことを後悔してるって言いたかった。そんなまねをしたのはあのときだけだって。あの読書会のときだけ。だけど、このわたしのことだから、そう言いながら顔が真っ赤になるに決まってる。嘘をつくとかならず顔に出るんだから。そうなれば、わたしがうしろめたく思ってることがリズにばれる。なにも言わないほうがいい。嘘を言えば苦境に陥るだけ。それに、もうひとつの疑問が頭から離れない。

勇気が出なくてリズにぶつけることのできない疑問が。

34

「わたしのことであなたに知っておいてほしいことがあるの」リズが言った。

わたしは身を引き締めた。いよいよだ。彼女は正体を明かすつもりだ。ふと目が合ったあと、ふたりとも自分のコーヒーに目を落とした。心のどこかで、次に出てくる言葉を聞きたくないと思っている。日常に。彼女から逃げたい。この家から逃げだしたい。デイヴが待ってる事務所へ戻りたい。日常に。でも、別のどこかで、自分がここにとどまることがわかっていた。なんとしても真実を知りたい。マイクルと本のためだけじゃなくて――だって、いまここにいるためなら彼はどんなものでも差し出すはず――わたし自身の好奇心を満たすために。なんとしても知りたい。

「わたしはほかの人とはちがう生きかたをしてる」リズが言った。「孤独を好むの。そうじゃないと仕事ができないから」彼女はマグカップを脇へ押しやってテーブルの上で腕を組んだ。「人と会いたくないわけじゃない。会いたいのよ。でもそれは、社交的に活動できるときだけ。そうできそうだって思えるときだけ。わたしが芸術家だからよ、なんて言うとちょっと思い上がってるみたいに聞こえるでしょうけど……」口もとをゆがめて奇妙な淡い笑みを見せた。「……でも、わたしが芸術家だからよ」

彼女が話を続けるのを待った。口をはさめば、魔法が解けて彼女が告白をやめてしまう気がしたから。まあ、これが告白だとしたら、だけど。

「制作中は神経を消耗する。ほかのことなんてどうでもよくなる。ほかのすべてがね。人づきあいにおけるあたりまえの挨拶やなんか。読書会のような決めごと」自分の乱れた髪を指さして、にっと笑った。「身だしなみ。なにもかもあとまわし。今朝は初めて制作以外のことをしたわけ。外へ出て新鮮な空気を吸いたい、体を動かしたい、そんな欲求を覚えたから。裏口に錠をかけるのはいつも忘れちゃうし」

彼女はコーヒーをひと口飲んだ。「あなたが心配してくれてたと知ってうれしいわ、ジョー。それに、カービングナイフを構えて怖がらせたりして、ごめんなさい」

わたしは無理やり笑みを浮かべてうなずいた。リズはいつあの自画像のことを切りだすんだろう？　まさか、このままだんまりを決め込んだりしないわよね？

「ソニアに話してみる」彼女が言った。「だけど、彼女はマイクルの取材を受けないと思う。内向的な人なの。わたしと同じで」彼女は不快げに目を細めた。「なりゆきにまかせたほうがいい場合もあるしね。みんな、すぐに飽きるわ。ソニアがあんな噂に負けずにふだんどおり生活しつづければ。頑としてうろたえなければ。わたしに言わせれば、新聞に記事が出れば噂をあおるだけ。ソニアに必要なのは、なにごともなかったように日常生活を続けることよ」

これ以上は黙ってられない。あの自画像のことを訊かないと。

「いま制作中の作品って……」切りだした言葉は空中に浮いている。

リズがわたしに鋭い視線を投げた。

「アトリエにあった自画像ですか？」

彼女は背筋を伸ばした。「いつも、制作中の作品のことは話さない。完成するまでは」言いながら皿とマグカップをかたづけだした。会話は終わったという合図。少なくとも、この話は。

「帰る前にひとつ訊いてもいいですか？」

すでに禁断の領域に踏み入ってしまってる。いったいなにをやってるんだか。でも、始めてしまった以上、ここでやめるわけにいかない。

リズは椅子の背にもたれかかり、わたしの顔をつぶさに見た。すばやいまばたきを何度か繰り返した。

「切り抜きを見ました」わたしは言った。「元記事を知ってます」息が喉に引っかかる。かろうじて出てきたのはささやくような小声だった。「あなたは……彼女ではありませんよね？」

リズの口の端にかすかな笑みが浮かんだ。自分がそんなことを言ったなんて信じられない。ここに座って、読書会のリズに、あなたはサリー・マクゴワンですかとたずねるなんて。両手を握りしめて太ももにはさんだ。

「マーカス・ハーヴェイが描いた『マイラ』という題の肖像画を見たことある？」リズがた

ずねた（マイラ・ヒンドリーは、イアン・ブレイディとともに、一九六三〜六五年にイギリスで起きたムーアズ殺人事件と称される連続少年少女殺人事件の犯人）。

「いいえ。でも、一度なにかで読んだというおぼろげな記憶があります。何者かがその絵にペンキかなにかをぶちまけたんじゃありませんでした？」

「そう、破壊された。あの絵が王立芸術院で開かれた展覧会に出展されたとき、大きな物議をかもした。題材が問題なだけではなく、石膏《せっこう》で取った子どもの手形をプリントして描いた作品だったから。けしからんと世間は考えた。被害者遺族は自分たちの感情を守るために作品の撤去を求めた。マイラ・ヒンドリー本人も撤去を望んだけど、聞き入れられなかった。展覧会の会期中ずっとかけられていた。当然のことだと、わたしは思ってる。芸術は賛否両論あるべき。感情をかき立てるものであるべき。見る者に考えさせるものであるべき。

　あなたが例の噂を聞かせてくれたとき、メンバーの異なる反応を見ておもしろいと思った。それで、あの事件について考えるようになった。考えるのをやめられない。わたしはそれで作品の主題に永続性があると判断する。頭から離れない主題に」

「でも……でも、どうして自画像なんですか？」

「ニーチェの言葉を覚えてる？　〝怪物と戦う者は、その戦いの過程でみずからが怪物とならぬよう用心しなければならない。底知れぬ深淵を長らくのぞき込めば、そのあいだ深淵もこちらをのぞき込んでいるのだ〟」

　彼女はわたしをひたと見すえた。目をそらしたいのにできない。

「だれの魂にも闇はある」彼女は言った。「それがあの自画像のテーマ。人間だれしも、ある特定の状況に置かれれば、悪い考えを抱いたり悪行を働くことがある。わたしは芸術家よ、ジョー。作品制作がわたしの仕事」

「あなたを非難するつもりはなかったんです。わたし……」

「あなたは非難なんてしてない。質問したの」

「同じことです。そうでしょう?」

彼女はテーブルに肘をついて、顎の前で両手を組んだ。目がきらりと光った。「そうだと答えたらどうする?」

わたしは声をあげて笑った。ただ、口から出たのはすすり泣きのような音だった。

別れを告げて車に向かって歩きだしたときようやく、わたしの放った質問に彼女がはっきりと答えなかったことに思い至った。

35

事務所に戻ると、デイヴは来客中だった。そっと自席についてパソコンの電源を入れ、日常業務に没頭した。この三十分間のできごとを頭の隅へ追いやることならなんでもよかった。

リズの言い分を信じる？　あの自画像は本当にそんな理由で？　だれの心にもある怪物を探求するため？　もっともらしく聞こえる。芸術家は特定のテーマに取り憑かれるものだし。以前BBC4で、あるシリーズ番組――『芸術家は一日じゅうなにをしているのか？』――を観たことがある。創作過程を掘り下げる興味深い番組だった。ただ、マイクルが記者だって言ったときのリズの反応――あれはわたしの妄想なんかじゃない。それは確か。彼女のなにかが変わった。

客が帰ると、デイヴは椅子に背中を預けて頭のうしろで手を組んだ。

「スティーヴ・エンライトから電話があった。〈シーブリーズ・コート〉の例の部屋を買うつもりなんだと思うが、その前に再内覧を希望してる。午後二時に約束した。それでいいかな？」

リズについてあれこれ考えるのをやめて、無理やり別のことに意識を集中させる必要があった。デイヴのシャツの脇の下にまだらの模様が浮き出ている――体臭防止剤の結晶か古い汗じみ。意識を集中させるのに、もっとましなものを見つけられなかったわけ？「大丈夫です」と答えて、スケジュール帳に時刻をメモした。「フランキス夫妻はなにか言ってきましたか？」

「ああ。ミセス・フランキスが隣室を気にしていた。ほら、空き部屋のまま放置されてるだろう。あそこに無断で住みつく輩《やから》が現われるんじゃないかと心配してるんだ」

「正直、まだ無断居住者がいないのが驚きです。何者かがすでに侵入を試みたようなので」

「まったくな」デイヴが言った。「ずっと住宅宅地審議会に連絡しようと思ってたんだ。なにが起きてるかつきとめてくれって。ひょっとしたら強制収用命令を受けるかもしれないだろう。ああ、それより、あの女がまた来たぞ。働きたいって言ってた女だ」

「ケイが？」

「パーティの首尾を知りたいとか言ってた。衣裳は好評だったかって」

しまった。彼女の家へ行って、パーティがうまくいったことを伝え、手を貸してくれたことに改めてお礼を言うつもりだったのに。身のまわりで起きてることに気を取られてすっかり忘れてた。あんなに手をかけてくれたのに。せめて、お礼のカードを添えて箱入りのチョコレートかなにか持っていこう。

その後の数時間は、のろのろと進むどころか停滞状態だった。心に築いた防御壁を午前中のできごとが突き破ろうとするのを止めるのがしだいに困難になってきた。懸命に防ごうとしても、執拗な攻撃は収まらない。

一時半ごろ、デイヴの妻キャロルがチョコレートエクレアがふたつ入った箱を持ってやって来た。

「ふたりとも、ちょっとしたおやつが欲しいんじゃないかと思って」と言った。

キャロルはよく事務所に顔を出す。おれが別の女と駆け落ちするなんて被害妄想を抱いてるんだってデイヴは言ってる。わたしがアルフィーとふたり暮らしだとデイヴが話して以来、どうも予約した美容室か歯医者へ行く途中だったり行った帰りだったりということが多いような。それか、友だちと会ってコーヒーを飲むまでの時間つぶしという口実が。マイクルが越してきたことをデイヴに話したから、そういうことも少しは減るかもしれない。デイヴがキャロルに伝えれば、だけど。見当ちがいの嫉妬を向けられることをデイヴはひそかに喜んでるような気がするから。それに、エクレアはいつだって大歓迎だし。

チョコレートエクレアにかぶりついて、口内を満たす生クリームとシュー皮を堪能した。キャロル・ペグトンは夫のデスクに座って夫に身を寄せ、ひそひそ声で談笑している。彼女はよくそうする。彼女なりのマーキング。ふだんは気にも留めないけれど、今日は〈ストーンズ・アンド・クローンズ〉とか警察という言葉がつづけざまに聞こえたので耳をそばだてた。

「警察はずいぶん長いこと店内にいたわ」キャロルが言った。

わたしはパソコンで作業をしてるふりをしながら――実際にはカーソルを動かしてるだけ

——ふたりの会話に聞き耳を立てた。

「彼女があの幼児殺害犯だなんて信じられないわよね？　でも、そんなこと、わたしたちにわかるはずないし」

キャロルはいまはもう普通の声で話していた。自分がいないときにデイヴとわたしがなにかしてるんじゃないかという疑いよりも、いまは最新のできごとに対する興味がまさっている。今朝リズが言ったことを思い出した。ソニア・マーティンズがふだんどおり生活しつづけ、頑としてうろたえなければ、世間はすぐに飽きる、という言葉を。でも、世間はまだ飽きてないみたい。

デイヴがため息をついた。「彼女があの幼児殺害犯じゃないことを願うよ。でなきゃ、マスコミや、一枚噛みたいトムやらディックやらハリーやらに質問攻めにされる」

「案外、本人が警察を呼んだのかも」わたしは口をはさんだ。「いわれなき告発を受けていることに苦情を申し立てるために」

キャロルがくるりと向き直ってわたしを見た。「だけど、印象悪いじゃない？　店に警察が来てるのをみんなに見られるのよ。世間が勝手な結論を導きだすわ。今後、彼女の商売は上がったりよ。ちがう？」

「どうでしょう。案外、客足が伸びたりして」

キャロルはきょとんとした顔をした。

「彼女をひと目見たくてあの店へ行く人が増えるだろうって言ってるのさ」デイヴが説明し

た。

「ついでにルーン文字のセットをひとつ買う」わたしは冗談を飛ばした。

デイヴはにやりと笑ったけれど、キャロルは不満げに口を引き結んだ。

「そんなことより」とキャロルは続けた。「いわれなき告発だなんてどうしてわかるの?」

わたしはエンライト夫妻との約束の時間が迫ってることにほっとして席を立ち、事務所を出ようとした。

「あの噂にひとかけらでも真実が含まれているなら、彼女はもうこの町にいないはずです。当局が彼女をどこかのセーフハウスへ移したでしょうから」コートを着て、ハンドバッグを肩に引っかけた。「じゃあ、フラットを売りに行ってきます」

「この町に幼児殺害犯がいるかもしれないなんて言わないようにな」デイヴが皮肉っぽい口調で言った。

キャロルが彼をねめつけた。


海に向かって車を走らせていた。つまり〈ストーンズ・アンド・クローンズ〉の前を通らなければならないってこと。警察車輛が停まっているのは道路の左側、店から数軒離れた場所だし、後続車がないのをいいことに徐行運転しているのに、ウインドーに板が張られたままなので店内の様子は見えない。

でも、ケイの姿が見えた。前方で通りを渡ろうとして、二台の駐車車輛のあいだで待っている。車を停めて、渡っていいと手を振って合図したけれど、ケイはこっちを見ていなかった。彼女の目は通りの反対側、〈ストーンズ・アンド・クローンズ〉の板を張られたウインドーに釘づけだった。しばらくしてこちらを向き、フロントガラス越しにわたしに気づいてはっとした。彼女は挨拶代わりに片手を上げた。

一台のバンがうしろに来たので、やむなく車を出した。ドアミラーで見ると、彼女は警察車輛を見つめていた。うつろな顔。眉ひとつ動かない。仮面みたい。

36

「ほかのどの絵とも似ても似つかないの。だから目を引かれたんだけど」

マイクルがフライパンに油を注いで玉ネギを炒《いた》めだした。彼はまだひと言も発してないものの、夕食のチキンカレーを作りながら熱心に耳を傾けている。料理を作ってもらえるのはありがたい。いつものように午後五時にアルフィーと食べるんじゃなくて、夜にちゃんとした食事を楽しめることも。家にもうひとり大人がいると状況が一変する。とくに、料理好きな大人がいると。

「紙片を貼ってるとわかったときは信じられなかった。しかも、その紙片の出所がわかって……」

マイクルは一片のニンニクを刻み、玉ネギを炒めてるフライパンに放り込んだ。

「あなたはサリー・マクゴワンなのかってきみに訊かれたときの彼女の反応は？」

「平然としてた」

マイラ・ヒンドリーの肖像画について彼女が言ったことを話すと、マイクルはうなずいた。

「たしか、おれが十代のころにニュースになってたな」

「だれの魂にも闇はあるからだれもが悪になれるとかなんとか言ってたわ。それがあの自画像の意図。彼女が伝えたいメッセージなんだって」

　マイクルが皿を傾けてスパイス類を入れると、おいしそうな香りがキッチンに満ちた。

「幼い少年の胸にキッチンナイフを突き刺すなんてことがだれにでもできるものかな。とはいえ、彼女の言いたいことはわかる」

　ここで、角切りにした鶏肉と缶詰のトマトを投入。こんなことを思慮に富んだ会話をしながらできる彼の能力に驚嘆した。

「でも、それだけじゃないの」わたしは言った。「彼女は冷静すぎた。だって、おまえは悪名高い犯罪者だと言われたも同然なのよ。普通ならどんな反応をする？　彼女はなにか隠してる。それはまちがいない。それに、あなたが記者だと話したときは確かに反応を示したもの」

　マイクルは具材をかき混ぜる手を止めた。ほんの一瞬だったけれど、リズが反応を示したことが重要だと考えてるのがわかった。

「どんな反応を？」

「言葉で説明するのはむずかしいんだけど、一瞬、閉ざした顔になったというか。ひとりで納得して、そのとき、ソニアはあなたの取材を受けないだろうって言ったの」

「それはべつにめずらしい反応じゃない。記者を信用しない人は山ほどいる。不動産業者と同じく、国民にもっとも嫌われてる職業のリストに載ってるから」彼は声をあげて笑った。

「人気者夫婦になるな、きみとおれは」

わたしはさっきふたりで買ったワインのボトルを開けてふたつのグラスに注いだ。マイクルはフライパンにふたをして火加減を調節した。そのあと、わたしたちは飲みものを持ってリビングルームへ移動した。

「それに、階段脇の壁に飾ってある写真のこともあるし」

「どんな写真なんだ？」

というわけで、写真についても説明して、いっしょに観たドキュメンタリーを思い出したと言った。

「リズの年齢は？」

「知らない。訊いたこともないし、彼女も言わないし。たぶん五十代後半かな。でも、断言はできない。髪は完全に真っ白だから、もっと上っていう可能性もあるし」

マイクルはグラスを口に運ぶ手を止めた。

「四十歳で突如として白髪になった人を知ってる」彼は言った。

「リズの姓は？」数秒後にたずねた。「作品を展覧会に出したことはあるのか？」

「よくわからない。出展したことはあるかも。まちがいなくその価値はあるもの。すごくいい絵よ」

マイクルはさっきテーブルに置いたパソコンを手に取った。「調べてみよう。彼女の作品の画像があるかな」

「ブラックソーン」わたしは言った。「リズ・ブラックソーンと呼ばれてる」

彼の指がキーボードの上で止まった。眉根を寄せた。

「どうしたの？」

「なんでもない。ただ……いや、なんでもない。オンラインプレゼンスがあるか見てみよう」

彼が検索窓にリズ・ブラックソーンの名前を打ち込むと何人も見つかったけれど、どれもわたしたちが探してるリズじゃなかった。エリザベス・ブラックソーンやE・ブラックソーンで試してみて、ようやく美術関係のウェブサイトや画廊のウェブサイトのいくつかにE・K・ブラックソーンの名前で載っているのを見つけた。その手のサイトのひとつに、彼女の顔写真のサムネイルと作品例、各作品の横に短い解説文が記されていた。作品はすべて無題だった。そのあと、〝とある海辺の町の芸術〟と題した彼女のブログを見つけた。

「見て。マンチェスター美術学校の卒業って書いてある。卒業年度は書いてないけど。でも、少なくとも彼女がサリー・マクゴワンじゃないことはわかった。サリーならマンチェスター地方にとどまることを許されるはずがない。そうでしょう？」

「ああ、そう思う」マイクルの目に集中の色が浮かんだ。実際にはありえない答えを計算で出そうとしてるみたい。

「それに、マンチェスターにいたなら、例の写真の説明がつくし」

「そうだな」

彼はパソコンを閉じて現実に戻った。態度がどこか変わった。リズがサリー・マクゴワンだと考えてる。それがわかる。

彼はドアへ向かった。「カレーの具合を見てこよう。ついでに炊飯器のスイッチを入れてくるよ」にっと笑った。「手足となって仕えてもらうのはさぞいい気分だろう。おれが仕えてもらう側になるのはいつかな」

笑い返しはしたものの、彼が出ていくなり、アルフィーの胸にナイフを突き立てられたおぞましい写真が目の奥に浮かんだ。あの写真はずっと頭にある。油断してると現われる。リズに写真の加工ができた？　どうやってデジタル画像を手に入れる？　ちがう。ケイとマイクルの言うとおり。ほかの子のママがハロウィンのいたずらをしたのよ。サリー・マクゴワンとは無関係——とにかく、直接の関係はない。

でも、あのツイッターのアカウント。文学者からの引用。あれはリズのしわざかもしれない。わたしを脅して、例の噂についてわたしの口を封じようとしたのかも。

37

午前二時三十七分。目が冴えてる。それに、ベッドにはわたしだけ。夕食後、映画を観はじめたものの、ふたりとも集中できないので、ワインを飲み終えて早めに寝ることにした。アルフィーを起こさないように、できるだけ静かに愛を交わした。そのあとのことはあまり覚えてない。あっという間に眠りに落ちたのにちがいない。セックスにいつも疲れ果てるから。

ベッドを出てバスルームのドアを開けた。トイレだろうと思ったのにいないから、そっと下へ行って、マイクルがなにをしてるのか見ることにした。ダイニングルームの明かりがついてるのにドアが閉まっていた。

入っていくと、マイクルがはっと頭を上げた。

「ああ」と言った。「起こしちまったか?」

わたしは首を振った。「どうかした? 眠れないの?」

「新しいネタを追ってるときはいつもこうなんだ。頭を休めることができない」

彼が両腕を広げるので、膝に座って頭を彼の首にもたせかけた。

「リズも昨日そんなことを言ってた」

彼がわずかに身を硬くしたので、わたしは身を起こした。彼の目によぎった表情はすぐに消えたし、かすかなものだったけれど、まちがいない。リズの名前を出しただけで彼はなんらかの反応を見せた。

「彼女がサリー・マクゴワンだと考えてる。そうでしょう？」

「いまはどう考えたものかわからない。頭のなかが、重要なピースを欠いたジグソーパズルみたいだ」

テーブルいっぱいに広げた書類を身ぶりで示した。走り書きしたメモの数々。パンチで開けた穴に紐を通して綴《と》じた報告書は、横から付箋が何枚も突き出ている。

「でも、欠けたピースはどこかにあるはずだ。なんとしても見つけるだけさ」

顎先でパソコンを指した。「さっきフリンステッド・アンド・ミストデン・ガゼット紙の編集者と話した。これを読んで感想を聞かせてくれ。明日のネット版に出る」目を細くして画面のいちばん下の時刻表示を見た。「正確には今日だな。本当に書きたかった記事をずいぶん短くした。いわれなき告発に関する記事は、全国紙のどれかに売り込んでもいいかもな」

地元店主に対する私的制裁という厄災

あやまった噂が地元店主のソニア・マーティンズさんの生活をおびやかしている。十月十八日水曜日、彼女が幼児殺害犯サリー・マクゴワンだと不当にほのめかす一枚の写真が人気ニューエイジ雑貨店〈ストーンズ・アンド・クローンズ〉のウインドーに貼り出された。

彼女の店はその後も標的となり、ウインドーに煉瓦を投げ込まれた。その事件が起きたのは、十月三十一日火曜日の午前零時半から六時半のあいだ。警察は目撃者に名乗り出るよう求めている。

ボブ・サンダースン警部は言う。「必要な身元調査はすでに完了しており、今回の噂は完全なるデマだと断言できます。ソニア・マーティンズさんは地域社会の立派な一員です。彼女はフリンステッド生まれで、母親も生涯この町に住んでいました」

「ここは小さな町です」と警部は続ける。「この手の噂はあっという間に広まります。こんなまねをした人には、自分の行動をよく考えるよう要求します。重大な結果を招きかねないのですから」

ソニア・マーティンズさんは今回の事件にひどく動揺し、フリンステッドから出ていくことまで考えたという。

「あんな噂を信じてない人が大半だとわかってるけれど、明らかに信じ込んでる人もいるし、もう、この身が安全だとは思えない。自宅も、店も。こんなまねをした人には、とにかくやめてもらいたいわ」

これまでにも四人もの女性が、サリー・マクゴワンだというい われなき告発を受けている。そのうちひとりは、不幸にも自殺を遂げている。

フリンステッドで起きたこの事件に関して情報をお持ちの方は、一〇一番で警察に連絡をいただきたい。

「じゃあ、もう彼女を取材したってこと？　どうして教えてくれなかったの？」

マイクルは肩をすくめた。「うっかり忘れてた。ごめん。煉瓦を投げ込まれて、彼女の気が変わったんだ」

「当然だわ。気の毒に。これでこの件が終わりになることを願いましょう」

「さあ」マイクルは書類をかき集めてブリーフケースに押し込んだ。「少し眠る努力をしよう」

朝になり、気分は最悪だった。今日が休日で、しかも、火曜日の埋め合わせに出勤するという申し出をデイヴがきっぱりと断ってくれてよかった。でも、やらなきゃいけないことが山ほどある。まだ具合の悪い母を訪ねてあれこれ雑用をこなさなければいけないし、ケイに贈るカードとお礼の品を買いたい。それに、たまってる洗濯とアイロンがけをすませ、寝具類を変えないと。本当は、ベッドに戻ってまる一週間でも眠りたい。

「なあ」マイクルが言った。「ゆっくり風呂に浸かってこい。アルフィーはおれが送っていくから」

わたしは彼を抱きしめた。「わたしが同居を受け入れたのには理由があると思ってたのよね」

「えっ、最高のセックスとすばらしい料理の腕前以外に?」

「うーん、それも理由かもしれないけど。そのあと、母さんの家へいっしょに行く?」

マイクルは笑った。「すぐ調子に乗る」

「あなたに会えばソルが喜ぶわ。ふたりで散歩に連れていけばいいと思って」

彼はわたしの鼻にキスをした。つづいて額に、最後は唇に。歯磨き粉の味がした。

「きみのお母さんもおれに会って喜ぶかもな」

「調子に乗ってるのはどっちよ」


頼まれてた買いものを持ってわたしたちが到着したとき、母は『ホームズ・アンダー・ザ・ハマー』を観ていた。カーディガンやらセーターやらを何枚も着込んで、ニット帽をかぶっている。

「セントラルヒーティングが動かなくて」母がマイクルから買いもの袋を受け取りながら言った。「ラジエーターがどれも充分に温まらないの」

マイクルが廊下のラジエーターに触れた。「たぶんエア抜きの必要があるんですよ」

「そう、そんなことはわかってる」母が言った。「ただ、エア抜き用のキーが見つからないの」

マイクルがリビングルームでソルにかまってやっているので、わたしは母についてキッチンに入った。

「あんなにそっけない態度を取る必要がある?」彼に聞こえないところで言った。「このあいだあんな話をしたから、もう少し打ち解けてくれると思ってた」

「悪かったわね。そっけなくしてるつもりはなかったけど」母が言った。そっけなく。

マイクルがドア口に現われた。「ねじまわしがあれば、それで代用できますよ」と言った。

母が驚いた顔で彼を見た。「あら、それは思いつかなかった」

ひきだしのなかを引っかきまわしてねじまわしを探した。「どれがいちばん使えそう?」

マイクルが一本選んで廊下へ引き返した。すぐに、雑巾を取りに戻ってきた。「汚い水がカーペットに落ちたらいやでしょう?」

買ってきたものをかたづける母を手伝うあいだ、マイクルは家じゅうのラジエーターのエア抜きをした。作業をしながら歌ってる声が聞こえてきた。

「エア抜きをしてくれてありがとう」戻ってきた彼に、母がこわばった声で言った。

マイクルは、かぶってもない帽子を脱ぐしぐさをした。「いつでもご用件をうけたまわりますよ、ミセス・C」と彼が言うと、母は笑みらしきものを浮かべた。少なくとも、母は打ち解ける努力をしてくれている。

ソルの散歩に出かける直前、母がリビングルームから大声で言った。「マイクル、フリンステッド聖歌隊に参加することを考えてみてくれない？」

マイクルがおそれをなして目を見開くので、わたしは吹き出さないように努めた。

「あなたがかなりきれいなバリトンだってことはいやでも気づくし、男性メンバーは三人しかいないのに、そのうちひとりはまともに歌えないの」

マイクルは頰を膨らませて息を漏らした。「聖歌隊で歌いたいかどうかはわかりません、ミセス・C。でも、少し考えてみます」

リードをつけられたソルがのそのそと前を歩きながら私道の端に達したときには、ふたりとも笑いをこらえきれなくなった。

「あれだって前進にはちがいない。それは認めないとね」

「うーん」マイクルがぼやいた。「ああいうたぐいの前進なら、なくてもいいんだけどなあ」

38

呼び鈴を二回鳴らして、ようやくケイが玄関ドアを開けた。ちょっと取り乱した様子だったものの、すぐに気を取り直したようだ。

「いらっしゃい」と彼女は言った。「お待たせしてごめんなさい。スカイプでマーカスとキャリーにお休みを言ってたところだったの。メルボルンはいま夜の九時なのよ」

「邪魔したんじゃなければいいけど」

「全然。すごく長く話してたし、あの子たちも寝なきゃいけないしね。わたしに言わせれば、ジリアンは子どもたちを夜更かしさせすぎよ。さあ、入って、紅茶を飲むのにつきあって。おいしいキャロットケーキがあるから、ぜひ食べて」

「ご親切にどうもありがとう、ケイ。でも、これを渡したかっただけだから」

　彼女はギフトバッグを受け取ってなかをのぞいた。「チョコレートね。うれしい。こんなことしなくてよかったのに」彼女は叱るように人差し指を振ったけれど、喜んでいるのがわかる。

「事務所に来てくれたときは留守にしててごめんなさい。パーティのあと、きちんとお礼を言うつもりだったんだけど。アルフィーったら、ダース・ベイダーの衣裳ですごく格好よかったのよ」

「それを聞いてうれしいわ。ねえ、本当に紅茶につきあわない？」

ケイの淹れる水っぽい紅茶を飲む気分じゃなかったけれど、ケイがすでに脇へ寄って家のなかへ通そうとしているから断りたくなかった。あんなに親切にしてもらったあとだし。

「じゃあ、一杯だけ。でも、長居はできないの」

リビングルームは前回お邪魔したときとまったく同じに見える。家具類の表面はどれも光っている。においも同じ――レモンの香りのする家具用つや出し剤。

熱帯魚を眺めていると、数分後にケイがトレイを持って戻ってきた。「ねえ、ケーキを切ってて。わたしはティーポットを持ってくるから」

上面にアイシングを施したキャロットケーキにナイフを入れながら、ケイがコーヒーテーブルに開いたまま置いているパソコンの画面に映った自分の顔を見た。そうとう古いモデルだけれど、新しい機種に買い換える余裕がないんだと思う。別の仕事先を必死で探しているぐらいだから。

髪が妙な角度に立ってるので手ぐしで整えた。その瞬間、違和感を覚えた。このパソコンには内蔵ウェブカメラがない。孫たちとスカイプを終えたところだって言ってたのに。電源を切ったばかりの携帯用ウェブカメラがあるんじゃないかと見まわしても、どこにも見当たらない。

変ね。ひょっとすると彼女はスカイプをビデオ機能のない無料電話として使ってるのかな。

ケイが別のトレイを持って戻ってきた。「あの子たちの顔を見るのは大きな喜びなの。マーカスは九九の三の段を覚えたばかりでね。年の割に勉強が進んでるみたい。キャリーは二十まで数えることができるのよ。まあ、だいたいだけど」

「じゃあ、携帯用ウェブカメラがあるのね？」

彼女の目に奇妙な表情がよぎった。首が真っ赤になった。ティーポットのふたを開けて、中身をかき混ぜた。

「ええ、そのとおりよ」笑みを浮かべた。「うちはなにもかも最新設備なの」

首筋で脈が打っている。ケイは嘘をついている。この家に携帯用ウェブカメラなんてない。ついさっきまでマーカスやキャリーとスカイプで話をしてたなんてありえない。

でも、どうしてそんな嘘を？

「ねえ、聞いて」彼女が言った。「別の仕事先が見つかったの。ミストデンの園芸用品店よ。来週から行くことになってる」

彼女がわざと話題を変えたような気がするのはどうしてだろう？

「おめでとう。よかったわね」

彼女が紅茶を注いだ。手が震えている。

「大丈夫、ケイ？」

「大丈夫」と彼女は言うけれど、大丈夫そうじゃない。見ればわかる。

「今朝アルフィーのパパを見かけたわ」彼女は明るい声で言った。明るすぎる声で。「とてもハンサムね。『刑事ジョン・ルーサー』で主役を演じてた俳優に似てる」

「イドリス・エルバ？」わたしは声をあげて笑った。「本人には言わないでおくわ。うぬぼれが今以上にひどくなっちゃうから」

「仕事はなにを？」

「フリーの記者よ」

ケイはティーカップを置いた。受け皿が音を立てた。「で、いまはあなたの家に滞在してるわけね？」

「そう。正確には同居だけど」

「別々に暮らすのがいいって言ってたと思うけど」腹を立てているような口調。まるでわたしがなんらかの点でがっかりさせたみたいに。

「そうだったのよ。でも、事情が変わったの。正式な夫婦になりたいって、彼が」

「よかったわね」彼女は笑みを浮かべたけれど、あまりうまくいかなかった。どこか上の空って感じで、目には奇妙な色が浮かんでいる。昨日、彼女が通りの向かい側の警察車輌を見つめていたときに見たのと同じ、仮面のような表情。

「ええ、よかったわ」キャロットケーキを何口かかじった。おいしい。朝食を食べてなかったことに気づいた。こんなにお腹が空いてるのも不思議はない。

「紅茶をもっとどう？」

「いいえ。もう帰らなくちゃ。今日はやることがいっぱいなの」

「そりゃそうね。わたしもよ」

私道の端に達したとき、ちょうど郵便配達員がケイ宛ての郵便を届けるために入ってくるところだった。少しばかり急いでいる様子だったから、手紙の山を受け取ってケイに手渡そうと引き返したけれど、ケイはすでになかに入って玄関ドアを閉めていた。変ね。前回は玄関口に立って手を振ってくれたのに。

郵便受けに手紙の山を突っ込むときに、そのどれにも〝差出人に返送〟というスタンプが押され、宛先住所が太い黒線で消されているのに気づいた。どれも同じ住所。オーストラリアのメルボルン市内の住所だった。

39

出かけたときのままマイクルが書類に囲まれ背中を丸めてダイニングルームのテーブルに向かっていると思ってうちへ帰ると、家にはだれもおらず、テーブルもすっかりかたづいていた。彼の大きな堂々たる字で書かれたメモが電気ケトルに立てかけてあった。

〝用事ができた。ロンドンへ戻らなければならない。あとで電話する。マイクル〟

もう一度読んだ。ロンドンへ戻らなければならない。あとで電話する。マイクル〟

もう一度読んだ。たった三つのそっけない文章がどうにかして有益な情報を教えてくれるメッセージに変わるんじゃないかというように。具体的にどんな用事ができたのか、どうしてロンドンへ戻らなければならないのか、いつまでなのか、といったような情報を。もっとくわしい説明があってもよさそうなものを。いつこっちへ帰ってくるのかとか。今日の午後？　今夜？　明日？　べつに彼の予定をことごとく知る必要はないけれど、だからといって、腹が立つほど秘密めかす必要がある？

彼の番号にかけても、すぐに留守番電話につながった。そりゃそうよね。運転中だろうし。メッセージは残さなかった。きっと向こうに着いたら電話をくれるはず。だけど、どうして発つ前に電話してくれなかったの？　わたしがつねにスマートフォンを身につけているのは知ってるのに。なにをそんなに急いでたの？　電話のために出立が二、三分遅れても大したちがいはないはずなのに。

ふらりとリビングルームへ行ってソファにどさりと座り込んだ。くちゃくちゃのセーターは肘掛け椅子の背もたれにかかったままだし、使ったマグカップと皿はコーヒーテーブルに置かれたまま。テレビの前でトーストを食べたらしく、パン屑がカーペットに落ちている。まあ、たくさんじゃないけれど、わたしを怒らせるには充分。

問題は、何年も気ままに生活してたから、男と空間を共有することに慣れてないってこと。もちろんアルフィーはいたけれど、それは話が別。アルフィーはまだ子どもだもの。理不尽なことを言っている。それは自分でもわかってる。マイクルがずっといてくれるのはありがたいこと。ベッドで寄り添うことも。ソルの散歩に行くことも。ゆうべのカレーもおいしかったし。ただ。ただ。発つ前にひと言欲しかっただけ。

二時間経ってもマイクルからの連絡はなし。電話は少なくとも七回はかけたし、メールは数えきれないほど送った。今朝、学校へ迎えに行くってアルフィーに約束してるのが聞こえたけれど、その時間に間に合うように帰ってくるとは思えない。パパはどことかおやつの時間までに帰ってくるのって訊かれたら、なんて答えればいい？　これからはこんなことばかりあるの？　仕事に没頭するあまり、マイクルは、アルフィーとわたしも含めて仕事以外のことをすべて忘れてしまうの？

ひょっとしてマイクルは、これまでどおりの生きかたを続けられるなんて考えてる？　自分のことについてのみ責任を負うという生きかたを。そして、アルフィーとわたしのためには、自分が生きてる世界の端っこに残った時間だけを割けばいい、と。彼にとってなにより重要なのは仕事。しかも皮肉なことに、彼の心には本当に別の女が棲《す》みついている――サリー・マクゴワンが。

電話が鳴った。きっとマイクルだ。

「もしもし。そろそろ腹を割っておしゃべりがしたかったの。内覧の合間に〈コスタ・コーヒー〉に来てて」

タッシュの声は日常を運んでくる一陣の風のようだった。頭のなかを駆けめぐる数々の不安からのありがたい休息。

「どこの店？」

「グリニッジ・チャーチ・ストリート」

ラージサイズのフラットホワイト・コーヒーとブルーベリーマフィンを前に茶色の革張りのソファに座って、窓の外を行き交うグリニッジの雑踏を眺めているタッシュの姿が目に浮かぶ。そして、なにより、わたしもそこにいたいと願った。真っ昼間の休憩を楽しんで、仕事の愚痴を言ったり、次の夜遊びの計画を立てたりしたい。

「〝プレザントヴィル〟の生活はどう？」タッシュが言った。

「あまり快適《プレザント》じゃない。でもまあ、マイクルがうちに引っ越してきたから、そんなに悪くもないけど」

「ええーっ？　いつ？　どうして言ってくれなかったの？」

「だって、たまたまそういうことになったんだもの。ただし、いま彼はロンドンへ行っちゃってて、いつ帰るのか連絡もない状態」

「落ち着いてよ。少し話を戻しましょう。すっかり説明して」

というわけで、この数週間のできごとをかいつまんで話そうとした。例の噂やなんかから（でも、リズが本当にサリー・マクゴワンだといけないので、リズに対する疑念は口にしなかった）電気ケトルに立てかけたマイクルのメモを見つけるまでのことを。

「すごい」タッシュが言った。「なのにわたしったら、フリンステッドで起きた最高に刺激的なできごとは、去年の植物と農産物の見本市であんたのお母さんのお隣さんがもっとも大きなズッキーニを育てた賞をもらったことだなんて思ってた」

「冗談はやめて」

「まじめな話、いちばん簡単な問題から考えましょう。電話するってマイクルが言ってるなら、かけてくるわよ。細かいことになると、男ってどうしようもないからね。トモもまったく同じ。石から水はしぼれないって言うけど、できないことはできないんだって。率直に言って、おたがいに慣れる時間が必要だってことよ。そりゃあ、つきあいが長いのは知ってるけど、それとこれとは話がちがう。いまは同居してるわけだし。そういう意味では、新しくつきあいはじめたのと同じでしょう」

「まあそうね」わたしは答えた。「わたしにとっては、まさに新しくつきあいはじめた気分よ。でも、わたしがアルフィーのそばにいてマイクルの尻ぬぐいをするのを、当然だと彼が思ってるとしたら？　ずっとそんな感じなの」

「だったら、新しい基本ルールを決めるのはあんたの義務よ。彼と話しなさい。男はわたしたち女とはちがう。男はものごとに気づかない。仮に気づいたとしても、十中八九、まちがって読み取ってる。くわしく説明してあげる必要があるのよ」彼女は笑った。「できれば簡単な言葉でね。そして、明々白々な言葉を使った場合でも、充分に理解させるためにはかならず何度か繰り返すこと」

タッシュったら。いつだって正論をぶつけてくる。マイクルがほかのことに気を取られているのは確か。いずれ電話をかけてくるはずだし、そのときに話をしよう。それが無理なら、つまり、彼が別の手がかりを追ってるとか、昨今のフリーの記者が生き延びるためにやるべきことをやっているのであれば、いずれ時間を作って話をするだけのこと。わたしは過剰反応している。急いで飛び出していくのは、仕事がら彼にはよくあること。いいかげん承知してるべきよ。

「もうひとつの件については」タッシュが言った。「どう考えたものかわからない。子どもに危害を加えるとにおわせる脅迫的なツイートを送りつけるのがハロウィンのいたずらだなんて考えてる人間は卑劣だわ。あんたの友人ケイの言うとおり、ベビーシッティング・グループの女のしわざよ。なんて名前だっけ？」

「デビー」

ケイの問題についても話したくなかった。一本の電話で話せることにはかぎりがあるし、わたしが悪党の巣窟に入り込んだなんてタッシュに思われたくない。だいいち、もうすぐアルフィーのお迎えの時間だから。

「次の魔女集会でその人たちと会ったときにその話を持ち出すのがいいって気がしてきた」タッシュが言った。「だれの顔が赤くなるか見るの。そうすれば犯人がわかるし、この先絶対にかかわらないようにできるじゃない」

「実を言うと、だれが犯人でもおかしくないのよ、タッシュ。だからおそろしいんじゃない」

40

タッシュとの通話を切ったとたん、また電話が鳴った。今度こそマイクルだった。やっとかけてきた。腕時計で時刻を見て、アルフィーとの約束を思い出したってところかな。

「なあ、聞いてくれ。列車に乗ってラッセル・スクウェアまで来てくれないか？」

「冗談でしょう。いったいなんのために？」

「大事な頼みがあるんだ。リズと話をするのに立ち会ってほしい」

「どうしてそんなことのためにはるばるロンドンまで行かなければならないの？　彼女の家はすぐそこなのに」

「そうじゃない。彼女はいまブルームスベリーのホリデイ・インに滞在してる。ある芸術コンベンションに出席するんだ。チェックインするのを見届けた」

「あきれた。彼女を尾《つ》けてるってこと？」

彼はため息を漏らした。「なあ、話してなかったけど、彼女とは連絡を取り合ってたんだ。ある人物から彼女の名前を聞いてたから。例の元記者から」

「ちょっと待って。どういうこと？」

彼は深呼吸をひとつした。「有力な手がかりとしてE・K・ブラックソーンという名前をつかんでた。かつて芸術療法士をしていて、サリー・マクゴワンが子どものときに送られた更生施設〈グレイ・ウィロー・グレインジ〉で働いてた女の名前だ」

「どうして、ゆうべ話してくれなかったの？　どうして知らないふりなんか――」

「なあ、最後まで聞いてくれ。彼女はサリー・マクゴワンと気が合い、以降も連絡を取り合ってるって話だった。それに……」彼は咳払いをした。「ふたりは恋人同士だ、と」

「まさか！」

「きみが友人のリズのアトリエで自画像を見つけたって話をしはじめたとき、おれが取材したのと同じ女なんじゃないかって奇妙な考えが頭に浮かんだんだ。そのあと、リズの姓がブラックソーンだと聞いて確信した。それまではE・K・ブラックソーンあるいはエリザベス・ブラックソーンという名前でしか知らなかった。彼女には例のブログ経由で連絡を取ってね。〈グレイ・ウィロー・グレインジ〉での仕事について、電話で短い取材に応じてくれることになった。仕事の様子とかを。サリー・マクゴワンの居所をつきとめたいってことは伏せてあった。そんなことを言ったら警戒されるだろう。未成年犯罪者の更生施設に関する記事、成功例ではなく失敗例ばかり耳にする理由について記事を書きたいってふりをした。

彼女はそれを鵜呑みにした」

「それで？」わたしは促した。

「おれたちは馬が合った。おれは芸術療法について、心身に傷を負った子どもたちにもたらすその効用についてたっぷり予習してた。いいか、芸術療法士は、自分のつらい体験を言葉や感情で伝えることのできない子どもたちから上手に真実を引き出してやることができるんだ。とにかく、彼女と直接会って、じっくり話を聞かせてもらうことになった。オールド・ケント・ロードのカフェを指定してきたから、小学校の中休み中に会った。ほら、フラットの始末のためにロンドンへ戻ったときだ。そのとき、本当は本を書くのに必要な材料を手に入れられるかどうか見きわめたいんだって打ち明けた。サリー・マクゴワンの名前はまだ出さずにね。別の、もっと最近の事件をいくつか例に挙げたんだ。

するとと意外にも、向こうが彼女の名前を出してきた。古い知り合いから、サリー・マクゴワンがようやく口を開く気になったらしいと聞いたって。ゲームのはずだったのに手ちがいが生じたって言い分を大衆紙がまったく信じないことにずっと腹を立ててたらしい。サリー・マクゴワンは子どものころにできなかった方法で自分の側の話をしっかりと伝えたがってる、と。彼女が受けた虐待の半分は公判での検証が不充分だった。マスコミが彼女を攻撃したのも不思議はない。ただ、彼女は自身と家族の匿名性を保持できる場合のみ話をしたがってる、っていうんだ」

「家族？　もう連絡を取り合ってないはずよね？」

「マクゴワン家の人間と？　どうかな。だが、彼女が言ってるのは現在の家族のことだと思う。夫がいるとしたら夫。それに、子どもがひとりいたしね。彼女といまも連絡を取り合ってるのかどうかリズには訊かなかったし、向こうも言わなかったけど、おれがふたりの関係を知ってることはリズもわかってた気がする。調査が進展してるという実感があった。それに、そのうち、リズがおれを充分に信頼してくれたら、あいだに入ってサリー・マクゴワンと会わせてくれる気がありそうだって感じた」

「どうして、なにも話してくれなかったの？」

「ゆうべ、きみが話すまで、彼女がきみの知り合いのリズだなんて知らなかったからだ。彼女がフリンステッドに住んでることも知らなかった。そのあと、ソニア・マーティンズの話の流れでおれの名前を出し、おれが彼女に取材をしたがってるとリズに話したときみが言った瞬間、すべてばれたと悟った。実際、そのとおりだった。今朝、彼女から電話がかかってきて、とても残念だけどこれ以上は協力できないって言われたよ。自分は判断をあやまった、サリー・マクゴワンに取材する企画なんて成功の見込みがない、サリー・マクゴワンの居所についてもいまはまったく手がかりがない、あなたは話していた別の事件に専念したほうがいい、だってさ。

　彼女はサリー・マクゴワンの正体を知ってる。おれはそう確信してる。彼女がフリンステッドに越してきたのも、そうすればサリー・マクゴワンの近くにいられるからだと思う。な、こっちへ来てくれ。おれの姿を見るなり彼女は心のシャッターを下ろしてしまうだろうが、きみがその場にいてくれたら……」

「だけど、アルフィーは？　もうすぐ学校が終わるのよ。もっと早く言ってくれればよかったのに。そうすれば、車でいっしょにロンドンまで行けたわ」

「彼女がまちがいなくコンベンションに参加するという確信がなかったんだ。無駄足になる可能性があった」

「お迎えを母さんに頼むわけにはいかない。まだ気分がすぐれないらしいの。知ってるでしょう」

マイクルはため息をついた。「くそ。それは考えてなかった。ベビーシッティング・グループのだれかにアルフィーを見てもらってくれないかな？　頼むよ、ジョーイ。サリー・マクゴワンを見つけ出して取材できれば、本人の望む形で彼女の言い分を記事にできる。彼女の匿名性を危険にさらすようなまねはしない」

彼はひと呼吸おいて続けた。「とにかく、リバプール・ストリート駅で。次の列車に乗れば三時半には着くだろう」

こうまで頼まれたらむげにはできない。気持ちが揺れる。

「まあ、信頼してアルフィーを預けることのできる人が見つかればだけどね。ファティマかな。それか、テリー・モンクトン」

「ケイは？　アルフィーをうまく扱ってるって言ってただろう」

「でもケイは……どうかしらね。いまはケイの状況がよくわからない。ずっとわたしに嘘をついてたと思うし。みんなにも。正直、別のだれかに頼むほうがいいと思う。ま、まかせて。すぐに折り返して、行けるかどうか返事する。行けない場合は……そのときは、あなたひとりでリズと交渉して話をしてもらうしかないわ」

呼び鈴を押しつづけること三回目。ファティマはきっと留守なのよ。ケイの家をちらりと見やった。急な頼みでも喜んでアルフィーを預かってあげるって前に言ってたし、ケイはきっと引き受けてくれる。それなのに、なにをためらってるの？　今朝までなら、平気でケイに頼んでたはず。それに、ケイと彼女の飼ってる熱帯魚といっしょに過ごすのを、アルフィーは喜ぶだろうから。それに、ケイはアルフィーをさんざん甘やかすだろうし。

でも、頭のどこかで、それはよくないという声がする。漠然とした予感。彼女と娘さんのあいだでなにか不穏なことが起きている。きっとそう。それ以外、ケイの手紙がすべて返送される理由がある？　それに、孫とスカイプをしてるなんて嘘をケイがつかなきゃならない理由は？　理解できない。ベビーシッティング・グループのだれかに電話して、助けてもらえるかどうか訊いてみないと。でも、デビーには頼みたくない。

ちょうどそのとき、カレンが通りかかった。通りの反対側を歩いているから、最初は向こうはわたしに気づいてなかったけれど、気づくなり通りを渡ってきた。

「こんにちは。あのひどいパーティからもう立ち直った？」

「おおむねは」

カレンに頼もう。アルフィーも彼女のフラットには一度行ってるし。ヘイリーといっしょに『アナと雪の女王』を観ていたあの夜、アルフィーはすっかりくつろいでいた。とはいえ、いまカレンには世話の必要な母親がいる。

「どうかした？」カレンが言った。

「あつかましいお願いをしようかなって考えてた。午後、小学校でアルフィーを引き取ってそのまま何時間か預かってほしくて。でも、無理なお願いだから気が引けて。お母さまの世話で手いっぱいだろうし」

「もちろん預かるわ。じつは、ヘイリーが友だちにかまけてるほうが、母とわたしには都合がいいの。そうじゃないと少し手のかかる子でね。母は、わたしの目には疲れてるように見えてあの子の相手なんてしなくていいのに、やさしいからいつも遊び相手になってくれて」

「ありがとう。こんなぎりぎりに頼みたくなかったんだけど、ロンドンで用事ができて。七時には戻るわ。遅くても七時半」

「どうぞ、ごゆっくり」カレンが言った。「ヘイリーが喜ぶわ。あの子がアルフィーをボーイフレンドだと思ってるって話はしたかしら？　いっしょに『アナと雪の女王』を観てからよ」

　わたしは声をあげて笑った。「アルフィーは気づいてないんじゃないかしら」

「夕食はソーセージとマッシュポテト。アルフィーもそれでいい？　だめそうなら別のものを用意してもいいけど」

「いいえ、それで結構よ。ありがとう、カレン。学校には電話で連絡しておく。わたしの電話番号を教えるわね」

　カレンがスマートフォンを取り出して、連絡先にわたしの名前を登録した。「メールを送るわ」彼女が言った。「それでわたしの番号がわかるでしょう」

「本当にありがとう。心から感謝する。緊急事態にそなえて母の番号もメールで送るわ。いまは体調がよくないの。そうじゃなきゃ母に頼んだんだけど」

「緊急事態なんてないわよ」カレンが言った。「でも、たぶんヘイリーが『アナと雪の女王』をまた観るって言い張るだろうから、アルフィーは救出してもらいたがるかな」カレンがわたしの肩先を見やって笑みを浮かべた。「こんにちは、ケイ。お元気?」

くるりと向き直ると、ケイが玄関先にいた。雑巾で玄関ドアの外側を拭いている。しまった。あの顔。やりとりをすべて聞いて、どうして自分に頼まないんだろうって不審に思っている顔。わざとほかの人に頼んだと思ってるだろうな。きっとそう。

彼女は雑巾を振って挨拶した。なんらかの言い訳をしようとわたしが口を開けたときには、彼女はもう家のなかに入って玄関ドアを閉めていた。しかたない。それに関して、いまできることはなにもない。

41

ラッシュアワーでもないのに、リバプール・ストリート駅はうねるような人波だった。四カ月前まで、十五年近くロンドンで暮らしていた。わが町と言ってもよかった。それがいまは、観光客の気分。人の多さと彼らの歩く速さ、耳にとどろくような声と音の耳ざわりな合奏、テイクアウトの店から漂ってくるさまざまな食べもののにおいに面くらっている。まるで、大都会のまばゆい光に目がくらんでる田舎者ね。

歩きだした瞬間、マイクルが腕に触れた。いつものグレーのウールのコートを着て、上品そうにも無骨そうにも見える。今朝ケイの言ったこと、イドリス・エルバに似てるという言葉を思い出して、にんまりした。でもすぐに、さっきの気詰まりな場面を思い出し、アルフィーを預かってほしいとほかの人に頼んでるのをケイに聞かれた気まずさがよみがえって気持ちが沈んだ。

マイクルが唇に軽くキスをして腕をつかみ、地下鉄のほうへそっとわたしを導いた。

「で、どこへ行くんだっけ？」

「コラム・ストリート。彼女はホリデイ・インに滞在してる。コンベンションは四時に終わるから、バーで一杯やってからロビーで待ってればいいと思ったんだ。まずはきみが声をかけるのがいいかもしれない」

「なんて声をかけるの？」こんな形でリズに不意打ちをくらわせるのは気が進まない。昨日、彼女の家であんなことがあったあとで。わたしを見て、彼女はどんな反応をするだろう？

「それはホテルに着いてから考えよう。きみには、おれの意図を彼女に納得させてほしいだけだ。おれのことを信頼できると、彼女にわかってもらいたいんだ。そして、サリー・マクゴワンにも」

「でも、どうして彼女が自宅に帰るまで待てなかったの？　どうして、こんなふうにロンドンまで追いかけてくる必要があるのよ」

「自宅へ押しかけたら、向こうは玄関払いをくわせやすい。公共の場所で会うほうがいいんだ。彼女が歩み去ったとしても、並んで歩けばいい。向こうは口をきかないかもしれないが、こっちの話は聞かざるをえない」

　粘り強い記者魂の表われ。相手に口を開かせるという決意。なんとしてもネタを手に入れるという強い意思。

　わたしたちはセントラル線に乗ってホルボーン駅で降り、十一月初めの日差しに目をしばたたきながらラッセル・スクウェアまで歩いた。大またで歩くマイクルに後れずについていくのが精いっぱいだった。ロンドンのこの界隈のことはマイクルのほうがはるかにくわしく、数分後にはホリデイ・インのエントランスに入っていた。説得されてこんなまねをするなんて信じられないけれど、刺激的なことだと認めざるをえない。私立探偵になった気分。調査に際してこんなまねをしなければならないのだとしたら、マイクルがときどき秘密めかした行動を取るのも不思議はない。

ロビーを抜けてバーに入ると、マイクルが財布を取り出した。「なにを飲みたい？」

なにを飲みたいかって？　いまアドレナリンが出ている。思考能力が鈍っている。アルコールだけは飲んじゃだめ。

「コーラを」

マイクルがわたしのコーラと自分のラガービールを注文した。

カウンターのメニューを身ぶりで指した。「なにか食べるか？」

わたしは首を振った。実際にこのホテルまで来て、吐き気と不安を覚えている。マイクルが飲みものの代金を払い、大きな柱時計とロビーのガラスドアが見える静かな一角のテーブル席を見つけた。

「リバプール・ストリート駅できみを待つあいだ、リズがなぜおれとの接触を即座に断ち切ったんだろうって考えてたんだ。本当に進展がありそうだったのに」

「そんなの、一目瞭然《りょうぜん》じゃない？　あなたが未成年犯罪者の更生に興味を持ってるロンドンの一記者だと思ってるあいだは協力的だった。でもいまは、あなたがわたしのパートナーで、いわれなき告発に関してソニア・マーティンズを取材したがってて、少しばかり真実に迫ってると思ってるのよ」

マイクルはラガービールをぐいと飲んだ。「だが、それだけじゃないかもしれない」

「どういう意味？」

「おれの読みどおり、サリー・マクゴワンの居所をリズが知ってるとしたら？　サリー・マクゴワンがきみたち両方の知ってる人物で、だから、これ以上おれの取材を受けたくないんだとしたら？　サリー・マクゴワンの正体をきみに知られることをおそれてるんだとしたら？」

いやな予感が頭のなかを跳ねまわる。マイクルの言うとおりだとしたら、リズとサリー・マクゴワンは怯えきったにちがいない。そもそもの最初、わたしが例の噂を口にした瞬間から。あれ以上の打撃をこうむる前にわたしを止めたいほど怯えてた？　サリー・マックを名乗って脅迫的なツイートを送りつけるほど？　小学校のクラス写真にあんなデジタル加工を施すほど？

リズがどの程度コンピュータを使いこなせるのかは知らないけれど、ブログをやってるぐらいだから、ある程度は情報技術にくわしいはず。でも、どうやって小学校に忍び込んで昇降口の脇にあの写真を置いてこられる？　写真はミセス・ヘインズが出勤した際に昇降口の脇で見つけたってマシューズ校長が言ってなかった？　それに、そもそもリズがあのクラス写真のことをどうやって知るわけ？　ペリーデイル小学校とは無関係なのに。そうよ、あの写真を置いていった人物は朝いちばんにあの小学校へ行ったはず。あの小学校に勤務してる人たちをのぞけば、残るは……

ひとつの考えがひらめき、連鎖反応を引き起こした。頭にきてマシューズ校長を待ってるわたしを見かけたテリー・モンクトンが、たしか、PTAの会合があると言っていた。PTAに携わってる何者かが、だれも見てないすきにあの写真を置いていったという可能性は？

マイクルが怪訝そうに目を細めた。「なんだ？　なにを考えてる？」

「わからない。知ってる人全員があやしく思えてきて。ばかげてるわよね」

彼はスマートフォンを取り出した。「ほら、これを見てくれ。ある情報源から、どうにか写真を手に入れたんだ。若いころのサリー・マクゴワンだ」

彼は三枚の白黒画像を見せた。古い写真の画像なので画質はよくない。ネット検索では見ていない画像。サリーは両腕で子どもを抱いている。幼い女児を。そして、写真の撮影者に向かってなにか言っている。顔は怒りでゆがんでいる。女児は怯えているように見える。母親のコートの下襟をつかみ、喉もとに顔を押しつけている。

二枚目は市場の写真だった。果物や野菜、鍋釜《なべかま》類の屋台がひしめいている。褐色の髪をお団子にした女がリンゴの品定めをしている。横顔しか見えないけれど、これもサリー・マクゴワンにちがいない。ミトンをした幼い子どもの手を引いている。最初の写真と同じ女児。

三枚目は、ある家の夜景。この写真は見たことがある。家の表側の窓は割られ、警察官がひとり、家に背を向けて玄関前の通路に立っている。〝子ども殺し〟という言葉が玄関ドアにペンキで書かれている。思わず背筋がぞくっとした。

改めて三枚の写真を見た――リンゴに手を伸ばすサリー・マクゴワンの横顔。鼻梁《びりょう》に見覚えがある。この角度の彼女の写真を見たのは初めてなのに。本当に、だれかに似ている。でも、だれに？　指先でこめかみを押さえる。強く押せば思い出すかもしれない。

女児に目を戻した。新たな考えが頭のなかで存在を主張している。ぴんと来た瞬間、電気が走った。「ねえ、マイクル。わたしが知ってるのは娘のほうかもしれない。サリー・マクゴワンの娘！」

マイクルは閉じた唇のあいだから息を吐き出した。「なるほど、それなら範囲が広がるな」

「それに、もしもリズがサリー・マクゴワンを知ってるんだとしたら、娘のことも知ってるはずよ！」

映画の一場面を切り取ったような光景が次々と目の前を駆けめぐった。例の噂をわたしが初めて口にしたときのリズの表情。大きく見開かれた探るような目。さりげなくオリーヴに伸ばした手。あまりにさりげなかったと、いまは思う。ベビーシッティング・グループで、わたしが聞いた話をみんなに教えるようにとキャシーに言われたときのカレンの驚いた顔と、わたしを見つめる目。

はっと思い当たり、しだいに背筋が伸びた。別の光景が頭に浮かぶ。ペグトン不動産事務所のウインドーからわたしをのぞいてるカレンと母親。歩み去るときに振り向いた母親の顔。あの奇妙な表情。パス・ザ・パーセル・ゲームでどうしてもBGM係をやりたがったカレン。彼女はメイン賞品をわざとアルフィーに取らせてくれた。わたしたちをフラットに招いて母親と引き合わせた。夫といっしょにコンピュータグラフィック会社を経営している。彼女なら、写真の加工方法をよく知ってるはずでは？　それに——どうしよう！——彼女はＰＴＡ

に深く携わってる！　ミセス・ヘインズが出勤する前に昇降口の脇にあの写真を置くことができる人間がいるとしたら、それはカレンにちがいない！

いまカレンのフラットにいるアルフィーのことを考えると、不安で内臓がよじれる。あのとき、アルフィーを連れて早足で歩いていた理由を訊いたとき、カレンはなんと答えたんだっけ？　母親を医者へ連れていくために急いでる、とかなんとか。あれが嘘だったとしたら？　最初からアルフィーを誘拐しようとしてたんだとしたら？　カレンの母親がサリー・マクゴワンで、あの噂を広めたのがわたしだとカレンが母親に話したとしたら？　そのことでふたりはわたしを恨むわよね？　ふたりを危険にさらしたんだから。

その瞬間、このあいだ見た悪夢を思い出した。血まみれの両手でベッドの足もとに立っているサリー・マクゴワン。彼女は……彼女はカレンにそっくりだった！　勢いよく立ち上がって、座っていた椅子を倒しそうになった。椅子は床の上をすべり、ぐらついた。

「どうしよう、マイクル。アルフィーがあいつらのところにいるの！　フリンステッドへ戻らないと！」

「アルフィーがだれのところにいるって？」

「ヘイリーのママ、カレンよ。カレンがわたしたちの息子を小学校から連れ帰ったの。カレンがサリー・マクゴワンの娘なんだと思う。あの噂を広めたわたしを恨んでるはず。アルフィーの身が危険よ、マイクル。いますぐここを出ないと！」

42

わたしはバッグをつかんだ。「ここを出なくちゃ。警察に知らせないと。母さんにも。母さんに状況を知らせなきゃ。学校にも」

マイクルが立ち上がって、両手をわたしの肩に置いた。「ちょっと待て。論理的に考えよう。仮にきみの言うとおりカレンがサリー・マクゴワンの娘だとしても、なぜアルフィーに危害を加えたりする？」

「あの噂を広めたわたしを罰するため。どうしよう！　サリー・マクゴワンがあの子を痛い目に遭わせたら？」

「なあ、きみの言ってることはわけがわからない」

「わけがわからないのはそっちよ。アルフィーが危険にさらされてるかもしれないっていうのに、どうして、こんなところでじっとしてられるの？」

わたしはバーからロビーへと走り出た。マイクルが追ってきた。わたしはすでにガラスドアを抜けて通りに出ていた。いつのまにか雨が降りだしていて、急いで通り過ぎる人の傘で目を突かれそうになった。ホテルの静寂のなかにいたあとなので、通りの騒音が大きくて耳についた。あまりに多くの人があまりに速く行き交っている。彼らの邪魔になっているわたしは、どうしたものか、どこへ行ったものか、わからなかった。スマートフォンを取り出そうとバッグを探った。配車アプリはまだ入ってるかな。それとも、もう削除しちゃった？　電話はどこよ？　バッグに入ってるはずなのに。

マイクルがわたしの腕をつかんでホテルのほうへ引き戻そうとした。通りで痴話喧嘩でもしてると思われているのか、みんながわたしたちを見ているけれど、かまわない。他人にどう思われようと気にならない。フリンステッドに帰り、アルフィーを取り戻したいだけ。あの子を抱きしめて二度と離したくない。

耳もとでマイクルの声がした。「本気で思ってるのか？　自由の身になって三十六年も経つのに、サリー・マクゴワンが——あるいは彼女の娘が——匿名性を危険にさらすようなまねをすると？　彼女たちはヘイリーの目の前で幼い少年を痛めつけたりしない。そんなことをするもんか」

マイクルが両手で腕をつかんで目を見すえ、意識を引き止めてくれなければ、路上に崩れ落ちていたと思う。身震いしていた。子どものように泣いていた。

「噂を広めたきみを懲らしめるためだけに、人生を棒に振り、ヘイリーと会えなくなるような危険を冒すはずがない」

マイクルが強く抱きしめてくれた。「自分たちの身に危険が及んでると思ったのなら姿を消してるさ。さっさと別の町へ移って一からやり直してる」

マイクルの言うとおりだ。カレンの母親は余命いくばくもない。それは一目瞭然。それに彼女はフリンステッドの住民ですらない。カレンの世話を受けるためにあの町へ来ただけ。リズは長年フリンステッドで暮らしている。初めて会ったときにそう話してくれた。彼女がサリーの近くにいるためにフリンステッドへ越してきたんだとしたら、サリー・マクゴワンも長年フリンステッドで暮らしているはず。サリー・マクゴワンがカレンの母親であるはずがない。わたしの完全な思いちがい。

でも、カレンじゃないとしたら、だれ？　ほかのだれが、あの写真を加工して小学校に置いていったの？

マイクルがわたしをバーへ連れ戻してブランディを頼んでくれた。ロビーに目をやった。

「まもなく四時だ。もうすぐリズがコンベンション会場から出てくる。彼女を見逃さないようにこのバーで座って待とう」

「もう一度、さっきの写真を見せて」先ほどとは別のテーブル席に腰を落ち着けてから言った。わたしたちをひと目見るなり、話しかける間もなくリズが姿をくらますようなおそろしい予感がする。マイクルの言うとおり、もしもサリー・マクゴワンがリズもわたしも知ってる相手だとしたら、さっきの写真をよく見れば、きっとだれかわかる。あの鼻が気になってしかたがない。

画像をゆっくりとスクロールして、一枚ずつじっくりと見た。「どこで手に入れたって言ったっけ？」

「警察内の情報源から。アーカイブからなんとか掘り出してくれたんだ。一度も公開されてない写真だが……ま、向こうがおれに二、三借りがあるもんでね」

くわしいことは訊かなかった。こんなことが明るみに出たら厄介なことになりかねないんじゃないの、とも。たぶん、知らないに越したことはない。

「公開されてないのは確か？」

「ああ。百パーセントまちがいない」

「変ね。絶対に、ここに写ってる家に見覚えがある。いつかインターネットで見たにちがいないんだけど」

「そんなはずはない。マスコミに公開されてないんだから」

「でも、見たのよ。まちがいない。まるで……」

「まるで、なんだ？」

思いすごしよ。そうに決まってる。でも、この家を実際に見たことがあるような気がする。この写真を撮った人と同じ位置に立って、この目でこの家を見たような気が。でも、そんなはずがない。たんなるまちがった既視感。そういうこともある。たぶん、ロムフォードの祖父母の家にどこか似てるんだと思う。

「この写真が撮られた当時、彼女はサリー・ホームズと呼ばれていた」マイクルが言った。

「ベンジャミンという男と結婚していたんだ。コヴェントリーで」

ベニー。ベニーとサル。

ベニーとサル？　変ね。どうしてそんな連想を？

「その男は彼女の正体を知ってたの？」

「それはわからない。ベンジャミン・ホームズは地球上から忽然《こつぜん》と消えてしまったみたいなんだ。つまり、彼もまた新しい身元を与えられた可能性が高いってことだ。おい、大丈夫か？」

　ごくりと唾を飲み込んだ。どうして、この前庭で遊んだ記憶が不意によみがえるの？　頭がおかしくなりかけてる。きっとそう。ロムフォードの祖父母の家の庭で遊んだのを思い出してるだけ。そうに決まってる。人形を並べて花壇に座ってるわたしの古いポラロイド写真を母が持っていると思う。母が持ってる数少ない当時の写真の一枚。大半はあの火事で燃えてしまったから。

　あの火事。

　お腹が気持ち悪い。穴が開きそう。

「娘の名前は？」

　マイクルはポケットのメモ帳で確かめた。「ルーシー」

　ルーシー。嘘。そんなはずない。目を閉じて幼いころの記憶をたどる。恐怖と混乱で体がこわばり、枕の下で身を縮めているわたし。腕を伸ばし、手袋をした大きな手でわたしを布団から抱き上げる消防士。耳もとのやさしい声。

「ママとパパのところへ連れていってあげるよ。怖がらないで。もう大丈夫だからね」

　わたしを抱えて部屋から廊下へ出る消防士。その腕のなかでもがき、彼の上着に顔をうずめて泣きだすわたし。煙のにおい。

次は、ママとパパの部屋にいるわたし。でも、ベッドは空で、窓は開いている。むき出しの手脚に冷たい夜気を感じる。固い金属製のものがぶつかる音。遠くから聞こえる甲高い声。人びとの叫び声。

わたしが泣きだすと、消防士が耳もとで言った。「しーっ。泣いちゃだめだ。ママとパパが待ってるからね。怖がらないで」

次の瞬間、もう寒くなかった。なにかにくるまれているから。大きな暖かいタオルのようなもので頭からくるまれていた。わたしは窓からはしごへと移る消防士の上着にしがみついた。

消防士はわたしを抱えて庭を走った。門の掛け金をはずす音、家の裏手にある車庫沿いの小道を走る消防士の足音。次の瞬間、ママとパパといっしょに救急車に乗っていた。わたしを両腕で強く抱きしめるママ、もう大丈夫だよと告げるパパの声。もう大丈夫。

わたしは目を開けた。マイクルが用心深い顔でわたしを見つめている。改めて家の写真を見た。「これはどこって言ったっけ?」

「コヴェントリー郊外のカンリーだ」

不吉な予感が押し寄せてきた。あまりにおそろしくて、考えをまとめるのも耐えられない。でも、そうしなくちゃ。ちゃんと考えをまとめなくちゃ。

無理やりブランディに口をつけたものの、喉の奥に引っかかってむせそうになった。サイレンが鳴ってなかった。なんのサイレンも。だいいち、救急車がどうして家の裏手の小道で待機してたの？　普通は家の表側に停まるはず。読書会に入るように勧めたのは母だった。リズの電話番号を教えてくれたのも。書店の店主から聞いたって言ってたけれど……なんてこと！　リズが守ろうとしてるのはわたしだ。わたしと……母さん！

体がばらばらになりそうな気がする。ひとつわかると数珠つなぎに解けていく。現実が砂上の楼閣のように崩れ落ちた。うちにないのはわたしの幼少期の写真だけじゃない——母の写真だって一枚もない。写真はすべて、家もろともあの火事で失われた。でも、そうじゃなかったとしたら？　故意に破壊されたんだとしたら？

喉が詰まる。もしもそうだとしたら、わたしの人生そのものが嘘だってこと。祖父母。彼らも……

「ジョーイ、どうしたんだ？　話してみろ」

〝ルーシー・ロケットがポケットをなくした。キティ・フィッシャーがポケットを見つけた〟

大好きだった童謡。だから、空想の友だちにルーシー・ロケットって名前をつけた。少なくとも、母はいつもそう言っていた。でも、母が名前を変える必要があったとしたら、わたしにも新しい名前が必要だったはず。母はわたしの名前がジョアンナだと思い込ませなければならなかったはず。

ルーシーではなくジョアンナだと。

叫びだしたいのに、声が出なかった。呼吸もままならなかった。
思いちがいよ。そうに決まってる。荒唐無稽。いくらなんでもありえない。
わたしの母親がサリー・マクゴワンのはずがない。

43

ブランディを飲み干した覚えはないのにグラスが空なんだから、きっと飲み干したにちがいない。

「もう一杯もらってこよう」マイクルが言った。

「いいえ。お代わりはいらない」自分のものとは思えない声。抜け殻のような声だった。もう一度、説明を試みた。「あの火事は彼らの作り話だった。起きたできごとのつじつまを合わせるための。あそこに戻れない理由を説明するための」

マイクルの手がわたしの両手を包んだ。喉の奥で息が震えると、彼が手に力を込めた。

「つまり、わたしの人生そのものが作り話だったってこと。これまで知ってたことはすべて、ひとつの嘘を土台にして作られたものだった」

マイクルがようやく口を開いた。「それはつまり……？　なんてことだ、ジョーイ」わたしの手を放し、口をあんぐりと開けて椅子の背にもたれかかった。「消防士じゃなかったってことか？　きみを家から連れ出したのは被保護者保護プログラムの担当官だった」

両手に顔をうずめ、指先でまぶたを押さえた。うんと強く押せば、ひょっとしたら母の顔――サリー・マクゴワンの顔――が消えるかもしれない。でも消えなかった。鮮明になるばかり。似ていることに、どうして気づかなかったんだろう？　細い鼻梁。口の形。いまや歴然としている。ずっと目の前にあった。文字どおりの意味で。

「どうして、わたしにこんな嘘をつけたの？　こんなにも長い年月、どうして仮面をかぶりつづけることができたの？」

マイクルはふたたびわたしの手を取り、親指で手のひらをもんだ。「そうするのが当然だろう？」

「たぶん父にも嘘をついてたのよ。だから父はわたしたちを捨てた」

「それはどうかな。そうした疑問に答えることができるのはお母さんだけだ」

「結局、父はそんな悪党じゃなかったのかもしれない。母のやったことを許せなかっただけなのかも」吐き気を催したので、マイクルの手から手を引き抜いて口もとを押さえた。「吐きそう」

間一髪でトイレに駆け込んだ。便器にかがみ込むようにして吐いた。ブランディとコーラが苦みを伴って一気に吐き出されたあとは胃液が上がってくるだけだった。何度も吐いたあとは胃が空になったのか、空えずきが続き、全身に冷や汗が浮かんだ。

そのとき、背中にだれかの手が触れるのを感じた。マイクルが背中を円状にさすってくれていた。手を貸して立たせ、洗面所へ連れていってくれた。鏡に映る顔は蒼白《そうはく》で、髪が額に張りついている。まるで知らない人を見ているみたい。

冷たい水を顔にはねかけ、口をすすぐあいだ、マイクルは待っていて、ペーパータオルを何枚かつかみ取って渡してくれた。入ってきた女が不快そうな顔でわたしたちを見て、マイクルをにらみつけた。マイクルはわたしをカーペット敷きの通路へ連れ出し、バーへ連れ戻った。

水を頼んでくれた。

「少し飲めよ」

飲む気にならなかった。飲んだら吐きそうな気がした。

「まだ信じられない。全然、理解できない。もう自分が何者なのかすらわからない」

マイクルが身をのりだして指先で頬をなでてくれた。「それでも、きみは同じだ。きみはきみだ。それは変わってない」

「変わったわ！　わからない？　わたしはジョアンナ・クリッチリーじゃない。ルーシー・ホームズでもない。自分が何者なのかわからない」

涙で目がひりひりする。すぐにも込み合いそうななんの特徴もないホテルのバーなんかで泣きたくないけれど、こらえきれなくなった。目から涙がこぼれ落ちた。

「母は子どもを殺した」小声でつぶやいたのに、その言葉の衝撃は、大声で叫んだにも等しいものだった。店内の全員に届いたような気がした。

だれかがわたしたちの席へ近づいてくる。わたしの目に入るのは、緑色のパンツの脚からのぞく紺色のミドルヒールのパンプス。幅広でシルクのようになめらかなパンツは足首のあたりで裾が揺れている。だれの脚かわかり、その顔を見たくないので、頭を上げる気になれなかった。この女は最初からずっと知っていた。母の庇護者《ひごしゃ》。驚いたことに、母の恋人だなんて！

　彼女がわたしの隣の席にするりと座った。ほっそりした腿の形と、パンツの生地に当たっている骨張った膝頭が見える。彼女がわたしの肩に左手を置いた。ごくごく軽い触れかただったのに、わたしはびくりとした。マイクルと彼女のあいだで無言の意思疎通が交わされた――その強い気配を感じた。その悲しい流れを読み取った。

「お母さんはあなたを深く愛してるわ、ジョー」リズが言った。

「真実を話すほどじゃないけどね」わたしの声はざらついていた。まるでブリキ片が路面にすれるような音。

「話したかったのよ。話すべきだとわかっていたのに話せなかった。あなたを失いたくなかったから」

「でも、こうして失ってる」

「ちがう。いまのあなたはショック状態でしょう。順応する時間が必要なの。いつまでもそんなふうには思わないはずよ。それだけは言っておくわ」

　頭を上げて彼女を見た。耐えがたいほどの頭の重さ。首の筋肉がもろいガラスになったみたい。いつ折れてもおかしくない。

　リズの口が動いている。唇と舌を使って言葉を発しているけれど、わたしには聞こえない。耳鳴りがするし、背中は汗でびっしょり。気を失いそう。

マイクルが、わたしの頭を押さえて前傾させ、呼吸をしろと言っている。永遠にそうしていたかった。頭を垂れて、頭のてっぺんに血を溜めていたかった。履いてるアンクルブーツに意識を集中させた。左のつま先のすり傷に。ヒールの側面に張りついている枯葉のかけらに。いまは、このアンクルブーツが唯一、わたしを大地につなぎ止めている。それ以外のものはすべて砕け散った。上体を起こしたらわたしも砕け散ってしまいそうでおそろしかった。粉々に崩れて粉塵《ふんじん》になりそうだった。まるで、この世に存在してなかったみたいに。

ざわめきが耳に大きく響きはじめた。このテーブル席に人が群がっているのに気づいた。さまざまな靴。心配そうな声。

すぐにマイクルの声が聞こえた。「大丈夫です。ありがとう。すぐによくなります。慣れてますので」

彼が背中に手を当てて上体を起こしてくれなければ、まだ体を沈めたままだった。閉ざされた世界に、アンクルブーツとともに。この不慣れな新しい世界を遮断して。

水のグラスを口もとまで持ち上げて飲んだ。突如として喉の渇きを覚え、急いで飲んだためにに、グラスの縁からこぼれた水が顎をつたい落ちた。ぎこちない手で置いたグラスが倒れそうになって水がこぼれた。口もとを手でぬぐった。リズがバッグを探ってティッシュを取り出し、一枚をわたしに渡し、もう一枚でテーブルを拭いた。グラスの底もぬぐった。彼女は集中した表情を浮かべ、まばたきをするまいとでもしているように不自然なほど目を見開いていた。

「話してあげられることは山ほどあるわ、ジョー」と言った。「話したいことがね。だけど、どれもわたしの話じゃない。あなたのお母さんの話だから。わたしではなくお母さんから聞かなければね」

彼女の目尻からひと粒の涙がすべり落ちた。ほんの一秒か二秒、溶けたガラスのように頬にとどまってから転がり落ちた。

「許してね」リズが言った。「あのツイートのこと」声が震えている。「怖がらせたくはなかったんだけれど、ほかにどうしたものかわからなかったの」

44

マイクルの車に乗っていた。ここに至るまでの記憶はない。ぼんやりと覚えているのは、地下駐車場まで歩いたこと――正確には、連れていかれたというか、導かれ、操られるようにしてそこまで行ったこと。前へ押し出すようにして濡れた歩道を進む足は、とても自分のものとは思えなかった。わたしの体は、マイクルの強くがっしりして安定した体に支えられているだけのもろい構造物にすぎなかった。

リズはいっしょにいない。彼女がどこにいるのかは訊かなかった。知りたくもない。

マイクルの運転で暮れゆく通りを進んだ。延々と続く車の流れのなかで停止と発進を繰り返した。体を左に傾ければドアミラーに映る自分の顔が見える。目があった場所は暗い穴。もはやなにも正しい位置になんてない。内臓までもが移動してまともに動かなくなったみたい。

ふたりとも黙っていた。話すことはなにもない。

話すことは多すぎる。

アルフィー。稲妻が走るみたいに、不意にアルフィーのことが頭に浮かんだ。この一時間に受けたショックのせいで、あの子のことがいまのいままで頭から消え失せていた。やましさが激しく体を貫いたので、一瞬、車がなにかに衝突したのかと思った。

　マイクルの手がさっと伸びてきて太ももに触れた。「どうした？」

「カレンに電話しなきゃ。遅くなるって伝えないと」

「車を脇へ寄せて、おれがかけようか？」

「いい。運転を続けて。わたしがかける」

　バッグのなかを手探りした。スマートフォン。わけがわからずロック画面を見つめた。手順を忘れている。操作方法を。突然の悲鳴に、ふたりとも面くらった。車内の空気が凍りついた。わたしの口から漏れた音だった。腹の底から螺旋《らせん》状に上がってきた苦悶《くもん》の竜巻。

　方向指示器の音。でも、左側の車の流れはゆるまなかった。

「停めないで。ちゃんとかけられるから」脳がふたたび働きはじめた。指に指示を出した。連絡先をスクロールしてカレンの名前を見つけた。

「カレン、ジョーです」肩で息を吐いた。大事なことよ。しっかりしなさい。普通に話すの。いま向かっていると、彼女に知らせるのよ。

「あら、こんばんは」カレンが言った。明るく朗らかな声。思いがけず侮辱された気がして、その口調に腹が立った。「アルフィーは夕食を食べたわ。食欲旺盛《おうせい》なのね」

「ええ、そうよ。ねえ、少し遅くなりそうなの。道路が込んでて……」

「ああ、問題ないわ。本当に」一瞬のあとでカレンは訊いた。「大丈夫、ジョー？　声がなんだか……」

「悪い知らせを聞いたものだから」顔をしかめて言葉を飲み込んだ。頭のなかで無限ループで繰り返されている言葉を。母が子ども殺しだと知ったところ。これまでの人生がまがいもので、生まれた日からずっと嘘をつかれていたと知ったところ。

「ジョアンナ？　まだそこにいる？」

「ええ、ええ。いるわ」

いる？　本当に？　手負いの動物のように助手席にうずくまってるだれかはいるけど。ジョアンナ・クリッチリーのふりをしているだれか。アルフィー・クリッチリーの母親。そして、あの女の娘……

「話をしなくちゃならないの……母と。できるだけ早くそっちへ行くから。ごめんなさい」

「必要なだけ時間をかけて。アルフィーは大丈夫だから」カレンは、なにか悪いことが起きたと察している。口調でわかる。明るく陽気だったのが、重々しく心配そうな声に変わっている。

「眠そうだったら、ソファをベッド代わりにして寝かせるし。とにかく、用件を済ませてらっしゃい。いいわね？」

「わかった」ついさっきまで、カレンがわたしとアルフィーに危害を加えるつもりだと思っていたなんて信じられない。そのときは彼女がサリー・マクゴワンの娘だと思い込んでいた。でも実際は……最初から、わたしがサリー・マクゴワンの娘だった。

外は暗く、雨が強く激しく降っている。マイクルがワイパーを最高速にしても視界は悪かった。ほかの車のヘッドライトがフロントガラス越しにまばゆく、ゆがんで見える。テールライトはどれも血のように紅い。車でロンドン市内から出るには最悪の時間帯だけど、マイクルは優秀なドライバーだった。冷静沈着。いらいらしているとしても、うまく隠していた。だれかに割り込まれても、車が遅々として進まなくなり、少し進んでまたのろのろ運転になっても、いらだちを見せなかった。ただ対応していた。ただ運転していた。

雨でぼやけた窓の外が、ロンドン市内から郊外へ、やがてなにもない真っ暗な田舎の風景へと変わっていくのをぼんやりと意識していた。両側に大きな深い闇がそびえ立ち、ヘッドライトが円弧を描いて照らし出す道路のほんの一部が見えるだけだった。

いまのわたしにあるのは道路のほんの一部。それだけが現実。路面から目を離すことができなかった。

静寂を破るためにマイクルがラジオをつけると、『キャッスル・オン・ザ・ヒル』を歌っているエド・シーランの甘くかすれた声が車内を満たした。どこからともなく手が伸びてラジオを消そうとした。わたしの手。指がスイッチに届きかけていたけれど、マイクルの手のほうが早かった。耐えられない。あまりに現実的で心が痛い。故郷に向けたラブソング。わたしは自分の故郷に帰ろうとしている。でも、いまはすべてが変わってしまった。不要な植物のように引き抜かれ、地面に投げ捨てられて、根《ルーツ》が空中にさらされている。

わたしの根《ルーツ》。目を閉じて、それについて考えないようにした。病んだ根《ルーツ》。節くれ立った悪しき根《ルーツ》。ケニー・マクゴワンとジーン・マクゴワン。いばり屋と拳。恐怖と恥。彼らの娘サリー。わたしの母サリー。

車内は暖かく、空気はよどんでいる。ほんの少し窓を開けて窓ガラスのてっぺんに手を置き、指先を突き出して夜気に触れた。子どものころ、車に長く乗ってるときによくこうやっていた。母の運転で——母は慎重なドライバーで、両手を十時十分の位置に置いて、拳が白くなるほどしっかりとハンドルを握っていた——わたしは助手席でくつろいでいた。窓の外を眺めていた。空想にふけりながら。

慎重なドライバー。慎重な女。慎重な生活。いまとなっては納得がいく。パズルのピースがぴたりとはまるみたいに。聖歌隊でたくさんの友人知人がいるという好印象を与えているものの、いま考えると、母はいつも他人を寄せつけなかった。近づきすぎるのを許すことはなかった。あのときレストランでマイクルはなんて言った？　きみは昔から自立心がおそろしく強いから多くを求めたら跳ね橋を完全に上げてしまうんじゃないかと思ってた、って。その自立心は母から学んだこと。そうじゃない？　きっとそう。

「大丈夫か？」

その問いかけが耳に達すると同時に、窓のすき間から氷のように冷たい雨が吹き込んで頬を刺した。

大丈夫なはずがない。頭を窓に押し当てて目を閉じた。この先二度と、大丈夫なことはない。大丈夫だった日々は永遠に消え去った。

「なんだったらいっしょに行くよ。それとも車で待っててほしいか？」

向こうに着いたらどうするかなんて、まったく考えてもいなかった。この車を降りて、あの家に入ったあとのことなんて。この暖かい繭《まゆ》からどうやってこの身を引きずり出す？ 冷静沈着な運転席のマイクル。フロントガラスの先の楕円形の光。

母と面と向かったらどうなるだろう？ わたしはなにを言う？ 母は？

アルフィーさえこの車に乗っていれば、このまま走り去って二度と戻らずにいることだってできるのに。どこか別の場所で一からやり直すことが。すべてを忘れて。古い殻を脱ぎ捨てるように過去を捨てて。だって、母はそうしたんだから。何度も。

近づいていた。この旅の終わりに。見慣れた環状交差点や曲がり角。道路はもう直線ではなく曲がりくねっている。ヘッドライトをハイビームに。ロービームに。宝石を集めたみたいに輝いている村々。パブ、レストラン。コンビニの〈テスコ・エクスプレス〉。なにもかも平常どおり、いつもどおりの場所にある。変わったのはわたしだけ。わたしの過去と現在と未来は、原形をとどめないほどゆがんでしまった。

フリンステッドの手前の村が闇のなかでまたたいた。

リズは真夜中にしか電話をかけてこない。たいていの人間はそんな時間の電話を嫌う。そんな時間の電話が意味するのはひとつ――悪いことが起きたってことだから。すぐさま行動する必要のある事態が。

事故。

惨事。

死。

だから、いつもとちがって真夜中には早すぎる十七時十一分に発信者通知画面に彼女の名前が表示された瞬間、直感した。なにかあった、と。これまでずっと演じてきたゲーム。もう少しで勝利を収めるゲーム。

彼女が口にする前からなにを告げられるかわかっていたし、実際に告げられると……その言葉が繰り返し心臓を貫いた。何百回も強烈に突き刺した。

ジョアンナが知った。ジョアンナが知った。ジョアンナが知った。

今夜はこの家から出ない。ランニング用の服と靴を身につけて夜の通りを幽霊のように走ったりしない。光に引き寄せられる蛾《が》のように、彼女の家の窓の光に引き寄せられたりしない。甘く温かい彼女の目や口にも。彼女の暖かいベッドでの至福の時間にも。
いまは彼女にもわたしをなぐさめることはできない。最愛の人。リズ。
だれにも。
怪物《モンスター》が解き放たれた。

45

車が彼女の家の前に停まると身震いがした。〝彼女〟の家。母の家ではなく。もう始まってるってこと？　隔絶が？

マイクルがイグニションを切り、運転席で体をまわしてわたしへと向き直った。わたしの両手を取って、片方ずつキスをした。温かくて乾いた唇。手にすれる無精ひげ。

「いっしょに家に入ろうか？」

わたしは首を振った。口で言うよりも楽だから。

ポーチの明かりがついている。ふだんは、来客があるときか出かけて帰りが遅くなるとき以外はつけないのに。もっとも、彼女が夜に外出することはめったにない。戸締まりだって早めにしている。いつもそうしていた。わたしが幼く、父がわたしたちを捨てたときから。夕食時にはドアを施錠し、カーテンを閉めていた。いまはその理由がわかる。

「快適でしょう」とよく言っていた。「ふたりきりで安全で快適」

呼び鈴を押す指が震えた。鳴らない。もう一度、今度は強めに押した。アルフィーと玄関先で待つあいだによくこのメロディに合わせて踊っていた。その軽快なメロディがいまは耳にさわる。なにも知らなかった幸せな日々のメロディ。今夜はやたらと陽気なこのメロディがありがたいはずがない。

呼び鈴を押さずにドアをノックすればよかった。堅苦しく三度。もう手遅れだけど。

ドアを開けた彼女の顔を見た瞬間、知っているんだとわかった。リズがあらかじめ電話をかけて教えたにちがいなく、わたしはほっとした。ありがたいことに、彼女はいつもの歓迎を示さなかった。温かい笑みも。頬への軽いキスも。肩を抱き寄せることも。こっちからあの話題を持ち出すすべを考えなくてすむので助かった。

「待っていたわ」彼女が言った。わたしの目から視線をそらし、外で待っているマイクルの車を見つめている。

くるりと背中を向け、先に立ってリビングルームに入った。いつも座っている肘掛け椅子の脇のコーヒーテーブルに、琥珀《こはく》色の飲みものがはいった小ぶりのグラスが載っている。彼女がひとりで酒を飲むなんてことはまずない。少なくとも、これまで一度もなかった。まあ、わたしがベッドに入ったあとでなにをしていたかなんて知りようがないけれど。わたしがアルフィーとうちで過ごしているあいだ、彼女がここで、おそろしい秘密と向き合ってなにをしているかなんて、知りようがない。わたしの母親だと称しているこの未知なる女のなにを知っているというんだろう?

彼女が首を傾けてサイドボードを示した。「なにか飲む?」

本能的に断りかけた。昼食のあとはなにも食べていない。あのホテルで、あえぐようにして飲んだブランディの最初のひと口は喉の奥に焼けつくような感覚をもたらしたけれど、そのあとはグラスをいとも簡単に干してしまった。

「あいにくアマレット・ディ・サローノかシェリーしかないけれど」彼女がサイドボードをのぞき込むようにして奥に手を伸ばした。

「シェリーをちょうだい」

こんなの、まちがってる気がする。彼女が最悪の話を認めようとしているときに、客人のようにシェリーを口にするなんて。きっと、身の毛もよだつ詳細まで話すはず。説明するはず。でも、もちろん、彼女の意図はよくわかっている。その瞬間をできるかぎり先延ばしにしようとしている。彼女にはグラス類やボトルをいじったり、新しいコースターをコーヒーテーブルに置いたり、シェリーをサイドボードにしまったりする時間が必要なんだ、と。いつもどおりの動き。夕方、だれかが一杯やりに立ち寄ったときにやること。最後の瞬間まで、これがごく普通の日常だという幻想を引き延ばそうとしている。ひょっとすると、ふたりともが。

ごく普通の日常だという幻想。これまでがずっとそうだった。幻想。

差し出された飲みもの――グラスになみなみと注がれたハーヴェイ・シェリー・ブリストル・クリーム――を受け取ってテーブルに置くとき、わたしの手は震えていた。

いまは、いまだけは、おたがいに思いきって相手を見た。

「どこから話してほしい？」彼女がわたしの視線を受け止めてたずねた。先に目をそらしたのはわたしだった。

わたしは膝の上の両手を、浮き出た血管を見つめた。「ことの発端からがいいと思う」

彼女はうなずいた。「でもその前に、あんたとアルフィーはわたしの人生でもっとも大切なふたりだってことをわかってほしい」

「リズよりも大切？」

彼女はショックを受けた顔をした。まるで、わたしがつかつかと近づいて頬をひっぱたきでもしたみたい。「どうしてそんなことを訊けるの？」

「あなたのことを彼女がすべて知っているのに、わたしがなにも知らないという事実のせいかもね。彼女に対しては、三十四年間も嘘をつきとおしていない。それが理由かもしれない」

彼女は両手で――鼻のてっぺんで両手の指先を合わせて、祈りを捧げるような形で――顔を覆って、傷ついた子どものように、椅子のなかで小さく身を揺らした。わたしの言葉が彼女を傷つけた。わかっているけどどうしようもない。冷徹な自制心が心に棲みついたんだから。

「そうね、彼女はすべての事情を知っている唯一の人よ。でも、だからといって、彼女があんたたちよりも大切だということにはならない。あんただって、アルフィーよりもマイクルを愛してるわけじゃない。そうでしょう？　当然よね」

わたしは拳を握った。よくもこの話にマイクルとアルフィーを持ち出せたものね。どうしたら自分の人生とわたしの人生を比較できるのよ。

「リズはわたしを信じてくれた。彼女は成人してまもなく〈グレイ・ウィロー・グレインジ〉で働きはじめた。大学を出て最初のちゃんとした仕事。最初に足を踏み入れたのがあんなところだなんて、厳しい試練だったにちがいないわ」

彼女は目を閉じて椅子の背にもたれかかった。

「出所前に、リズは規則を破って私書箱の番号と住所を教えてくれた。必要なときはいつでも連絡してくれてかまわないと言って。

彼女と連絡を取りたかった。手紙を何通も送った。新しい名前で書いて、住所まで知らせるのは危険だったけれど、彼女のことは信頼していた。最初から信頼できた。リズはわたしの試金石だった。いまもそう」

彼女が息を吸い込むと、一瞬だけ表情がやわらいだ。「社会にひとりで放り出されて怯えていたときもずっと。だれと会ってどこへ行っても正体がばれるという危険がつきまとっていたとき、リズがいてくれた。送ってくれた手紙のなかに。彼女からの手紙だけが支えだった。もちろん、あんたの父親と出会うまでだけど」

彼女は身をのりだして飲みものを手に取った。ひと口飲んだ。「でも、話を飛ばしすぎたわ。最初から話すわね。話を戻さないと。ことの発端へ」

「いいえ、まず父さんのことを聞かせて。父さんは知ってたの？　正体を知ってたの？」

彼女は壁のほうに顔を向けた。「打ち明けたかった。あんたが理解できる年齢になったときにあんたに打ち明けたいと思ったように。でも、できなかった。打ち明けることができなかった。告げる言葉を探そうとするたびに勇気を失った。彼を失いたくなかった。あんたを失いたくなかったのと同じように。いまも、あんたを失いたくない」

「だけど、結局、父さんは知った」

「そう。それも最悪な方法でね。玄関ドアにペンキで書かれた憎しみに満ちた言葉。窓から投げ込まれた煉瓦。うちの前に立って叫びわめく隣近所の連中」

あの写真が頭に浮かんだ。あの救急車で。あれが撮られたのは翌日、わたしたちがこっそりよそへ移されたあとにちがいない。いま思えば、きっと覆面車だったんだろうけど。

「だから父さんはわたしたちを捨てたの？　正体を知ったから？　不倫相手とか新しい家族とか――あれも嘘だった？」

「ちがう！　いえ、そうね。でも、まったくの嘘でもない。わたしたち、説明のつく理由を考え出す必要があったから」

「わたしたち？」

「わたしの世話をしてくれていた数人の人たち。いまも世話をしてくれている。わたしの安全を守ってくれている。あんたの安全を。あんたとアルフィーの」

びくりとした。彼女の口からあの子の名前を聞くと違和感を覚える。この話にあの子のことを持ち出したくない。そんなの、ひどすぎる。いまカレンのフラットにいるあの子の姿を思い浮かべた。たぶんヘイリーといっしょにＤＶＤを観ているか、ひょっとするとヘイリーに『アナと雪の女王』ごっこをさせられているかな。あの子とうちへ帰るためならなんだって差し出す。いまのわたしにあるのはあの子だけ。あの子とマイクル。わたしの人生で、あのふたりだけが本物。ううん、ちがう。父さんも本物だった。

「正体を知ったあと、父さんにはわたしに会う気はなかったの？」

「彼はしばらくいっしょにいた。わたしたち、グレイヴスエンドのセーフハウスへ連れていかれたから。しばらくそこで暮らしたけれど、うまくいかなかった。彼には耐えられなかった。彼はいまもきみを愛していると言ってくれたし、もちろん、あんたのことも愛してたけれど、あれ以後は事情がまったく変わってしまったから。当然でしょう？　でも、彼には選択肢があった。わたしたちのもとにとどまって三人ともが新しい身元を得るか、わたしたちを残して去るか。二度と会わない覚悟でね」

彼女はまた壁に顔を向けた。「彼は去ることを選んだ。アメリカへ渡った。向こうで家族を設けた」

嚙みしめている顎が痛い。気の毒な父さん。与えられたものを受け入れるか受け入れないかの選択だったはず。わが娘のために自分の持つすべて――仕事、親戚、友人――を捨てて、もはや知らない人間も同然で信頼もしていない女のもとにとどまるか、立ち去って新たな人生を歩むか。渾然《こんぜん》とした過去を置き去りにして。とどまってくれなかった父を、わたしを第一に考えてくれなかった父を恨む気持ちもあるけれど、無理もないと思う気持ちのほうが大きい。これだけの嘘をつかれて、彼女を愛せるはずがない。わたしだってそう。

バッグのなかで電話が通知音を立てた。スマートフォンを取り出した。マイクルからのメールだった。

〃大丈夫か？　おれも家に入ろうか、それともアルフィーを迎えに行こうか？〃

わたしは返信を打ち込んだ。〃迎えに行ってくれる？　〈ザ・リーガル〉の2A号室。あの子をうちへ連れて帰って。あとで電話する〃

ちらりと母を見た。グラスの酒を飲み干しているのに、漆喰《しっくい》のように蒼白な顔。今夜はうんと遅くなりそう。話はまだ始まったばかりなんだから。

46

いまマイクルといっしょにいたいとなによりも願いつつスマートフォンをバッグにしまった。アルフィーを迎えに行きたい。いっしょにうちへ帰りたい。ふだんどおりの夜を過ごしたい。それなのに、こんなところで、わたしの人生を整然と破壊する母親の話に耳を貸している。

「つまり、父さんが去って、自分ではなく父さんを人でなし《モンスター》に仕立て上げることにしたわけね。それはどうも。父さんをろくでなしだと思わせてくれてありがとう。連絡もしてこないぐらいわたしを愛してないと思わせてくれて」

破られた約束。父が去ったせいで泣き疲れて眠った夜。そのすべてが嘘だったわけね。父は連絡を取ることができなかった。わたしたちに新しい身元を与えられたあとは、どこを探したものか知る由もなかったんだから。

「わたしだってつらかった」ささやくような小声だった。「あの人はわたしの夫だったんだから。彼を愛していた。だいいち、それ以外に、彼がいなくなったことをどう説明できたというの？　父さんは死んだと言ったほうがよかった？」

「そうね、そのほうがましだったかもしれない。たぶん、本当にもう亡くなってるかもしれないしね」

「死んでないわ」

無理やり唾を飲み込んだ。喉が腫れて厚くなっている気がする。「どうしてわかるの？」彼女を見つめて身をのりだした。「父さんの居所を知ってるの？」

これまでは知りたいなんて思わなかった。父に関することはなにも。彼女がそう取りはからったから。でも、いまは状況がちがう。これですべてが一変する。

「いいえ。でも、彼が健在で、ニューヨークのどこかで暮らしていると聞かされたわ」彼女は膝の上で両手をよじった。「すべてが嘘だったわけじゃないのよ、ジョー。彼に新しい家族がいるのは本当。娘がふたり、息子がひとり」

「どうしてあんなことを？　どうして幼い男の子を殺したの？」なんの変哲もないリビングルームの静寂のなかでは耳ざわりで不快な言葉。「孫息子とたいして年のちがわない幼い男の子を」

彼女は被弾でもしたように腹を押さえた。ほんの数秒、同情を覚えそうになった。覚えそうになっただけで、実際に同情したわけじゃない。もはや、なにが真実なのかわからない。

彼女は立ち上がって部屋の反対側へ行った。壁に両手をついてうなだれた。

「あの子のことを」と言った。「サリーのことを話すときは、別の人の話をしていると理解してほしい」

彼女は背筋を伸ばして元の椅子に戻った。ふたたび腰を下ろすと、両手で膝をつかんだ。

「ある意味、だれだってそうだと思う。人は変わる。進化する。毎年。毎月。毎週。たった一日で変わることもある。一時間。一分」彼女は深く息を吸い込んだ。「一秒で」

話しているあいだ、彼女は宙を見つめていた。いまは、なにも見るまいというように固く目を閉じている。ふたたび目を開けたとき、視線がわたしに向いた。ほんの一瞬だけ。

「彼女に幼少期はなかった。あんたのような幼少期。アルフィーのような幼少期はね。でもまあ、彼女の育った環境についてはもう知ってるのよね。記事をあさって情報をつかんだ。そうでしょう？」

わたしは黙っていた。

「あんたが読書会へ行ってるあいだにインターネットの閲覧履歴を見たの」

わたしは彼女をまじまじと見た。

「ああ、詮索していたわけじゃないわ。クロスワードパズルを解いていて、調べたい言葉があったのよ。あんたのｉＰａｄがソファに置いてあった。画面のいちばん上のタブを全部見た。あんたが開いたウインドーを。彼女の半生に通じる窓《ウインドー》。サリーの人生に」

「あなたの人生だわ」

「ちがう！」彼女の目が光ったので、一瞬、恐怖を覚えた。自分の母親に対する恐怖。過去の彼女——本質的にはいまも変わっていないかもしれない彼女——に対する恐怖を。この女《ひと》はリズが投稿したツイートを知っていたんだろうか？　あの写真もふたりのしわざだったんだろうか？　きっとそう。どうしてこの女はわたしにあんなまねができたの？　自分の娘に。

「わたしの人生じゃない」彼女が言った。「あの子の人生よ。そう言ったでしょう。あの子はわたしじゃない。わたしはあの子じゃない。もう何年も前からあの子じゃない。わたしにはあんなこと……」声がとぎれた。

わたしはまた自分の両手を見つめた。糊《のり》で貼りつけたように固く握りしめているせいで前腕の筋肉が痛い。もう、この女《ひと》が何者なのかわからない。この女のことをなにも知らない。

「あんたは好運なのよ、ジョー。ドアに鍵を挿す音が聞こえた瞬間、血管を流れる血が凍るほどひとりの男をおそれる気持ちを知らないから。そいつが階段を上がってくると、お漏らしするほどの恐怖を覚える。そいつが一段上がるごとに時間がなくなっていく。隠れる場所もないし、大声をあげても無駄。だから、ただ待つ。また始まるのを待っていると、実際に始まる。始まるの。毎回かならず。始まらないことは絶対にない。ベルトでぶたないときはズボンのファスナーを下ろす。床の上で縮こまってるわたしをはさむように足を広げて立つ。子どもが知るはずのないことをさせる。言うまでもなく、無理強いよ。

それに、わたしを恐怖で言いなりにしてないときは、母に暴力をふるっていた。喉もとを――母の喉もとを――つかんで持ち上げて、顔が真っ青になって脚をばたつかせるまで壁に押しつけていた。あいつが手を放して母が床にすべり落ちるのを目にした。ぬいぐるみ人形みたいに床に崩れ落ちるのを。あいつはそのあとさらに蹴りつけることもあった」

またしてもその男が目の前に現われたかのように、椅子の背にめり込みそうなほど身を縮めた。

「あの男はまさに悪魔だったわ、ジョー！」彼女は涙を流した。「悪魔そのものだった！」

彼女をなぐさめたい。腕のなかに引き寄せて、しっかりと抱きしめてやりたい。この女《ひと》がわたしの母親なんだから。生まれてからこのかた愛し尊敬してきた女性。それなのに、いまの彼女は過去の恐怖を思い出して、かつての怯えた子どものように椅子のなかでめそめそと泣いている。それでも、わたしはソファから立ち上がることができなかった。体が硬直し、麻痺したようだった。彼女の話は悲惨だ。想像していた以上に。しかも、この先にもっとおそろしい話が続く。彼女の目を見ればわかる。わたしはろくに息もできなかった。

これが現実のはずがない。こんなことが起こっているはずがない。母の家のリビングルームに座って、夜七時にシェリーを飲みながら胸の悪くなる話を聞いているなんて。母が記憶をひとつずつ掘り返して、わたしの目の前で追体験しているなんて。どれも現実じゃない。

「自分のやったことの弁解のために話してるの？　弁解の余地なんてない。幼い男の子を殺したんだから」

「ちがう」彼女が言った。「殺してない。あれはゲームだった。ゲームでとんでもなくおそろしい手ちがいが生じたのよ。信じて、ジョー」彼女の両手が椅子の肘掛けを握りしめた。指先が布地にくい込んでいる。

バッグのなかでスマートフォンが鳴った。取り出して見るとマイクルだった。なによ、もう。どうして電話なんてしてきたの？　きっと、この話し合いの状況を察しているのね。

「もしもし？」

「ここにはだれもいない」

「どういう意味?」

「フラットは留守なんだ。2A号室だよな?」

「そう。一階よ。入口で部屋番号のブザーを押してから……」

「ああ、そうしたよ。でも、応答がないんだ。心配するな。別の部屋のブザーを押して、だれかに建物内に入れてもらえるか試してみるから。2A号室のブザーが故障しているのかもしれない」

彼の声の調子が変わった。低く、秘密めかした調子に。「どうなんだ……そっちは?」

わたしはため息をついた。「どうだと思う?」

「くそ。ばかな質問だったな。邪魔して悪かった。部屋番号をまちがえたかと不安になっただけだ。心配するな。アルフィーをうちへ連れて帰ったら、きみからの連絡を待つよ」

47

膝の上で両手を組み、口調に苦さがにじむままに言った。「どこまで話してたんだっけ？たしか、幼い男の子を殺した弁解を重ねようとしてたわね」

母が顔をしかめた。「弁解じゃない。一部始終を話そうとしているだけ。ある種の脈絡を追って。あんたに打ち明ける日をずっと待っていたんだから、すっかり聞いてほしいの」

「打ち明ける日をずっと待っていた？」わたしは信じられないとばかりに首を振った。「白状することを自分で決めたみたいな言いかたね。わたしがつきとめなければ、なにも話す気はなかったくせに」

「それはちがう。大まちがいよ。わたしは長年、苦しみつづけていた。あんたがｉＰａｄで調べていることに気づくはるか前から。商店街の気の毒な女性が標的にされるずっと前から。リズに何度も訴えた。わたしの言い分を語って事実を明確にしたいって。怪物《モンスター》がどうやって生まれたかを知らしめたいって」

彼女は両手の人差し指で胸を軽く叩いた。「わたしのことをそう思ってるんでしょう？怪物だ、と」

わたしは深呼吸をひとつした。「自分がどう思ってるのか、もうわからない。ただ、許せないことは確か。なにを話してくれたところで、これだけの長い年月ずっと嘘をつきつづけてきたことを許すことはできない。父さんをろくでなしだと思い込ませたことも、おじいちゃんとおばあちゃんとの楽しかった思い出をすべて台なしにしたことも」

涙が頬を流れ落ちた。「何者だったの、あの人たちは？　リリアン・ブラウンとヘンリー・ブラウンは何者だったのよ？」

いまは彼女も涙を流していた。「あんたの祖父母よ。生物学上の祖父母ではなかったかもしれない。でも、それ以外の点ではあんたの祖父母だった。わたしにとっても、初めて得た愛情深い両親と言える存在だった。

ロムフォードへ移されたあと、盲導犬の世話を始めた。散歩、訓練、引退した盲導犬の世話。それが新たな身元の一部だったし、気に入っていた。そこで初めて出会ったの――リリアンとヘンリーに。ルルが年老いて盲導犬として働けなくなって、ヘンリーにもっと若い盲導犬が必要になったとき、わたしがルルを引き取ったのよ。すてきな夫婦だった。やさしくて思いやりがあって。ふたりには子どもがいなかったから、わたしたちに目をかけてくれたの。十五歳の時に両親が自動車事故で亡くなったというのが、そのときのわたしの身元の背景情報だった。ふたりは、あんたの祖父母の代わりを喜んで果たしてくれただけ。あんたがおばあちゃんと呼びはじめたとき、リリアンはすごく喜んだ。彼女にとって、あんたはかけがえのない宝ものだったから」

彼女はポケットからハンカチを取り出して洟をかんだ。「ふたりが本当の祖父母じゃないことをあんたに話さなければならなかったけれど、話せなかった。ずっと話そうと思いながら、言いだせないまま時間が経つうち、話す意味が見出せなくなった。与えられた背景情報、つまり本当の祖父母は自動車事故で死んだという話を聞かせたら、あんたが混乱するのはわかってたから。だいいち、その話も嘘だったわけだし。そうでしょう？　あんたの本当の祖父母は……まあ、名前は知ってるわよね」

ケニー・マクゴワンとジーン・マクゴワンの不快な写真が頭に浮かんだ。固く目を閉じて、代わりにリリアン・ブラウンとヘンリー・ブラウンの写真を思い浮かべようとした。

「そのうちヘンリーが亡くなり、すぐにリリアンもあとを追うように亡くなった。わたしの人生に意味を与えてくれた人たちがみんな、いなくなった」彼女は手のなかのハンカチをねじった。「あんたの父親。リリアン。ヘンリー。わたしにはあんたしかいなかった。あんたとリズしか」

リズ。いつリズが再登場するのかと思っていた。

「不幸な日々のなか、リズのおかげで正気を保つことができた。不幸な日はたくさんあった。とくに、報道禁止命令が出されたあとはね。報道禁止命令はわたしたちをマスコミから守ってくれるはずだった。年がら年中わたしたちを追いかけるのをやめさせるはずだった。でも、状況は好転ではなく暗転した。シルヴィア・ハリスがむやみに騒ぎ立てた。わたしが匿名性を得たのを不公平だと考えたの。事件の日が近づくたびに彼女や家族がマスコミの質問攻めに遭うのに、わたしがマスコミにいっさいわずらわされないことを。ほら、〝十年前の今日、サリー・マクゴワンという怪物《モンスター》が……。十五年前の今日……二十年前……二十五年前〟って。絶対に終わらない。あるいは、ほかの子どもがだれかを殺したり危害を加えたりしたときも。マスコミが取材に来るのはわたしのところじゃない。報道できないんだから。マスコミはわたしの居所を知らないし、仮に居所をつきとめたところで、報道禁止命令を破ることは許されないから。でもシルヴィア・ハリスは格好の獲物だった。家族もね。だから彼女たちは、報道禁止命令をくつがえすためのキャンペーンを始めた。

シルヴィアが死んだとき、事態は徐々に収まるだろうと思った。でも、彼女の娘がバトンを受け継いだ。ロビーの姉マリー。彼女は、わたしの顔がふたたび紙面に載るまで満足しそうにない。それも十歳のときの顔ではなく、現在の顔がね。そんなことになったら、わたしの人生は終わりよ。どこへ行ってもいやがらせやそしりを受けることになる。あんたとアルフィーも巻き込まれる。わたしの人生と同じように、あんたの人生も汚されてしまう。

あんたがインターネットで調べはじめたことを知ってからずっと怖かった。だから体調を崩した。リズに話したら、あんたが読書会でもその話をしていたって。そのあとソニア・マーティンズが標的にされて……」

「リズとふたりして、わたしを脅して黙らせるために卑劣な計画を企てたのね」

彼女はわたしの気がふれたとでもいうようにわたしを見つめた。「わたしが実の娘を脅すようなまねをすると考えているなら、頭がどうかしてるにちがいないわ。あんたはわたしの人生でなにより大切なものなのよ、ジョー。あんたもアルフィーも。そのどちらかに危害を加えるようなまねは絶対にしない。それぐらいわかっているはずよ！」

「そうかしら？　わたしにはもうなにもわからないのに」

でも、わかっていた。心のなかでは、心の奥底では、彼女のその言葉は本心だとわかっていた。わたしたちに危害を加えるはずがない。そんなこと、できっこない。

彼女は髪に手ぐしを通し、頭皮に爪を立てた。次の瞬間、凍りついたように動きを止めた。はっと頭を上げた。

「どうしてそんなことを言ったの？　わたしたちがあんたを脅しているなんて」

わたしはサリー・マックのツイートとハロウィンの写真のことを話した。

「リズがそんなことをするはずがない」

「いいえ、するわ。すでに、ツイートを送りつけたことを認めたもの」

彼女の口があんぐりと開いた。「でも、写真はちがう。そんなことをするはずがない。彼女はそんなことをしないとわかってる」不安を宿した目でわたしをまっすぐ見つめた。「どうしよう！　マリーがすでにわたしの居所をつきとめたのかもしれない。危険な状況だってわかってる、ジョー？　わたしの居所を嗅ぎつけたら、マリーはなにをするかわからないのよ」

彼女はなめらかな動きで椅子から立ち上がると、サイドボードの横の背の高いチェストのひきだしを開けた。一冊のフォルダーを取って中身を振り出し、すばやく目を通しはじめた。ようやく目当てのものを見つけると、わたしに新聞の切り抜きを差し出した。手が震えている。

「マリーが望んでいるのはロビーのための正義なんかじゃない。復讐よ」

48

殺人犯サリー・マクゴワンの被害男児の母親が死去

サム・アドラー
二〇一二年八月六日　月曜日
デイリー・メール紙

幼児殺害犯サリー・マクゴワンの被害者となったロビー・ハリスさん（当時五歳）の母シルヴィアさんが長い闘病の末に七十二歳で亡くなった。

「母はロビーが殺された事件を乗り越えることができませんでした」と彼女の娘マリーさんは言う。「わたしの良き母であろうと努めていたけれど、心は壊れていたんです。いまは安らかに眠っていることをただ願っています。ロビーのそばで」

マリーさんはさらに続ける。「おそらく、マクゴワンが死んで初めて、わたしたちも気持ちを切り替えて普通の家族として前に進むことができるんでしょうね。だけど、母と弟が死んだのにあの女がどこかで生きているとわかってるだなんて、心に刺さったとげのようなもの。母の病気の直接の原因は、ロビーが殺害された事件だけではなくて、わたしたち被害者遺族がつねに世間の目にさらされているのにマクゴワンが世間の目を逃れてどこかで第二の人生を歩んでいるという事実もなんだから。うちの家族のだれかが、そうとは知らずに彼女と、あるいは彼女の子どもと接触するかもしれないと考えると吐き気がするわ。

母はよく、どうしてわたしたちよりもあの女のほうが多くの権利を手にしてるの、とぼやいてました。私生活を守られる権利、記者たちに追いまわされない権利、安寧に生きる権利を。

あの女は事件の被害者じゃないのに。マクゴワンの凶行がわたしたち家族を破滅させたんですよ。両親の結婚は破綻。母は深刻な健康問題を抱え、わたしの幼少期は奪われた。なにもかも、あの怪物がやったことのせい」

マリーさんは、サリー・マクゴワンを探し出して現在の名前を公表することをあきらめる気はないと発言したと報道されている。昨日、それについてたずねると、その発言を肯定も否定もしなかったものの、こう言った。「弟のための正義を求める戦いは絶対にやめません。わたしが死ぬその日まで。

サリー・マクゴワンには、犯した罪の責任を取ってもらわなくてはね」

電話が鳴った。またマイクルからだ。スマートフォンを持ってキッチンへ行った。またしても邪魔をされていらだつと同時にほっとしてもいた。リビングルームの空気は張りつめている。息をつく必要があった。

「なあ、住人のひとりに頼んでどうにか建物の玄関ホールに入れてもらって、いっしょにカレンのフラットのドアを何度もノックしたけど、留守のようだ。だれもいないし、明かりも全部消えてる」

混乱している脳内にその言葉が浸透するのに時間がかかった。

「ちょっと待ってて。カレンにかけてから折り返す」

「なにかあった？」母がたずねた。キッチンまでついてきたらしく、ドア口に立っている。リビングルームへ戻ってほしかった。こんなふうにつきまとって、返事を聞く権利があるかのように質問されるのは耐えられない。

「ベビーシッターが家にいないの。大丈夫よ。たぶん、ちょっと外へ出ただけだと思う」

「ベビーシッターって？」

連絡先のカレンの名前を見つけて電話をかけた。呼び出し音は鳴るものの、留守番電話に切り替わる。一度切ってかけ直しても結果は同じ。腹の底に漠然とした不安が広がった。カレンたちはすぐに帰ってくるわ。当然。今回は留守番電話にメッセージを残した。

「カレン？　ジョーです。マイクルがアルフィーを迎えにうかがったんだけど、お留守みたいね。電話をもらえる？」

母の気づかわしげな顔に背中を向けてすぐにマイクルに折り返した。「つながらない。留守番電話にメッセージを残しておいた」

「やっぱり。郵便受けから呼び出し音が聞こえてた」

「えっ？」

「携帯電話をフラットに置いていったんだ」彼が言った。「ミルクが切れたかなんかで買いに出たにちがいない」

そう。そんな単純なことよ。心配するような事態じゃない。ミルク。わたしだって、しょっちゅうミルクを切らしてる。だけど、ちょっと買いものに出るだけなら、母親と子どもたちを家に置いていくんじゃない？

「彼女が戻るのを車で待つことにするよ」

「どうしたの？」通話を切るなり母がたずねた。「アルフィーはどこにいるの？」

「大丈夫よ。カレンが見てくれてるから」

「カレンって？」

「ヘイリーのママ。小学校の校庭で会ったでしょう。カレンとそのお母さんに」

母は心配そうな顔をした。「信頼できる相手なの？」

わたしは笑いそうになった。「この状況でよくそんなことを訊けるわね」スマートフォンを見つめて、着信音の音量が最大になっているのを確かめた。「彼女なら問題ない。ベビーシッティング・グループのメンバーだし、読書会でもいっしょなの。彼女のフラットにお邪魔したこともあるし。遅くなると伝えてある。たぶん、お菓子かなにか買うために子どもたちを連れ出したんでしょう」

「お菓子を食べさせるには少し遅い時間よ。そうでしょう？」

キッチンにある時計を見た。七時半。母の言うとおり。六歳児ふたりを連れてお菓子を買いに行くには少し遅い時間。でも、問題ない。アルフィーは無事よ。なにか論理的な説明がつくはず。

なにかあって母親を病院へ連れていく必要が生じたのかもしれない。あわてて携帯電話を忘れていった。ああ、もう！　込み合った救急病棟で待ちくたびれて退屈しているアルフィーの姿が目に浮かぶ。待っているあいだにありとあらゆる細菌に感染する。電話を忘れていったのなら、こっちからカレンに連絡を取る手だてはないし、カレンはわたしの番号を覚えてそうにない。彼女がほかの子のママの番号を知っていて、そのママ経由でわたしに連絡をくれることを願うのみ。

でも、そんな可能性がある？　わたしだってタッシュの番号でさえ暗記していない。親友なのに。スマートフォンがなければ途方に暮れてしまう。カレンがすぐにフラットに帰ってこなければ、病院に電話してカレンがいるかどうか確認してもらおう。それか、車で病院へ駆けつけるか。ああ、もう。くそ。くそ！

もう一度マイクルにかけた。

「まだ帰ってこない」彼が言った。

気がかりな口調にならないように努めているけれど、マイクルが心配しているのがわかる。

所へ引っぱり出すわけにいかない。考えというよりも漠然とした予感だけど、それを明るい場所へ引っぱり出すわけにいかない。頭の奥につなぎ止めておくのよ。表に出してはだめ。なんでもないことでうろたえているだけ。どこにいるにせよ、アルフィーはカレンとヘイリーといっしょにいるんだから無事に決まってる。それに、カレンのお母さんもいっしょにいるはず。でなきゃ、玄関へ応対に出てきたはずなんだから。考えれば考えるほど、カレンは母親を車で病院へ連れていく必要があったという確信が深まった。

「お母さんの名前を知ってるかどうか、近所の人に訊いてみてくれる？」

「お母さん？　なんの話だ？」

「カレンのお母さん。いまカレンのフラットに滞在しているの。体調がかんばしくなくて。お母さんを救急病棟へ連れていく必要が生じたんじゃないかと思ったの。お母さんの名前を聞き出して、クラブトン総合病院へ電話してみてくれる？　最寄りの病院だから」

「確認して折り返す」

五分後、電話が鳴った。

「きみの言ったとおりだ。近所の人に聞いたら、少し前にカレンを見かけたそうだ。母親の名前はよくわからないらしい。メアリーじゃないかって。とにかく、要は、カレンはまちがいなく救急病棟へ向かってるってことだ。おれもいまから病院へ向かう。心配するな。病院で彼女たちを見つけてアルフィーを連れて帰るから。きみにはいま考えることが山ほどあるだろう。で、カレンの姓は？」

「ああ、くそ。知らないわ」

マイクルはため息をついた。「わかった。まあ、待合室にいるとしたら見つけるのはそうむずかしくないはずだ。とにかくアルフィーを探すよ。病院に着いたらまた電話する」

通話を切るなり喉に息が詰まった。さっきの危険な考えが深淵から浮上してきた。血管をめぐる危険なドラッグのように。

母が腕をつかんだ。「ジョアンナ、その顔！　そんな怖い顔をして。なにが起きているの？」

危険な考えが水面を割って、酸素を求めて転げまわっている。マイクルの言葉が繰り返し頭に浮かぶ。〝メアリーじゃないかって〟

冷たい手が心臓を鷲《わし》づかみにした。氷のように冷たい指が心臓を握りしめる。

母がわめいている。「なにがわかったの、わたしになにを隠してるの？」

「近所の人の話だと、カレンのお母さんの名前はメアリーじゃないかって」口が乾いて言葉がうまく発せられない。「でも、思いちがいだとしたら？　マリーだとしたら？」

母の顔から血の気が引いた。ありえないぐらい蒼白だったのに、さらに青くなった。はっと息を吸い込む音。恐怖をたたえた目。自分の体に腕をまわすしぐさ。

「あんた、まさか……」母の両手が飛ぶように動いて口もとを押さえた。「カレンの母親がマリーだと思ってるの？　ちがう。そんなはずない。小学校の校庭で会った女はマリーとは少しも似てなかった。彼女は……」

母が恐怖で丸くなった目でわたしを見つめた。「とても細かった。顔……髪。まさか……マリーのはずがない。そんなはずない！」

母の家の固定電話が鳴って、わたしたちは飛び上がった。

母とわたしは顔を見合わせた。ほんの数分前の緊迫感と敵意は、この新たなおそろしい局面を前にして一時お預けとなった。

母はまわれ右をしてリビングルームへ駆け込み、受話器をつかみ取った。

「もしもし？」

母の顔を見て、なにかあったとわかった。なにか悪いことが。母はスピーカーボタンを押して、無力の色を浮かべた目でわたしに向き直った。

女の声が室内を満たした。醜悪で耳ざわりな声。「かわいい孫がいるね、サリー」わたしは腹を押さえてがっくりと膝をついた。前に聞いたことのある声。

カレンの母親がマリーだった。ロビー・ハリスの姉。弟を殺した女を探し出すことを絶対にあきらめないと宣言した女。サリー・マクゴワンに犯した罪の責任を取らせることを望んでいる女。

その女がいま、アルフィーを手中にしている。

49

彼女の声が空気を汚染した。

「あんたとふたりで少し話をする必要があるのよ、サリー。どこか静かな場所で。だれにも邪魔されない場所で」

母の両手が震えている。「どこで？　場所を言ってくれれば行くわ。あの子に危害を加えないで、マリー。どうか、あの子に手出ししないで」

「あんたがロビーに危害を加えなかったようにって意味？」

口には出さない恐怖で、わたしたちの視線が絡み合った。

「かわいい坊やね？　人を信じて疑わない。でも、あの年ごろの子どもはみんなそうでしょう？」

わたしは口がきけなかった。息ができなかった。

「お願い、マリー」母が言った。「アルフィーを巻き込まないで。わたしに言いたいことがあるならちゃんと聞くから。でも、こんなやりかたはまちがってる」

「うるさい。わたしに指図するな。主導権を握ってるのはこっちよ。わかった？　だから黙って言うことを聞け」

「マリー！」わたしは叫んだ。「お願い、マリー。あの子の居場所を教えて」

「あら、美人の娘の声だ。先日会ったわね？　彼女はもう知ってるの、サリー？　あんたの正体を。こんなに長い年月、娘に知られないようにうまくやった。そうでしょう？　あんたは昔から頭が切れたものね」

「なにが望みなの、マリー？」

「なにが望みかって？　正義よ。正義を望んでる。ロビーのための正義。それに、亡くなった哀れな母のための正義。わたしと父のための正義。でも、電話で話すのはやめましょうよ、ね？　きっと、あんただってかわいい孫に会いたいはず。そうでしょう？」

どうしよう。もしもアルフィーの身になにかあったら……

「あれが起きた場所を覚えてる、サリー？　あの家を？　当然、覚えてるわよね」

「どこにいるの、マリー？　あの子をどこへ連れていったの？」

マリーが笑い声をあげた。おそろしくて陰気で甲高い笑い声。「もしあの子をブロートンへ連れていってたらおもしろかったわね。あそこまで車を飛ばすはめになってただろうあんたの気持ちが想像できる。ただ、あの廃屋群はもうないと思う。一軒もね。正直、あの場所がわかるとも思えない。あれこれ考えると、かえって幸いなのかもしれない。

そう。あんたのかわいいアルフィーは、もっと自宅の近くにいる。あんたがロビーを殺した廃屋よりもはるかに広い場所に。全盛期には立派だったにちがいない家に」

「あの子はどこ、マリー？　あの子になにをしたの？」

「あの子になにをしたかって？　まだなにもしてない。ほんの小さな子ども。でも、やるわよ。あんたがわたしの言うとおりにしなければ」

「あの子はどこ？」わたしは叫んだ。「どこにいるの？」

「なにがあったか、あんたの母親に訊くのね。その女がわたしの弟を刺し殺した場所も。ま、ふたりで考えればわたしがあの子を連れていった場所がわかると思うけど、これだけは言っておく。警察は呼んでもらいたくない。警察を連れてきたら、ついでに言うと、だれかを連れてきたら、あの子がひどい目に遭うからね。本当にひどい目に。ねえ、こっちはこの身がどうなろうとかまわない。この先一生、刑務所に放り込まれたってかまわない。だから、よけいなことは考えるんじゃない。わかった？　警察が嗅ぎまわってるとわかったら、キッチンナイフで事故が起きるかもしれない。意味はわかるわよね、サリー？」

　電話が切れた。

「やめて！」母が叫び、受話器のボタンを指で押した。

　電話はまだスピーカーフォンになっているので、「発信者番号は非通知でした」という音声が室内に響いた。

　胸のなかで膨らんだパニックが、声を呑み込みそうな勢いで喉までせり上がってきた。

「ねえ、彼女の言ってる場所がわかった気がする。海岸通りの廃屋！〈ザ・リーガル〉からほんの数百メートル。きっと彼女はあの子をあそこへ連れていったのよ」

　震える指でマイクルの番号にかけたけれど、呼び出し音が鳴りつづけるだけだった。どうして出ないの？　そりゃあ、ラジオをつけて、またA一二号線を走ってるからよね。ひとりで車に乗ってるときはいつも大音量にしてるんだから。

「マイクルに連絡がつかない。とにかく行きましょう。車のキーは？」

母はトレーニングシューズに履き替えた。「車庫の扉がまた調子悪くてね。走ったほうが速いわ」

わたしは玄関へ走った。ドアをぐいと引き開けた。吠えはじめたソルを、母はキッチンに閉じ込めた。

「ほら、早く！」母にどなり、わたしたちは外へ出て、私道を駆け抜けて通りへ飛び出した。母はわたしの前を走っている。後れまいと懸命に追ったけれど、通りの端に達するころには息が切れていた。それでも、どうにか走りつづけた。母を追って雨に濡れた歩道を走りながら、恐怖以上のなにかから力を得ていた。アドレナリンが火のように体内を駆けめぐり、わたしを走らせつづけた。わたしたちがあそこにたどり着くことに息子の命がかかっている。それ以上に大事なことはない。なにも。

雨が勢いを増している。激しい雨が横殴りに吹きつける。波打つ胸が痛むけれど、目指す廃屋はもうすぐ。鈍い海鳴りが聞こえ、前方に見える壁のような闇は崖縁。母は早くも角を曲がりかけている。母もあの廃屋を知っている。ソルの散歩で何百回も前を通っていたにちがいない。

足が歩道を蹴る。脈打つ心臓の激しさを胸で、首で感じる。耳の奥で血流がとどろく。きっと正解よ。マリーはあそこにいる。あそこ以外、あの子をどこへ連れていくというの？

ようやく母に追いついた。母は廃屋の前で、恐怖を覚えて立ちすくみ、板でふさがれた窓を見つめていた。わたしは母を押しのけて進んだ。小道のタイルは割れたり欠けたりしていて、まだ損なわれていないタイルは雨に濡れてガラス状になっている。足がすべる。今度は母があとをついてくる。乱れた息が聞こえる。

管理責任者は、しばらく前に侵入されたあともまだ、この廃屋に錠を取りつけていない。ドアノブをつかむとドアが勢いよく内側に開いて腕を持っていかれそうになった。

この件にはカレンも一枚嚙んでいるにちがいない。ずっと彼女に利用されていたわけね。彼女はわたしの信用を得るために親しくしていただけ。どうして、あの子のお迎えをケイに頼まなかったの？　娘さんのことで嘘をついてることぐらい、どうだっていいのに。きっとなにか理由があるはずなんだし。ケイはやさしくていい人なのに。

わたしたちはよろよろとドアを入った。母が真うしろにぴたりとついているから、まるでふたりでひとりみたい。暗くて寒い玄関ホール。湿気とかびのにおい。腐敗のにおい。家のどこからか、木材を打つ雨の音が聞こえる。それだけじゃない。母がすぐそばで身を硬くした。煙草のにおい。まちがいない。

さまざまな形が闇に溶けている。いろんなものの影がぼんやりと見える。この家の亡霊が三方向へ延びている。前方の廊下と階段、左右それぞれの部屋。どちらの部屋のドアも開いているけれど、どちらからも光は漏れていない。物音もしない。なにかがすれたり引っかかいたりするような音がかすかに聞こえるだけ。その音は壁のなかから聞こえるみたいだった。わたしは身震いした。きっとネズミだ。あるいは……ぞっとして、緊張で肩が上がった。ドブネズミ。

考えただけで身がすくむけれど、奥へ進まなければ。マリーとカレンがこの家のどこかにアルフィーを拉致しているんだとしたら、ドブネズミなんて屁でもない。

身動きできず、腹筋がこわばりすぎて痛い。母がうしろから出てきて、右手の部屋のドア口へ向かった。母の足もとで床板がきしむ。

「マリー！」と母が呼びかけた。その声でわたしはびくっとした。なにかが床を走り、わたしは凍りついた。

「マリー！」母がふたたび叫んだ。今度はさっきよりも大きな声で。その声が家のなかにこだました。

母はポケットからスマートフォンを取り出して懐中電灯アプリをつけた。わたしも自分のスマートフォンの懐中電灯をつけて、あとに続いた。部屋は空っぽで、しみだらけの張り布が破れた古めかしい安楽椅子が二脚あるだけだった。むき出しの床板にはつぶされたシードルの缶やマリファナの吸い殻が散らばり、暖炉の火格子には火の跡が残っている。室内は外よりも寒い。空気がよどんで停滞しているから。

小さなプラスティックフィギュアにひと筋の白い光が注いでいて、心臓が止まりそうになった。R2-D2。同じフィギュアを持ってる子どもが山ほどいることも、昔どこかの子どもがここに落とした可能性があることもわかっているけれど、これはあの子のR2－D2だと、一片の疑いもなくぴんと来た。アルフィーのR2－D2。ポケットにしのばせて学校へ持って行くなんて、いかにもアルフィーらしい。

プラスティックが手のひらにくい込みそうなぐらい強くフィギュアを握りしめてから、母のほうへ手を伸ばして、ゆっくりと指を開いた。母がはっと息を呑んだ。

「アルフィー！」わたしの金切り声が部屋じゅうを跳ねまわった。マリーはあの子になにをした？　あの子はどこ？

母はわたしをこの部屋から引っぱり出し、廊下をはさんで向かい側の部屋に入った。そのとき、ほこりまみれのクモの巣が顎に引っかかって鼻と口に張りついた。それを口で吹き飛ばし、手で払いのけた。両腕の裏側に鳥肌が立った。

この部屋はかつては豪華だったにちがいない。楕円形のテーブルと硬い背もたれつきの椅子六脚が中央に陣取り、床に敷かれたラグは古びてほこりだらけ。板を張られた窓にかかったままのずっしりしたベルベットのカーテンは、裾が床にたまっている。

ごみを別にすればほかにはなにもないので、廊下をゆっくりと進んで家の奥、キッチンへと向かった。心臓が痛いほどどきどきしている。懐中電灯代わりのスマートフォンを弧を描くように動かして、割れたリノリウムの床と古くさい食器棚、輪状の古いしみがいくつもついているむき出しの木製カウンターを照らした。ふたり同時にそれを目にして恐怖で縮みあがった――刃がゆがんで錆《さ》びたキッチンナイフでカウンターのひとつに留められたペリーデイル小学校のスウェットシャツ。わたしは膝から崩れ落ちそうになった。指が骨に触れるかと感じるぐらい強く、母がわたしの腕をつかんだ。

「そんな！」母の声がかろうじて聞き取れた。

わたしは震える手を伸ばしてキッチンナイフを抜き取った。キッチンナイフが手から落ちると同時にスウェットシャツをつかんで、襟の内側を確かめた。見る前からわかっていた。〝アルフィー・クリッチリー〟。わたしがタグの端につたない刺繍で入れた赤い筆記体の文字。スウェットシャツに鼻をうずめてあの子のにおいを嗅いだ。

「上よ」上方から声がした。いまではもう耳慣れたざらついた声。

わたしたちはその場から動かずに天井を見上げた。階段へと駆けだした母を、わたしは追いかけて引き戻した。わたしが先に行くと言い張った。耳をすましてアルフィーの気配を感じ取ろうとしたけれど、仮にこの家のどこかにいるとしても、アルフィーは物音も立てずにじっとしているらしい。恐怖でみぞおちがよじれる。空っぽの胃がきりきりと痛む。物音を立てられない状態なんだとしたら？　まさか、あの子を黙らせるためにマリーは……？

おそろしい想像を無理やり頭から追い出して、階段を上がることに意識を集中した。雨が頭に降りかかる。首をうしろへ傾けると、落ちてきた雨粒が左目に入ってぞくりとした。きっと屋根のどこかに穴が開いているんだ。踏み板がきしんだので、板が朽ちていると危ないから踏み板の外側を踏むように、と母に合図した。手すりを支えている支柱が何本かなくなっているし、カーペットは危険を感じるほどはがれ、濡れそぼって不快なにおいがする。

一段上がるごとに煙草のにおいが強くなる。壁紙――小枝をあしらった花柄という古めかしいデザイン――がはがれて、湿った巻物のように丸まっている。漆喰も何カ所かはがれかけている。階段を上がるにつれて闇が背中を押すみたい。うしろにいる母の息が速く浅くなっている。

階段を上がりきると、あるドアの下のすき間から鈍い黄色の光が見えた。

そのドアは完全に閉まっていなかった。ドア板が湿気で膨張したせいで、掛け金と受け座が嚙み合っていないから。このドアの奥でなにを見つけることになるのかと覚悟を決めて、ドアに手のひらをぴたりと当ててそっと押した。

50

　室内にはシングルベッドと衣裳だんすがひとつずつあるだけだった。光源は、床に置かれた受け皿に灯された大きな蠟燭《ろうそく》。衣裳だんすの把手にアルフィーのコートがかけてある。さっと部屋を横切ってコートを引きはがし、さっきのスウェットシャツといっしょに胸に押し当てて、ありえないことなのに、この服のなかにあの子がいるとでもいうように強く抱きしめた。母が衣裳だんすの扉を引っぱったけれど、なにかが引っかかっている。

「アルフィー？　そこにいる？」

　ようやく扉ががたがたと揺れて開き、その瞬間、恐怖に飲み込まれた。アルフィーのスウェットシャツとコートを胸もとに抱きしめたまま膝をついて、なにもかかっていないハンガー二本とくしゃくしゃの新聞紙を見つめていた。ここにアルフィーはいない。どこにいるかはわからないけれど、この衣裳だんすに閉じ込められてはいなかった。

「マリー？」母の声が静まり返った家のなかに響き渡った。「どこにいるの？」

　返事はない。わたしたちはほかの部屋も確認した。板が窓ガラスを覆っているせいで、どの部屋も窓のない地下室のように真っ暗だ。スマートフォンの懐中電灯がなければ手探り状態だっただろう。戸棚や衣裳だんすをつぶさに調べ、どんな小さなスペースも確認した。

アルフィーがこの家の暗闇のどこかで閉じ込められて怯えていると考えると耐えられない。でも、衣裳だんすのひとつに古いスーツがかけられ、古いバックベルトのサンダルが一足置いてあるのを別にすれば、ほかにはなにもなかった。ベッドは整えられたままで、壁には絵が何枚もかけられている。亡霊の部屋——前の住人はとうに亡くなっている。

バスルームでは汚いシャワーカーテンをめくって石灰かすのたまった浴槽をのぞき込んだ。湿気とかびの悪臭が鼻孔に満ちた。

「上よ」姿なき声はバスルームの天井の上から聞こえる気がした。

廊下のつきあたりに最上階へ通じる螺旋階段がある。その上方からかすかな明かりが漏れている。踏み板を雨水が流れ落ちて、階段の上がり口の床板に開いた穴からしたたり落ちていた。

早くも母は片手を壁に、もう片方の手を手すりにかけて、ぐらつく踏み板の両端にしっかりと足を置いて階段をじりじりと上がりはじめていた。踏み板は朽ちている。この家全体が死の落とし穴だ。

がくがくする膝で、母の動きをまねてあとを追うように階段を上がった。胸の筋肉が締めつけられる。もしもマリーがアルフィーになんらかの危害を加えていたら……絶対に彼女を殺してやる。八つ裂きにしてやる。パニックが頭をもたげた。パニックと怒りが。

この家の最上階の狭く四角い廊下にはドアがひとつしかなく、マリーはきっとこのドアの向こうにいる。母が把手に手を伸ばした。生まれてこのかた、これほど恐怖を感じたことはなかった。この瞬間。このとき。この場所。それらすべてに恐怖を覚えた。この先もこれ以上の恐怖を味わうことは決してないだろう。

ドアが開くと、そこは狭い屋根裏部屋だった。あちらこちらで蠟燭の炎が揺らめいて、光が壁に揺れている。幽霊のようなゆるやかなダンス。かびとほこり、煙草、段ボールの湿ったにおいが混じり合って鼻孔を襲った。

マリーがわたしたちを直視していた。汚れで覆われてガラスが真っ黒になった、古めかしい屋根窓の前に置かれた木製の椅子に座っていた。額に収めたロビー・ハリスの写真を膝に載せているので、ロビーの無邪気な笑顔がわたしたちをまっすぐに見ている。マリーの足もとには吸い殻の小山。

暗い四隅をさっと見たけれど、ずっと脳裏に寄せつけまいとしていた光景が目の前に現われることはなかった。アルフィーはこの部屋にいない。安堵したものか恐怖したものかわからない。だって、ここにいないとしたらどこにいる？　この女はわたしの息子をどこにやったの？

「お入り、サリー」マリーが言い、死人のような顔に苦い笑みを浮かべて、急勾配《きゅうこうばい》の垂木《たるき》の下に押し込んだ椅子を身ぶりで示した。

以前はサイズがぴったり合っていたにちがいないけれど、いまは垂れ下がって皺ができるほどぶかぶかの淡いピンクのトラックスーツを着ている。蠟のような蒼白な皮膚。こんな状況でなければ、彼女を痛ましく思ったはず。いまは憎悪と恐怖しか覚えない。混じり気のない純然たる怒りしか。

「あの子はどこ？」わたしは叫んだ。「あの子になにをしたの？」

「そのうち教えるわ。そのうちにね。その前に、あんたのお母さんと少し話をする必要があるの。そうでしょう、サリー？」

わたしは頭のなかで、彼女に飛びかかって薄い肩をつかむことを考えた。そうしたければ、彼女を床に組み伏せることもできる。いますぐ素手で殺すことも。

「息子はどこ？　あの子になにをした？　ここのどこかにいるの？　この家に？」

マリーは、手を放せと要求するかのように私の目をまっすぐに見た。「あんたの考えてることはわかる」と言った。「この健康状態だもの、肉体的にはかなわないでしょうね。だけど、そんなことをしてなんになる？　わたしにはアルフィーの居場所を言う気はないんだから。望みのものを手に入れるまで」彼女は母を指さした。「その女からね。わたしの身になにかあれば、あの子の居場所は永遠にわからないかもしれない」奇妙な微笑が彼女の口もとに浮かんだ。「わたしがあと何分か死なないように願うことね」

苦悶の叫びが肺から込み上げた。警察に通報すればよかった。マリーがどう言ったとしても、すぐに警察に通報するべきだった。この先も許すことができないのは母だけじゃない。愚かにもマリーの言いなりになって、正常な人間なら当然する警察への通報をしなかった自分のことも、この先ずっと許せないだろう。ばかだった。愚かな大ばか者だった。マリーの命令どおりここへ走ってくるなんて。まんまと彼女の罠《わな》にはまるなんて。

「こんなことをして、ただじゃすまない」母が言った。「刑務所行きよ。ねえ、マリー、あの子はどこ？　あの子になにをしたの？」

わたしは息を詰めて返事を待った。ただただ息子をこの腕に抱きしめたかった。母の件は……この数時間のショックは、アルフィーを失うという恐怖に比べればどうってことない。問題にもならない。

マリーは頭を傾けてわたしのスマートフォンを示した。「電源を切って床に、わたしに見える位置に置きなさい」

わたしは彼女をまじまじと見た。

「言われたとおりにして」母が小声で指図した。

「あんたもよ、サリー。あんたもそうしなさい」

「電話は持ってない」母が言い、ポケットを裏返してマリーに見せた。わたしに一瞥をくれた。母はスマートフォンをどこかに隠してきたにちがいない。

「あらまあ。あわててうちに置いてきた。そういうこと？」マリーはまた椅子を指さした。「ほら、サリー、座りなさい」

母は言われたとおり椅子に座った。わたしは足に根が生えたようにドア口に突っ立っていた。

「母になにを言いたいのか知らないけれど、アルフィーとは無関係でしょう。なんの罪もない子どもよ。わたしの息子。母の子どもじゃない。とにかく、あの子の居場所を教えて、マリー。あの子に会いたい。無事だと確かめたい。こんなまね、許さない」

「わたしの弟もなんの罪もない子どもだった。それでも殺された。そうでしょう？」

母がすっくと立ち上がった。「だけど、わたしは……」

「黙って座ってろ！」マリーがどなった。「孫にまた会いたいなら、黙って話を聞け！　こっちは本気よ、サリー。あんたに主導権はない。仕切るのはわたし。それをさっさと受け入れたほうがみんなのためよ。とくにアルフィーのため」

わたしは胃が痛くなるほどの恐怖心と吐き気を覚えながらスマートフォンの電源を切って床に置いた。

母はぎこちない動きで椅子に腰を下ろした。「わたしにどうしてほしいの？」

「完全な自白。完全な自白を動画に撮って世界じゅうの人に見せる」マリーは母をねめつけた。「あの一件のせいで、家族はもう長いこと崩壊状態。あの一件が母の人生を台なしにした。わたしの人生も。父の人生も。わたしたちは心身ともに消耗した。

でも、まずは大事なことから始めましょうか、サリー？　あの日なにがあったか、あんたの娘に話しなさい。どうして陪審員団が思いちがいをしたのか。あんたが過失致死ではなく殺人で刑務所送りになるべきだった理由を」彼女は自分のスマートフォンをいじり、目の前に構えた。

「さあ、はっきりと話してくれる？　なにも抜かさずにね」

胸の奥底で希望のきざしがうごめいた。「あなたがこんなまねをしているのをカレンは知ってるの？　カレンがアルフィーをどこかに監禁してるの？」

マリーは声をあげて笑った。「カレンが知るわけないでしょう。ああ、もちろんロビーの件は知ってるわよ。あのことは昔から知ってる。だけど、カレンにわかってもらうのはもうあきらめた。怒りも憎しみも」彼女は残っている髪をかき上げた。「がんだって。気持ちの整理をつけなさい、だって」

蠟燭の明かりで彼女の目が光った。「でも、あの件に関しては整理なんてつかない。小学校の校庭で会ったあのとき、すぐにわかった。あんたの顔は決して忘れたことがないのよ、サリー。何十年経ってもね」彼女は首を振った。「なのに、あんたはわたしの顔を忘れてた。そうでしょう？　でもまあ、ひどい体重減少と長年の喫煙の影響もあるからね」

「じゃあ、カレンはいまどこ？」口から出たのは押し殺した甲高い声だった。「さっぱりわからない。アルフィーはどこにいるの？」

「カレンはヘイリーを病院へ連れていってる。ばかな子でね、シンクに頭をぶつけたの。カレンは、あんたが迎えに来るからと言って、アルフィーをわたしに預けた。あわててスマートフォンを忘れていった」

マリーはため息をつき、首を振った。「もっと早く、あんたがまだ子どものあいだに母があんたの母親を見つけ出すことができなくて残念だわ。かわいそうに母は、あんたの母親がこの世のどこかで分不相応な生活を送ってると知りながら死んでいった。こんなことをしているのは母のためよ。哀れな亡き母のため。あんたの母親はわたしたちから幼いロビーを奪い、わたしたちの人生を台なしにした。だから、極悪非道な生涯で一度くらいは真実を話すというのでなければ、その女の人生を台なしにしてやる。あんたの人生もね」彼女は不快そうに目を細めた。「それに、アルフィーの人生も。ところで、あの写真をどう思った？　カレンが冗談半分で作ったの——それにわたしがちょっとした加工を加えたことにカレンは気づかなかった。だけど、あんたは気づいたわね」

血が凍るほどの戦慄《せんりつ》を覚えた。

「さあ、言われたとおりにしなさい、ジョアンナ。座って、母親の自白を聞くのよ。そうすれば、ひょっとしたら、もしかしたらだけど、また息子と会えるわ」

母はいまにもマリーに飛びかかりそうに見えた。椅子の両脇をつかんで身をのりだしている。「こんなことをして、ただじゃすまないわよ、マリー」脅すような口調。「逃げおおせることができるなんて思ってるなら、頭がどうかしている。報道禁止命令違反もそうだけど、児童誘拐は……」

マリーが声をあげて笑った。「気にするもんですか。公判に付されるころには、わたしはたぶん死んでるから。気づいてないなら教えてあげるけど、転移性乳がんのステージ4なの。さあ、サリー。もう撮ってるのよ。わたしたち、ちゃんと聞いてる。そうでしょう、ジョー？」

51

母はわたしの目を見すえて話しはじめた。沈痛な顔。声はさらに沈痛だった。

「遊んでいたの。みんなで」母の視線がマリーに向いた。「マリーもいた。ロビーも。わたしがリーダーだった。いつも、わたしがリーダーだった。わたしの考えたゲームだったというのがおもな理由」

不安と緊張で胸が爆発しそう。無理やり呼吸をする必要を感じて、意思の力で肺を広げたり縮めたりした。呼吸はもはや無意識の現象ではなくなっていた。ひとりぼっちで怯えているアルフィーのことしか考えられなかった。あの子をどこへ連れていったんだろう？　この家で、どこかの部屋に閉じ込めているんだろうか？　どこか見落とした？　この家に地下室があって、暗闇にひとりぼっちでいるんだとしたら？　どうして地下室のことを考えなかったんだろう？

でも、母が話すあいだは耳を貸すしかない。

「どれもおそろしいゲームだった。どのゲームも、わたしたちをおびやかすものがあって、それから逃げなければならないというルールだった。平坦《へいたん》な通りの瓦礫《がれき》のなかから襲ってくる悪霊とか。足に鎖をつけられた脱獄囚とか。復讐を誓い、銃を腰に下げたカウボーイとか。

そして、わたしだけがそいつらを出し抜く方法を知っていた」

母は体を揺らしながら話した。

「ほかのみんなはわたしの言うとおりにした。わたしを少し怖がっていたんだと思う。ほら、わたしにはいい手本がいたから。恐怖をもたらす人間がどう振る舞うかは知っていた。恐怖をもたらす人間の言いそうなことも。そんな人間にひとにらみされたら内臓が溶けて液体になるってことも。わたしは唯一知ってる役割を演じていた。家で起きていたこと。目にしたこと。耳で聞いたことを。

みんな、ロビーをゲームに入れたくなかった。まだ小さくてあまり速く逃げることができないから。でも、マリーが面倒を見てやることになっていたのでしかたなかった。あの子はぐずぐず泣いてばかりでゲームを台なしにしていた。そのうち、遊んでいた廃屋のひとつで、わたしは古いキッチンナイフを見つけた。それを拾って振りまわしはじめた。ほかの子たちは悲鳴をあげながら逃げた。ただのゲームだってわかっていたし、怯えたふりをするのをおもしろがっていた。わたしが本当に危害を加えるはずがないって、みんな知っていた。

だけど、ロビーは逃げなかった。悪党役をやりたがった。キッチンナイフを欲しがって、わたしの手から奪おうとした。それを振り払おうとしたときにあの子の手を切ってしまった」

母は目を閉じた。「たんなる事故だった。わざとやったんじゃない。なのにあの子は、わめいて泣いて、ママとパパに言いつけてわたしを刑務所送りにしてやるって言いだした。ほかの子たちが下りてきてなにが起きたのか見られる前に、あの子を黙らせたかった。わたしはただ、ちょっと脅して、ただの事故だから黙れって言ってやりたかっただけ。だから、あの子の鎖骨に手を置いて壁に押しつけた」

わたしは反射的に喉もとに手をやっていた。

「父さんが母さんにそうやっているのを何度も見ていたし、そうすれば母さんが黙ったから」母は深呼吸をひとつした。「キッチンナイフはもう片方の手に持っていたけれど、断じてあの子を意図的に傷つけるつもりはなかった」わたしをまっすぐに見つめて、目で訴えた。「絶対に。でも、小さな子どもを押さえつけるのは簡単じゃないし、ロビーが急に前へ飛び出した。幼い子どもにあんな力が出せるなんて知らなかったけれど、あの子は怒りにまかせて、突然もっと大きな子みたいな力を出したの。キッチンナイフがまっすぐあの子に刺さった。気がつくと、マリーがすぐ横で大きな悲鳴をあげていて、すぐにほかの子たちも悲鳴をあげた」

マリーは嫌悪感もあらわに首を振って、録画を止めた。

母はうなだれて泣きだした。「わたしがあのキッチンナイフを手にしていなければ、どうしても悪党役をやるなんてむきになっていなければ、あんなことは起きなかったのに。あの子にほんのしばらく悪党役をやらせてやれば、楽しい思いをさせてやれば……まだほんの子どもだったのに」

「よくできた話だけど、真実じゃない。そうでしょう？」マリーが軽蔑するような口調で言い放った。怒りのあまり、彼女の顔は刃のような鋭さを帯びた。彼女は母の顔に指を突きつけた。「真実を話せ、この人殺し女！」

　母は彼女を無視してまっすぐにわたしを見た。母がマリーを全身で警戒しているにもかかわらず、マリーはこの部屋にいないも同然だった。母がいま語ったことはすべて、わたしに向けられていた。

「それなら、どうして世間は母さんの話を信じなかったの？」わたしはたずねた。「ことの経緯を話したときに」

「マリーが警察に、わたしがその日はずっとロビーを邪険に扱ってたって話したから。わたしひとりがそうしていたみたいに。だけど、あの子のことではみんなが不平を言っていた。マリーはわたしが故意に刺した、あの部屋に下りてきてわたしがキッチンナイフを持ってあの子に襲いかかるのを見た、と言った。よくわからないけれど、マリーの罪悪感がそんなことを言わせたのかもしれない。あの子の面倒を見てやれと言われていたのに放っておいたから。マリーもみんなといっしょに、笑って悲鳴をあげながら逃げたから。あの子をひとりで残して。自分が責められたくないからだれかの責任にしたかったのかもしれない」

「あんたの母親は昔から嘘つきだった」マリーが敵意のこもった低くうなるような口調で言った。「嘘つきでいじめっ子で、人を操るのがうまかった。ああ、それに、その気になれば懐柔にかかることだってできるのよ。昔からよくある〝虐待されたかわいそうな子ども〟の芝居をしてね。だけど、それはすべていつわりのたわ言。だから、サリー、いいかげん娘に真実を話すことね。本当はなにがあったのかを。アルフィーの身に悪いことが起きたらいやだわ、本当に。あんなにかわいいんだもの」

　胸が上下して嗚咽《おえつ》が漏れた。泣いているせいでろくに口がきけない。「あの子はどこ？あの子になにをしたの？」

「あんたの母親が真実を話したら、あの子の居場所がわかるわ」

　母は床を見つめて黙り込んでいる。見ていると胸が膨らみ、しばらくそのままの状態が続いた。母は息を止めている。わたしも息を止めた。ようやく母が息を吐いた。顔を上げて、マリーの手のなかにあるスマートフォンを見た。母の頬を涙がとめどなく伝っている。こんなに長い年月この秘密を隠しつづけ、来る日も来る日も嘘をつきつづけ、そもそもその正体が原因でわたしたちをこんな目に遭わせた張本人。その母を憎む気持ちがある一方で、母の痛みが自分のもののように感じられて、わたしも涙を流していた。

「ロビーのことを考えない日は一日もない。あの子のことは頭から離れない。一年が過ぎるたびに、あの子の姿形や、もしも生きていたらいまなにをしているかを思い描こうとしてる。あの子が送ったであろう人生を。あの子に似た子どもを見かけると、息ができなくなる」母の声が震えた。「息ができなくなる。

　この気持ちを表わすには悔恨なんて言葉では足りない。全然足りない」話すうちに呼吸が乱れてきた。「状況がちがっていたらと考えることもある。あの日、外へ遊びに行かなければ。あんなおそろしいゲームを思いつかなければ。あの連棟住宅のほかの家と同様に、あの家も取り壊されていれば。あの家がどういうわけか解体用の鉄球を逃れたりしてなければ。あのひきだしを開けるなんてよけいなまねをしてキッチンナイフを見つけてなければ。それを手に取る勇気がなければ。もしもの話は山ほどある。人生における重要な瞬間は、ほんの一瞬に下される選択で決まる。その選択が一生を決める」

　母は頭を膝に伏せた。ようやく身を起こすと、おそらく初めてマリーの目をまっすぐに見た。

「なんらかの決着をつけたい気持ちはわかるわ、マリー。それに、そんな人生になったことは気の毒だと思う。本当に。あなたのお母さんのことも毎日考えている。彼女を打ちのめし、あなたの幼少期を奪うほどの悲しみについて。どうか信じて」

　母の両手は膝の上でぴくりとも動かない。背筋はぴんと伸びている。「わたしが分不相応な生活を送ってきたとあなたが考えているのは知ってる。美しい娘。孫息子。わたしがあの件の罰を受けてしかるべきだとあなたが考えているのは知ってるけれど、あれは事故だったの、マリー。あの子を壁に押しつけたりしちゃいけなかった。あの子はまだ幼かったのに、脅してやりたいからってあんな風に壁に押しつけるなんて。自分がうちでどんな目に遭ってようと、あんなことをしてはいけなかった。あのときもいまも、そう思う。

　だけど、わたしが罰を受けなかったと考えているなら、それはまちがいよ」母は側頭部を指先で軽く打った。「このなかで起きていることがわたしの罰。終身刑。絶対に終わらないの、マリー。絶対に終わらない。わたしには幼い男の子を死なせた責任がある。あなたのかわいい弟を。カレンが会うことのなかった叔父さんを。だけど、故意にやったんじゃない。それはちがう。あの子が死んだのはわたしのせいだと言ってほしいなら、そう言う。それが事実だから。あなたの弟が死んだのはわたしのせい。喉もとをつかんで壁に押しつけたし、手にキッチンナイフを持っていたんだから。だけど、刺したのは故意じゃない。故意にそんなことをするはずがない。そんなことはしていない。信じてちょうだい」

喉の奥に硬いしこりができた。わたしの頬は涙で濡れていた。これが母の姿。生涯まとっていたベールを――わたしがベールだとも知らなかった仮の姿を――脱ぎ捨てた無防備な生身の母の姿。開いたままの傷口。母が理解と許しを乞うような目でわたしを見た。応えたいけれど、わたしも傷ついていた。反応できなかった。筋肉が動かない。声が出ない。

「いつかあなたが来るとわかっていた」母は横を向き、壁に向かって話した。「そのことであなたを憎んでいた。あなたは絶対に降参しないから。だけど、心のどこかで称賛もしていた。その粘り強さを。立場が逆だったらわたしも同じことをしたんじゃないかと、いつも思う。わたしには兄弟姉妹はいなかったから、兄弟姉妹を失う気持ちはわからない。でも、娘と孫を持つ気持ちならわかる」

母は涙をためた目をわたしに向けた。「娘と孫を救うためなら、喜んで自由を――この人生を――投げ捨てるわ」

母は鼻からゆっくりと息を吸い、口から吐いた。唇をすぼめているので、なにかに息を吹きかけているみたいに見える。

「だから、動画をＹｏｕＴｕｂｅだかなんだかに投稿するために、やってもいないことをわたしに自白してほしいと言うなら、そうする。喜んでそうする。この件を終わりにして、あなたの家族が気持ちを切り替えて前へ進むために必要なことなら、そうするわ」

「こんなこと、まちがってるわ、マリー」わたしは言った。「母の身になにが起きたとしても、状況はなにも変わらない。ロビーは死んだの。なにをしてもロビーを取り戻すことはできないわ」

蒼《あお》い顔をしたマリーは薄明かりのなかで座っていた。

「ロビーのための正義を得るのがわたしの務めだと、母に約束した。あの女にやったことのつぐないをさせる、と」

母がスマートフォンのカメラに顔を向けた。心のどこかに、母を止めたい気持ちがあった。肩をつかんで揺さぶり、愚かなまねはやめてと言いたい気持ちが。母がいまから話そうとしている嘘は母を破滅させる。ものの数分でインターネットに母の顔がさらされ、身を隠せる場所がなくなる。母は人生を投げ捨てようとしている。だけど、それはわたしのため。アルフィーのため。わたしたちを守るために嘘をつこうとしている。母はいつもそうしてきた。わたしには止めることなんてできないとわかっていた。いま大事なのはアルフィーだけ。あの子を無事に取り戻すことだけ。それがわたしと母の共通の思いなんだから、こうするしかない。

話しはじめた母の口調は感情を欠いていた。一本調子。空虚。子どものころに観たニュース映像を思い出した。命の危機にさらされていたことはだれの目にも明らかなのに、心に傷を負った人質たちが、犯人からちゃんと世話を受けていたと愛する家族に話している映像を。

「わたしサリー・キャサリン・マクゴワンは、ロビー・ハリスを故意に殺害したことをここに自白します。あれは事故ではありませんでした。法廷で偽証したのです。わたしは、みなさんが考えているとおりの怪物《モンスター》です」

母は目を閉じた。「さあ、お願いだからアルフィーの居場所を教えて」

52

階下からの物音——なにかのぶつかる大きな音——に、三人ともたじろいだ。玄関ドアが壁にぶつかった音だった。

「母さん？　ここにいるの？」

カレンの声が家のなかで響き渡り、わたしの膝から力が抜けた。壁に手をついて体を支えた。よかった！　カレンが母親を説得してくれる。アルフィーになにをしたかを話させてくれる。きっと。

マリーは椅子を引っぱって窓に近づき、窓台によじ登ろうとした。だけど、そのときスマートフォンを落とした。スマートフォンは床をすべってきた。母とわたしが同時に手を伸ばしたけれど、先につかんだのは母だった。

「消させない！」マリーが叫び、スマートフォンを取り返そうとしてあわてて椅子をひっくり返した。「消させるもんか」

「消しちゃだめ、母さん。あの子の居場所を聞き出すまでは」

マリーにつかめないように母はスマートフォンを高く上げた。三人が向き合う格好になった。ショック状態でその場に固まってしまった三人の劇的場面。

そのうちマリーが椅子を起こしてよじ登り、どうにか窓台に上がった。恐怖に満ちた一瞬、彼女がうしろへよろめいて窓ガラスを突き破り、アルフィーの居場所を告げないまま転落死するつもりだと思った。

「だめ！」と叫んでいた。「やめて！」

階段を上がってくる足音が下方から響いた。「母さん！　なにをしているの？」

「上よ！」わたしはどなった。「飛び下りる気だと思う！」

屋根裏部屋に通じる階段が重みできしむのが聞こえた。カレンのほかにだれかいるの？　ドア口にカレンだけじゃなくてマイクルも現われ、ふたりの顔に恐怖が刻まれているのを見て、わたしは泣き崩れないように精いっぱい我慢した。

「彼女がアルフィーをどこかに拉致してる。居場所を教えようとしないの！」言葉が口から出た。自分のものとは思えない鼻声が室内の冷気にこだました。

マイクルがマリーに目を向けたまま、じりじりと部屋に入ってきた。

「大丈夫だ」と言った。「アルフィーは無事だ」

母と目が合った。聞きまちがいじゃないわよね？　アルフィーは無事だと言ったわね？

カレンの頰を涙が流れ落ちている。彼女の目がマリーから母へ、そしてわたしへと向いた。

「アルフィーはケイに預けてる」と言った。「病院へ車を飛ばす前にケイのうちへ連れていったの」

思わず母の腕のなかに倒れ込み、安堵の涙を流しながら抱き合った。アルフィーは無事だ。

まったく危険にさらされていない。マリーはわたしたちをだましていた。そのとき母が息を呑む音が聞こえ、抱擁を解いたのを感じて向き直ると、マリーが窓を開けていた。一定のリズムの海鳴りとともに、湿った冷気が室内に流れ込んだ。

マイクルがマリーに駆け寄ろうとした。

「来ないで。さもないと飛び下りる」彼女は朽ちた窓枠をつかんでいる。

「やめて！」カレンが叫んだ。「母さん、やめて！」

「マリー、そんなことはやめるんだ」マイクルの声は穏やかで冷静だった。「そこから下りて、話をしよう」

「話？　どんな話があるのよ。わたしはロビーのための正義を得る最後の機会を台なしにした。もうなにも残っていない。どうせ、もうすぐ死ぬ身よ」

「だけど、娘さんがいるでしょう！」母が声を張り上げた。「孫娘も。ふたりにはあなたが必要よ、マリー。ふたりのために、そんなことはしないで」顔は涙まみれで、感情があふれて声はこわばっている。

カレンも涙を流していた。「お願い、母さん！　ようやくあの件に折り合いをつけたと思ってたのに。残された時間をわたしやヘイリーと過ごしたいんだと思ってた。いっしょに楽しく過ごすんでしょう？　ヘイリーに思い出を残してやって。楽しい思い出を。どうして台なしにするのよ、こんな……サリー・マクゴワンに執着して。復讐なんてなんの解決にもならない。復讐してもロビー叔父さんは戻ってこない」

マリーの顔がいまいましげにゆがんだ。「あんたにはわからない。いつもいつも、過去に折り合いをつけろと言うばかり。あんたにはわかりっこない」

「マリー、お願い！」母がわめいた。両手を握りしめて、言葉にしない痛みで体を揺らしている。「あれは事故だったの。おそろしくて悲しい事故だった。どうすれば信じてくれるの？」

マリーは窓台に乗せた尻をさらにうしろへずらした。目が血走っている。薄い髪を風がとらえて頭皮から持ち上げた。

マイクルが距離を詰めた。

「やめて！」カレンが叫んだ。「見てわからないの？　それ以上近づいたら母は背中から落ちるつもりよ」

「やめるんだ、マリー」マイクルが言った。「そんなことをしてはいけない。そんなところを娘さんに見せたくないだろう？」

マリーはカレンに顔を向けた。「その女が自白した。それを録画した」彼女は母をねめつけた。「今回もうまく逃れるのかもしれないけれど、わたしはあんたの自白を聞いた。あんたの娘もね。あんたはわたしの弟を殺した」

「強要された自白よ」母が言った。「法廷では絶対に採用されない。それは知ってるでしょう」

マリーの頬を涙がゆっくりと流れ落ちた。「そんなことはどうでもいい。あの動画がインターネットに流れて世界じゅうの人があんたの顔を知れば、あんたの人生は終わる」

不意に彼女の顔が一変した。緊張している。どうしよう！　本気だ。背中から落ちる気なんだ。

「やめて、マリー」わたしは懇願した。「ずっと苦しんできたのはわかるけれど、そんなことをしても楽にはならない」

でもマリーは聞いていなかった。母をにらみつけ、両手が真っ白になるほど強く窓台をつかんでいる。細めた目。下唇を嚙む歯。上体が緊張し、それとわからないほど小さくゆっくりと体を前後に揺らし、宙に浮いている右足がぴくりと動いた。その瞬間、彼女の意図がわかった。背中から落ちる気なんかない。最後の力を振りしぼって体を前に投げ出すつもりだ。窓台から飛び下りて母に体当たりし、階段のほうへ突き飛ばす気なんだ。

階段の上がり口の床板に穴が開いていたのを思い出した。母の体重を受けて床板が裂けて崩れ、母の体が石ころのようにキッチンの朽ちた漆喰の天井を突き破ってコンクリート床に叩きつけられる光景が目に浮かんだ。

そんなふうに転落したら、だれだって命はない。

母に警告しよう、ドア口から離れてと叫ぼうとしたけれど、まるで全身が麻痺したようになり、舌が口蓋に張りついて声が出ない。なにが起きようとしているか、だれもわからないの？

マリーが体を押し出すようにして窓台から下りると同時に、わたしは自分のやるべきことがわかった。どんな嘘を言い、どんな秘密を隠していたとしても、母と生きてきた日々は本物だった。そうでしょう？　いっしょにやったことも、母が教えてくれたことも。これまで毛布のように包んで、わたしにぬくもりと安全を与えてくれた愛情も。出自がどうであれ、抱えている過去がどうであれ、この人がわたしの母親であることに変わりはない。子どものころに犯したたったひとつのおそろしいあやまちのせいでそんな死にかたをするいわれはない。

マリーは張りつめた怒りのかたまりと化していた。何十年も前に、壁に押しつけられてかっとなり、ほとばしるアドレナリンと不当な仕打ちに対する強烈な怒りにまかせて母に向かっていこうとした弟と同じように。いま立っている位置から母を押しのけなければ手遅れになる。

マリーの足が床に着いた瞬間、伸びたゴムのように長く感じられた一瞬が本来の速度に戻って進みはじめた瞬間、わたしは、飛び出したマリーの進路と交差するように身を投げ出して母の体の側面にぶつかり、間一髪のところでドア口から押しのけた。体当たりをくらった母がよろめき、ふたりして頭から垂木の傾斜の下に突っ込んで、両腕両脚が絡まって床に倒れた。肩の前面で音がして、腕から胸へ痛みが走った。すぐに別の音がしたけれど、それは床板の裂ける音だった。

肩の痛みが強まった。手がなにか鋭く濡れたものに触れている。額に汗が噴き出る。鎖骨は折れただけではなく、肉を突き破ったらしい。胸が上下し、串《くし》で刺されたような痛みで床から起き上がれない。視界が狭まって点になり、すぐに目の前が真っ暗になった。
最後に耳にしたのは、耳をつんざく甲高い悲鳴と、胸が悪くなるような衝撃音だった。

53

「聞こえるか？」

耳もとでマイクルの声がやさしく響いた。彼はわたしの手を握っている。「医者の話じゃ、二カ月後にはぴんぴんしてるだろうって。もっとも、肩が完全に回復するまでさらに二カ月ほどかかるらしい。骨を固定しなければならなかったから」

わたしは目を開けて、明るい日差しに目をしばたたいた。

「あの子はどこ？　アルフィーはどこにいるの？」

「アルフィーなら無事だ。ケイが売店まで漫画を買いに連れていった。すぐに戻るよ」彼が頬をなでてくれた。「ゆうべはケイのうちの客用寝室でお泊まりだ。きみが手術を受けてるあいだに様子を見に行ったら、キリンのぬいぐるみを抱きしめてぐっすり眠ってた。名前は――えーっと――首長ボーイだそうだ」

安堵が麻薬のように血管をめぐった。医者が投与するどんな鎮痛剤よりも効果がある。

「マリーは？」

彼は首を振った。「きみがお母さんを突き飛ばしたあと、突進するマリーの勢いを受け止めるものがなくなった」その光景を思い出して顔をしかめた。「階段をまっさかさまに落ちて床板を突き破った。床板は完全に朽ちていた――落下した彼女の体重を支えきれなかった」彼は間を置いて続けた。「きみはお母さんの命を救ったんだ」

目を閉じたものの、まぶたに浮かぶのは、壊れた人形のように床に倒れているマリーの姿だった。妙な角度で伸びた手脚、耳から流れ出て髪についたどす黒い血。わたしは、母の命を救うためにカレンの母親の命を落とさせた。

「お母さんとおれは大変だったんだぞ。きみの無事を確認したり、階段を駆け下りてマリーのもとへ行こうとするカレンを止めたり。あの家は死の落とし穴だ――カレンまで床板を突き破って転落するおそれがあったからね。到着したきみのお母さんの担当官に、だれもマリーの命を救うことはできないと告げられて、カレンもようやくあきらめた。マリーは即死だったにちがいない」マイクルはため息をついた。「それで気の毒なカレンも少しはなぐさめられたと思う」

「でも……担当官はどうして母さんの居場所を知ったの？」

「どうやら、きみたちが一階にいるあいだにお母さんがスマートフォンの短縮番号を押したらしい。お母さんのスマートフォンには追跡機能がついてる。担当官が居場所をつきとめることができると、お母さんにはわかっていた。実際、彼はいい人だよ。ブライアンというんだが」

母が担当官を頼ったなんて理解できない。とても信じられない。

「病院に着いてアルフィーがいないとわかったとき、おれはパニックを起こしかけた。でもカレンが、ケイに預けてきたから大丈夫だと言った。病気の母親とふたりで家に置いていくよりはいいと思ったって。だから、お宅へうかがったけれど応答がなかったと伝えると、母親の身に異変が起きたのかもしれないとカレンは心配しはじめた。ヘイリーを救急病棟へ連れていくときにあわてて電話を忘れてきたと言うから、おれのスマートフォンで母親に連絡を取ろうとしたが応答がなかった。そのあと、きみの番号にかけても出ないし、お母さんの自宅の電話にかけてもやはり応答がないし。

いやな予感がした。なにか悪いことが起きたんだと。カレンに母親の名前を訊いてマリーだとわかった瞬間、血の凍る思いがした。カレンにいくつか質問して、最悪の予感が確信に変わった。マリーがロビーの姉だとわかったんだ」

彼は両手で髪をかき上げて頬を膨らませた。「きみたちの正体をカレンに明かして危険にさらしたくなかったんだが、きみとお母さんが命の危機に瀕しているかもしれないと言うと、カレンは察した。すぐに察したんだ。例の噂を最初に母親に伝えたのはカレンだった」

わたしは目を閉じて、それについて考えた。つまり、読書会でわたしがあの噂を話したことがすべての発端だったわけね。

マイクルがまたわたしの手を取り、親指で手のひらをさすった。「カレンは、母親が正義のための戦いとやらをあきらめてようやく踏ん切りをつけたと思っていた。がんに冒されて面倒を見てもらう必要があるから娘の家に来たがったんだ、と。もちろん、マリーはよくカレンといっしょに小学校までヘイリーのお迎えに行っていた。その際、きみのお母さんの正体に気づいたにちがいない」

「だけど、あなたとカレンはどうしてわたしたちの居場所がわかったの？」

「ふたりで知恵をしぼったんだ。そのうちカレンが、母親はいつも海岸通りの廃屋を気にしているようだったと言った。あの廃屋の前を通るたびに、この家がいやな記憶を呼び覚ますとカレンに話していたんだ。それでぴんと来た。ロビーが死んだのは廃屋だった。おれたちはできるかぎり車を飛ばした」

「そのあいだへイリーはどこに？」

「カレンのご主人が病院へ来てあとを引き受けた。フラットを出る前に、仕事が終わったら病院へ来てほしいと、カレンが電話で伝えていたらしい。カレンはご主人に事情をくわしく話さず、母親の具合が悪いから戻らなければならないとだけ言った」

「でも、いまごろ事情を説明しているはずよ。そうでしょう？　数日中にフリンステッドじゅうの噂になるわ」わたしの目がうるんだ。「結局マリーの思いどおりになったみたい。わたしたち、よそへ移ることになる。この先、母さんの身は安全じゃない。わたしたちの身も」

マイクルが下唇を噛んで膝に目を落とした。

「じつは」ようやくわたしの目を見て言った。「お母さんはすでにこの町を出ていった」

「えっ？　出ていったって、どういう意味？」

「今後の措置が決まるまでセーフハウスへ移されたんだ」

「どこ？　どこへ連れていかれたの？」

マイクルは悲しげな淡い笑みを浮かべた。「考えてごらん。それをおれたちに教えたら安全とは言えないだろう？」

「いずれ会えるの？」

彼はまた膝に目を落とした。「わからない。ブライアンはなにか方法を考えると言っていたが、どれぐらい時間がかかるものやら」

マイクルの言葉の意味を完全に理解できないうちに、廊下から聞き慣れた幼いしゃべり声が聞こえてきた。

「まだ起きてなかったら、首長ボーイの鼻で耳をくすぐって起こしてやるんだ」

「かわいそうなママはくすぐられたくないかもしれないわよ」ケイだ。こんなときにずっとあの子の面倒を見てくれている親切で心やさしいケイ。

アルフィーが入ってきた。愛らしい息子。愛しいアルフィー。起き上がってこの腕に抱きしめることができたらいいのに。

アルフィーがベッドに向かって走ってきたけれど、わたしの体に乗っかる前にマイクルがつかまえた。わたしに痛みをもたらすことなくキスできるように、マイクルはアルフィーを抱え上げた。痛みなんて気にしない。アルフィーにキスしてもらうためなら、世界じゅうの痛みを引き受けてもかまわない。

「どうして泣いてるの、ママ？　痛いの？」

「あなたに会えてすごくうれしいからよ。でも、そうね、少し痛いわ」

「首長ボーイもキスして治してあげたいって」アルフィーがそう言ってキリンのぬいぐるみを持ち上げ、ぬいぐるみの頭でそっと包帯に触れた。

「この子はどこから来たの？」わたしはたずねた。

ケイが咳払いをした。「孫息子へのプレゼントだったんだけど……ジリアンが送り返してきたの。話せば長くなるけどね。以前、激しい言い争いをしたのよ。娘の生活について、言ってはいけないことを言っちゃって。許しを乞うたけど、いまのところはまだ……」ケイは悲しそうに首を振って声を低めた。「スカイプをしてるだなんて嘘をつかなければよかった。でも、恥ずかしくて本当のことを話せなかった。実の娘と疎遠になるようなひどい女だと思われたくなかったの」

「やだ、ひどい女だなんて絶対に思わないのに」

「わかってる。わたしのくだらないプライドのせいよ」

彼女はわたしの手をぎゅっと握り、身をかがめて頬にキスしてくれた。「それにしても、なんてありさま！　二度とジョギングなんてやらないと約束なさい。マイクルから事情を聞いて、とても信じられなかったわよ。このあたりの歩道は、雨が降ってないときでも危険なのに。健康維持を考えているなら、わたしが通ってるズンバ・ダンス教室へいらっしゃい。ジョギングなんかよりもはるかに安全だし楽しいから」

マイクルが彼女の肩越しにウインクをよこした。

わたしは笑みを浮かべた。「わかった。だけど、ちゃんと回復するまで時間をちょうだい。いいでしょう?」

54

二週間後――

寒い十一月の土曜日、絵に描いたような家族の一場面。リビングルームの床の上でレゴブロックで遊んでいるアルフィーは自分だけの空想の世界に浸っている。マイクルがソファの片側に座り、もう片側に座ったわたしは三角巾で吊った腕をクッションで支えている。いっしょに『ＮＣＩＳ～ネイビー犯罪捜査班』の各話を続けて観ていた。

セントラルヒーティングの暖かさに眠気を誘われる。マイクルが意味もなく足首をわたしの足首に絡ませ、わたしは目を閉じてつかのまの眠りに落ちた。この二週間はあまり眠っていなかったので――こんな状況なんだから当然と言えば当然だけど――今日みたいにのんびりした午後に睡眠不足を取り戻してもいい。

昨日、母と別れを交わした。マイクルとアルフィーとわたしで。極秘に。車でケンブリッジ郊外のとあるガソリンスタンドまで行き、そこでブライアン（たぶん本名じゃない――どちらかというとジェイムズとかアンソニーという感じだった）と落ち合って、とあるカントリーパークまで行くと、ピクニックベンチで母が待っていた。ひとりでベンチに座っている母の姿を見て心臓が飛び出しそうになった。急に年老いて見えたから。老いて悲しそうで打ちひしがれているように。でも、こちらに向き直った母は怯えている幼い少女にしか見えなかった。かつて、虐待を加えるために階段を上がってくる父親を身を縮めて待っていた少女。

引っ越すことになったと母が告げるとアルフィーは泣いたけれど、内心では納得したんだと思う。あの子への説明のしかたを母は心得ていた。ひどい意地悪をする人がいるからよそへ引っ越して新しい友だちを作ることにした、と説明したから。母の思惑どおり、アルフィーはその理由を受け入れた。自分が同じ目に遭ったので、その理由にしっくりきたらしい。母は、いつか、新しい家に慣れて落ち着いたら遊びに来ていい、とも言った。

みんなで、と言ってアルフィーからわたしに目を転じた母が声を低めた。会いに来たければ。あのときの母の顔を思い出すと涙が込み上げる。目には悲しみをたたえていた。

そのうち、アルフィーはおばあちゃんがすぐ近くにいないことに慣れるだろう。むろん、マイクルが本格的に越してきたことも助けになった。マイクルと、いまはラジエーターの下に寝そべっているソルが。

わたしが慣れるかどうかは別問題。

「どうして母をよそへ移す必要があったのか、やっぱりわからない」アルフィーがアクションフィギュアを取りに二階へ行ったすきに、わたしは言った。「動画は消したし、マリーは死んだ。フリンステッドに住みつづけてもよかったはずよ。母はここをすごく気に入ってたんだし」

マイクルはため息をついた。この話は何度もしているから、いいかげんうんざりしてるのにちがいないけれど、どういうわけか我慢強くまた一から説明してくれる。

「危険すぎるんだ。マリーがだれに話したかわからない。娘のカレンに話さなかったからといって、別のだれかに話してないってことにはならない。だいいち、いまはカレンも知っている。そうだろう？　そりゃあ、絶対に表沙汰にはしないと誓ってくれたけど、いつまでも心変わりしないとは言いきれないだろう？　それに、彼女がご主人にも話さないなんて、本気で信じられるか？　話さないと約束はしたが、相手は夫だぞ。こっそり話すんじゃないか？」

彼は横目でわたしを見た。「もう話したかもしれない」

彼の考えていることはわかる――噂が広まれば、わたしたちも引っ越しを余儀なくされる。引っ越すか、嵐の日々を乗り切るか。隠れて噂されることや、取材に押しかけるマスコミに耐えるか。どんな記事になるかは想像がつく。〝母親が悪名高い幼児殺害犯サリー・マクゴワンだったと知って打ちのめされた娘〟

カレンが送ってくれた手紙を手に取った。退院して家に戻った数日後に届き、以来、繰返し読んでいる手紙を。いまは封筒を見つめた。

「カレンはこれまで、叔父さんの死が落とした影に怯えて生きてきた。あの一件が自分の祖母と母親に及ぼした影響を間近に見てきたから、連鎖を断ち切りたがっている。ヘイリーがおばあちゃんのしたことを知らずに成長することを望んでいる。おばあちゃんがなにも知らない子どもを利用して復讐を果たそうとしたことを。マリーがうちの母の正体に気づいたことを知っていたらとりなすことができたかもしれないとカレンは書いてるけど、あの件に対するカレンの気持ちを知っていたマリーはカレンに隠していた。あなたもこの手紙を読んだのよね。だから、よくわかってるはずよ。カレンはマリーとはちがう。ロビーと同じく、うちの母もあの事件の被害者だということを理解してくれている」

「問題は、絶対にそれに納得しない連中がいるってことだ」マイクルが言った。「その連中には、ロビーがみずからキッチンナイフの刃に向かってきたことなんてどうでもいい。連中の目には、お母さんはキッチンナイフを手にしたいじめっ子だ。だから有罪だってことになる」

「あなたもそう考えてる?」

彼は首を振った。「いや。お母さんがいじめっ子だったのは、それしか知らなかったからだ。父親が自分や母親にやっていることを恨んでいたにせよ、心の底では父親を愛していたはずなんだから。なんといっても実の父親なんだし、二十四時間ずっと暴力的だったはずがない。やさしく接することもあっただろう。母親に対しても。だからこそ、虐待者は長年なんの罰も受けずにいられるんだ」

彼が身をすり寄せてきてキスをした。この二週間、マイクルがわたしとアルフィーの世話を焼いてくれなければどうなっていただろう。頭のなかでさまざまな感情が渦を巻いている。最近はほとんどの時間、ただソファに座ってテレビを眺めている。最悪なのは何度も繰り返し思い出すこと。母についてや母が何者かを——何者だったかを——知ったショックだけじゃなく、次になにが起きるのかと考えたときの恐怖や、アルフィーが危険にさらされたときのおそろしさを。

昨日、カレンと電話で話をした。

「あなたの秘密は漏らさないわ、ジョー」カレンは言った。「長い年月が経ってる。もう終わらせないと。わたしたちの代で。母も祖母も復讐を求めて人生を台なしにした。わたしはその轍《てつ》を踏みたくないし、ヘイリーにも踏ませたくない」

お母さまのことは本当に気の毒に思う、責任を感じている、と伝えた。でもカレンは、責任なんて感じる必要はないと言った。母が迎えたであろう最期よりもましだった、と。がんが進行して何カ月も痛みに耐えるよりは。

おそろしいのは、わたしも母を失った気がしていること。手紙をやりとりしたり、電話やスカイプやフェイスタイムで話したりできるようになるだろうけれど、これまでどおりとはいかないだろう。直接会うという点については、今回、母は海外へ移される可能性が高い。遠くのどこかへ。簡単には会えなくなる。

電話が鳴り、マイクルがさっと立って別室で応答した。彼が懸命に守ってくれるおかげで、いまは現実の世界やその侵入から切り離された狭い世界にいると感じる。こんなことはいつまでも続かない。いずれ、気持ちを立て直し、うわべだけでも正常な生活に戻らなければならない。三人ともが。新たな平常な暮らしに。

五分後、マイクルが戻ってきた。「デイヴからだった。デイヴとキャロルがよろしくって。痛みがやわらぐように願っているって。仕事は必要なだけ休んでいいそうだ」

彼はまたソファに腰を下ろした。「それと、スーザン・マーチャントが家を売るのをやめたんだそうだ。どうやら、隣の家のご主人が会計士だとかで、彼女が家の売却金を慈善団体に寄付するつもりだと知ってアドバイスしたらしい。要は、売却するという面倒な手続きを踏まなくても家を寄付できるし、それで代理店手数料は払わずにすむうえ、多大な税額控除まで受けられるとわかったそうだ。デイヴは腹を立ててるようだった」

しまった。マディーったら、スーザンはお金なんて欲しがってないとわたしが口をすべらせたのをちゃんと聞いていて、スーザンと話をしたんだ。まあいいわ。子どものころにつらい思いをしたんだから、スーザンは好運にめぐまれて当然。それにマディーの言ったとおり、ソニア・マーティンズの店のウインドーにあんな写真を貼りつけたのが本当にアン・ウィルスンだったのなら、ある種の正義が行なわれたことになるし。

マイクルに身を寄せた。まあ、三角巾で腕を吊ったままで近寄れるかぎり。「ねえマイクル、ひとつだけまだ訊いてないことがあるんだけど」

「わかってる。そろそろ潮時だな」

「なんの話？」

「ああ、失礼」彼はにっと笑った。「きみが結婚を申し込むつもりだと思ったんだ」

「ちがうわよ、ばか！　まさか例の本を書くつもりじゃないわよねって訊きたかったの」

彼は声をあげて笑った。「いろいろ考えると、たぶん書かないよ」彼はわたしの唇にキスをした。「語られないほうがいい物語もある。そう思わないか?」

今度はまた別の海。前よりも暖かい土地の海。正確に言うなら大洋。ここのほうが波は大きい。サーフボードで乗れるぐらい。サーフィンをしている連中をときどき見かける。彼らはしばらく待っていいタイミングで波をとらえると、バランスを取るために膝を曲げて腕を広げ、崩れかけている波のてっぺんに乗る。

優雅で美しい。

勇気と力強さ。

ときどきわたしは、人の少ない湾まで歩いていき、腰を下ろして本を読んだり、涼を取るために泳いだりする。砂は白く、足の裏にやわらかくて熱い。サイズ6の足は指が長く細く、爪には丁寧にやすりをかけている。ついこのあいだ、パステルカラーのペディキュアを施した。ピンクとモーブとベビーブルーに。

ここは人が多くて安全。一時滞在の旅行客。サーフィン目的の男女。入れ替わりの激しいバーテンダーや給仕係。つばを下げた大きな日よけ帽をかぶってサングラスをかけ、読書に没頭しているかわいい足をした青白い顔の年配の女になんて、だれも目を留めない。

座る場所は慎重に選びたい。波打ちぎわに近すぎず、ビーチに立ち並ぶカフェから離れた場所がいい。店内のざわめきや焼けた肉のにおいにわずらわされない程度に。できれば若い夫婦、アルフィーにどこか似ている男の子がいる夫婦の近くに陣取りたい。その子が砂に穴を掘るのを眺められるぐらい近くに。風がこっちへ向かって吹いたら、流されてきたビーチボールをつかまえて、はにかんだ笑みを浮かべるその子に投げ返してあげられるぐらい近くに。

あの子はすぐに会いに来ると言った。アルフィーとふたりで。ふたりに会って声を聞いて手で触れたくてたまらないけれど、それは欲張りすぎじゃないかと思うこともある。三人ともが。自然のなりゆきにまかせて、メールでやりとりをするだけのほうがいいのかもしれない。匿名で。安全に。ふたりに会えば、ふたりを抱きしめれば、二度と離れたくなくなるに決まっているから。そうに決まっている。ふたりがこっちへ越してくるなんて不可能だし、わたしは帰国できない。帰国は断じて許されない。いまは。

わたしは追われる身。この先ずっと追われる身。それが過去の代償。できることなら一瞬にして取り消したいあの瞬間、この運命を決めたおそろしい瞬間の代償。

日差しに目を閉じると、またしてもあの場所に戻る。あの寒くて暗いキッチンに。かびの胞子だらけの壁。床の汚くてぼろぼろのラグ。いるのはわたしとロビー・ハリスだけ。ほかの子はみんないなくなった。言われたとおり、悲鳴をあげながら逃げ去った。わたしが追いかけるのを待っている。わたしが追いかけてくると思っている。

それなのに、ロビーは涙まじりに訴えつづけている。「悪者をやらせてよ。そのキッチンナイフをぼくにちょうだい」次の瞬間、ロビーがキッチンナイフをつかんで指を切り、わめきはじめた。わたしはあの子を止めたかっただけ。しばらく黙ってじっとしていてほしかっただけ。切り傷がどれぐらい深いか確かめるために。血が出たときにどうすればいいかは知っていた。傷口をなにかでしっかり押さえればいい、と。カーディガンを脱いでそれを使うつもりだった。でも、あの子は黙ろうとしない。じっとしていない。

怒りが火のようにわたしを飲み込んだ。その火が頭のなかで燃えさかった。

だからお見舞いしてやった。キッチンナイフを。一撃をくらわせてやった。

謝辞

たくさんの方が出版までの旅路で力を貸してくださった。その全員に感謝申し上げたい。

執筆したいというわたしの欲求に理解を示し、つねにわたしを信じて支えてくれた夫のラシッド・カラ。剃刀《かみそり》のように鋭い批評力および支えとなる友情を見せてくれた小説執筆クラスの面々（デボラ・クレー、ポーラ・ガイヴァー、アニタ・ベリ、ジェラルド・ホーンズビー、キャサリン・レンドール、ジャニン・スワン）。激励と〝習作小説〟への意見をくださったフェイバー・アカデミーの講師マギー・ギーとリチャード・スキナー、そして同じクラスの受講生たち（とくにピーター・ハワード、スーザン・デ・ヴィリアーズ、ハンナ・コックス、リチャード・オハロラン、ブランドン・チーヴァーズ、ハニフェ・メルボーン）。知恵と活力と創造的洞察を示してくれたエージェントのアマンダ・プレストン。この作品に情熱を注ぎ、支援してくれた担当編集者のサラ・アダムズとナターシャ・バーズビーをはじめとするトランスワールド社の編集チームのひじょうに有能なみなさん。

解説　読者に鋭い問いを突きつける物語

大矢博子

レスリー・カラのデビュー作『噂　殺人者のひそむ町』をお届けする。

カラはイングランド東部のノースエセックスの海辺の町に住む女性作家。『わたしが眠りにつく前に』（ヴィレッジブックス）のS・J・ワトソンや『夏の沈黙』（東京創元社）のルネ・ナイト、『ついには誰もがすべてを忘れる』（ハーパーコリンズ・ジャパン）のフェリシア・ヤップらを輩出した、ロンドンのフェイバー・アカデミーの作家コースで創作を学んだ。二〇一八年十二月に本書でデビュー。たちまちのうちに評判となり、サンデータイムズ紙の二〇一九年ベストセラートップテンにランクインしたという話題作だ。

――というような情報は得ていたものの、本邦初紹介の作家の、しかもデビュー作である。どんなテイストの話を書くのか、肌に合うのか、まったくわからないまま読み始めた。

だが読み始めてすぐ、そんな心配は杞憂《きゆう》だったことがわかる。あっという間に物語の世界に引き摺《ず》り込まれ、ヒロインのジョアンナと一緒にまるでジェットコースターのように感情を揺さぶられ、緊迫とサスペンスのクライマックスを経て衝撃的なラストまで一気読みだった。なるほど、ベストセラーになるわけだ。

物語は、シングルマザーのジョアンナが息子アルフィーの通う小学校の保護者たちからある噂を聞かされる場面で始まる。有名な幼児殺しの犯人が、彼女たちが暮らすフリンステッドの町に住んでいる可能性がある、というのだ。

その殺人犯とはサリー・マクゴワン。一九六〇年代に、当時十歳の少女だったサリーがキッチンナイフで幼い男の子を殺した。ジョアンナもドキュメンタリーなどで見た覚えがあるほどの、有名な事件である。どうやら今は保護プログラムにより名前や身元を変えて暮らしているらしい……。

他愛のない井戸端会議の、情報元もあやふやな話である。ジョアンナは適当に流して仕事に向かうが、その日の夜、参加した読書会で若いメンバーがプライベートを詮索されているのに耐えきれず、話題を変えようとしてその噂の話を出してしまう。

徐々に噂は一人歩きを始め、いつしか野火のように広がる。サリーではと疑われる人物まで出てくる。ジョアンナはからずも噂を広めてしまったことを後悔するが、そんなときサリーを連想させるようなアカウントからSNSでフォローされて……。本当にサリーはこの町にいるのか？　いるとすれば、それは誰なのか？

というのが物語の導入部である。

まず上手い、と思ったのは、ジョアンナは決してゴシップ好きの金棒引きではないということだ。むしろ、噂を楽しむという行為を好きになれないタイプで、最初に噂を聞いた時も否定的だった。彼女にはもっと大事なことがたくさんあって——不動産会社での仕事だとか、アルフィーが学校でいじめられているかもしれないとか、自宅の内装のこととか、アルフィーの父親であるマイクルとの関係だとか——根拠のない噂話に興味はなかったのである。

なのに、つい話してしまった。困っている人を助けるため話題を変えようとして。母親たちのコミュニティに入れてもらえず、興味を引く必要に迫られて。しかもマイクルがジャーナリストという仕事をしていることで、情報が入ってくる。それをママ友にせがまれた時、息子が仲間外れになったらと思うと逆らえない。

ジョアンナは「しまった。いったいどうしてこの話題を振っちゃったんだろう」と後悔し、「口にしたくない」と思い、「二度とよけいなおしゃべりはしない」と誓い、話したあとで「たぶん、なんの根拠もない話よ」と予防線を張り、それで具体的な誰かが疑われると「あの噂を立てたのはわたしじゃない。わたしだけじゃなくて、たくさんの人が口にしていた。あんな噂、すぐに消える」と自分に言い聞かせる。

なんてリアルなんだろう。

繰り返すが、ジョアンナは嬉々として噂を広めるタイプではないし、一部のママ友のようにこの噂を面白がっているわけではない。むしろ話したことを後悔している。良識のある、しっかりした女性なのだ。なのに話してしまったのは、本当にいるかどうかも不明な、自分とは何の関係もない過去の殺人犯より、息子や近くにいる人の方が大切だから。そっちの方が自分にとってずっとリアルだから。言い換えれば、自分やその場にいる話し相手は「当事者ではない」という無意識にして無根拠の確信があるからだ。

でも本当にそうだろうか？　その人が当事者じゃないなんて、なぜそんな確信を持てるのだろうか？　私たちは、ちょっとした知り合いやご近所さんの、いったい何をどこまで知っているというのだろう。ろくに話したこともないママ友を信じられるのなら、「この人がサリーでは」と噂された人物を信じられないのはなぜだろう。それはまるで私たちがＳＮＳで流れてきた噂を信じてしまうのに似ている。噂を流した人のことも、噂された人のこともよく知らないのは同じなのに。

この物語が恐ろしいのはそこだ。聞いた噂を他人事として「つい」「悪気なく」話してしまうことは誰しもある。それがどれほど脆《もろ》い地盤の上に立っているか。それが何を引き起こすか。我が身を振り返らずにはいられなくなるはずだ。


もうひとつの本書の読みどころは、サリーは本当にこの町にいるのか、いるとしたら誰なのかというミステリである。

手がかりは少ない。一九六〇年代に十歳だったということで、ある程度高齢の女性だという程度しかわからない。以前、子供を産んだらしいが、町内の女性ひとりひとりに子どもがいるかどうかなど知りようもない。サリーの写真はあるが、それもかなり古いものばかりだ。

したがってジョアンナにとって、そして読者にとっても、中年以上の女性の登場人物は一通り容疑者になってしまう。そして、これがまたレスリー・カラの上手いところなのだが、ミスディレクションが絶妙なのだ。イニシャルが同じだとか、何か隠し事をしてるっぽいとか、噂が広まってから急に姿が見えなくなったとか、怪しい人物が複数登場してくる。明らかに怪しい人がいる一方で、いい人っぽいのが逆に怪しいなんて深読みしたくなる人もいる。ミステリ好きにはたまらない状況だが、ジョアンナにとってはたまったものではない。

ジョアンナは自ら流した噂に搦《から》めとられ、疑心暗鬼を生じていく。自分が噂を流したせいでアルフィーの身に危険が及ぶのではと恐ろしくなる。この人がサリーなのかもしれない、こっちの人かもしれない。疑惑と反証。逆転に次ぐ逆転。〈サリーかもしれない〉人が泡のように浮かんでは消え、また浮かんでくる。アルフィーが出入りしている家の人。ジョアンナが親しく付き合っている人。もしかしたらあの人が――という、そのスリルたるや！

そしてサリーが誰なのかがわかったとき――真相に近づくにつれて、心拍数がどんどん上がっていった。まさか、そうなのか、とジョアンナが乗り移ったかのように息が苦しくなった。クライマックスのサスペンスとサプライズは絶品だ。これはカラ自身の畳み掛けるような表現力と、それを最大限に再現した訳者の腕のなせる業《わざ》だろう。

表現の巧みさは、伏線にも活かされている。真相が説明されて初めて、確かに伏線があった、ヒントがあったと気づいて唸《うな》った。「当事者」が出てくる場面を再読すると、初読のときには気づかなかったその人物の感情が透けて見えるのである。

ところが話はそれで終わらないから驚く。

いや、むしろサリーが誰かわかってからが本書の真骨頂である。物語は終盤に向けて、何十年も前の事件がなぜいまだに噂として広まるのか、その究極の原因はどこにあるのかを炙り出す。圧巻だ。そこに込められた著者の思いを、どうかじっくり汲み取っていただきたい。

本書は類稀《たぐいまれ》なサスペンスでありサプライズに満ちたミステリであると共に、読者に鋭い問いを突きつける物語でもある。

あなたは噂を広めたジョアンナを責められるだろうか。

あるいは、ジョアンナに危機をもたらした人物を責められるだろうか。

マイクルの最後の決断はハッピーエンドのように見えるが、しかし、もしもサリーが「あの人」でなかったら、同じ決意をしただろうか。

この人がサリーかもしれない、いやこっちの方が怪しいと推理を「楽しんだ」私は、イメージで人を決めつけ噂を楽しむ作中の人々と似てはいまいか。

そして――衝撃的な最後の一行を読んで、あなたは何を思うだろうか。

エピグラフとして冒頭に掲げられた「怪物と戦う者は、その戦いの過程でみずからが怪物とならぬよう用心しなければならない」というニーチェの言葉を思い出されたい。

「怪物」は、私たちの中にもいる。確実に、いるのだ。

（おおや・ひろこ　書評家）

THE RUMOUR by Lesley Kara
Copyright © Lesley Kara 2018
Japanese translation rights arranged with the author
c/o Luigi Bonomi Associates, London acting in conjunction
with Intercontinental Literary Agency Ltd, London
through Tuttle-Mori Agency, Inc., Tokyo

集英社文庫

噂《うわさ》　殺人者《さつじんしゃ》のひそむ町《まち》

2020年8月25日　第1刷　　定価はカバーに表示してあります。

著　者　レスリー・カラ
訳　者　北野寿美枝《きたのすみえ》
編　集　株式会社 集英社クリエイティブ
東京都千代田区神田神保町2-23-1　〒101-0051
電話　03-3239-3811
発行者　徳永　真
発行所　株式会社 集英社
東京都千代田区一ツ橋2-5-10　〒101-8050
電話　【編集部】03-3230-6095
【読者係】03-3230-6080
【販売部】03-3230-6393（書店専用）
印　刷　中央精版印刷株式会社　株式会社美松堂
製　本　中央精版印刷株式会社

フォーマットデザイン　アリヤマデザインストア　　マークデザイン　居山浩二

ISBN978-4-08-760766-6 C0197